봉명아파트 꽃미남 수사일지

봉명아파트
꽃미남
수사일지

정해연

황금가지

차례

봉명아파트 꽃미남 수사일지 01. ——— 7
관리사무소 절도 미수사건

봉명아파트 꽃미남 수사일지 02. ——— 41
방문 교사 실종 사건

봉명아파트 꽃미남 수사일지 03. ——— 89
누군가 - 102동 투신자살 사건

봉명아파트 꽃미남 수사일지 04. ——— 137
엘리베이터 오물 테러 사건

봉명아파트 꽃미남 수사일지 05. ——— 177
101동 1302호 사망 사건

봉명아파트 꽃미남 수사일지 에필로그. ——— 265
어쩌면 필수불가결한

신발 아래에서 짓이겨지는 모래의 소리가 저 멀리까지 들릴 만큼 사위는 적막했다. 한치 앞도 보이지 않을 것 같은 어둠 속으로 남자는 조심스레 몸을 숨겼다. 예상치 못한 순간 쏟아진 한줄기 빛이 어둠을 갈랐다. 어디선가 인기척이 들려왔다. 남자는 숨을 죽이고, 빛을 피해 무작정 구석으로 몸을 구겨 넣었다. 팽팽한 긴장감으로 숨이 거칠어졌다.

누군가 이쪽으로 오고 있다. 짝짝 끄는 슬리퍼 소리가 권태롭게 느껴졌다. 후아암, 슬리퍼 남자가 기지개를 켜며 하품을 했다. 덕분에 손에 들고 있던 랜턴 빛이 몸을 숨기고 있는 남자의 눈앞에서 춤을 췄다.

"뭐 훔쳐 갈 게 있다고 매일같이 순찰을 돌라는 거야, 대체."

슬리퍼 남자의 불평이 들려왔다. 이 사무소의 직원인 것 같았다.

봉명아파트 관리사무소. 몸을 숨긴 남자는 오늘의 목표를 이곳으로 정했다. 며칠간 아파트를 돌며 현장 조사를 게을리 하지 않았다. 경비원들의 순찰 시간도 분명 확인했다. 다만 관리사무소 직원의 자체 순찰을 미처 파악하지 못한 것이 오점이었다. 미리 눈치를 채고 몸을 숨겼으니 그나마 다행이었다. 저 직원은 이 순찰이 매일 의례적으로 하는 일이라 분명 대충 시간을 때우고 당직실로 돌아갈 것이었다. 권태롭게 느껴지는 슬리퍼 소리와 쉴 새 없이 쏟아내는 불평불만이 그 생각을 뒷받침했다. 저 슬리퍼 남자만 사라지면 목표로 삼은 관리사무소 내부의 검은색 금고는 자신의 것이나 다름이 없다.

"다 보인다. 구질구질 하니까 적당히 해라."

나직한 경고의 목소리. 잘못 들은 건가? 몸을 숨긴 남자의 숨이 돌연 멈췄다. 눈을 커다랗게 뜨고, 이리저리로 눈알을 돌렸다. 어둠속에서 열심히 굴려 봤자 눈만 시릴 뿐 아무것도 보이지 않는구나. 그렇게 생각한 순간 눈앞에 랜턴 불빛이 강하게 쏟아져 들어왔다.

"구질구질하게 책상 밑에 숨냐? 아이고, 그 커다란 몸을 잘도 쑤셔 넣었다?"

사무실의 금고를 목표로 숨어들었으나 예상치 못한 관리소 직원의 순찰에 황급히 책상 밑으로 몸을 구겨 넣은 참이었다.

눈앞에 슬리퍼를 신은 다리가 떡하니 버티고 서 있었다. 남자는 고개만 천천히 들어 올려 슬리퍼 남자를 올려다보았다. 위압적인 태도로 내려다보는 남자의 눈이 그를 노려보고 있었다.

"보, 보셨어요?"

"그럼 그렇게 헉헉 대는데 모르고 배기냐? 뭐야, 뭘 훔치려고 들어왔어?"

슬리퍼 남자의 손바닥이 책상 밑에 구겨져 들어가 있는 남자의 이마를 강타했다. 쿠션을 먹인 당구공처럼 남자의 머리가 이마를 맞고 철제 책상에 뒤통수를 박았다. 신음과 함께 남자가 울먹였다.

"왜 반말을……. 잠시만요. 좀 나가고요."

슬리퍼 남자의 버티고 선 다리를 꾹꾹 밀어냈다.

"하, 참."

어이가 없다는 듯 피식 웃으며 슬리퍼 남자가 슬쩍 비켜섰다. 순간 도둑의 눈이 번쩍였다. 도둑은 주저 없이 힘껏 팔을 뻗어 남자의 발목을 쥐고 힘껏 잡아당겼다. 중심을 잃은 슬리퍼 남자가 뒤로 벌러덩 넘어졌다. 때를 놓치지 않고 도둑은 책상 밑에서 나와 창문을 열고 밖으로 몸을 날렸다. 2층이긴 하지만 위험한 높이는 아니었다.

도둑의 착지는 훌륭했다. 땅에 안전하게 내려선 순간 도둑은 주저 없이 달리기 시작했다. 이래봬도 고등학교 때 알아주던 단거리 선수였다. 게다가 상대방과는 달리 운동화를 신고 있다. 잡히지 않을 확률 99.99%였다.

흥, 오늘은 이 정도로 물러서겠다.

그때였다.

착착착착착착착.

슬리퍼가 바닥에 부딪는 소리. 슬리퍼 남자가 따라오는 것 같다. 그러나 소리의 템포가 지나치게 빠르다. 도둑은 뒤를 돌아다보았다.

믿을 수 없는 광경이었다. 슬리퍼를 신고도 엄청난 속도로 남자가 달려오고 있었다. 양팔을 무서운 속도로 흔들며 돌진해 왔다. 슬리퍼를 신은 다리가 보이지도 않을 정도였다.

"넌 뭐, 뭐야!"

정체를 알 수 없는 놈이었다. 다만 한 가지는 정확히 알 수 있었다. 저 눈! 저건 살기다. 난 잡히면 분명 죽을 거다!

"우와아아아아아아악!"

도둑은 필사의 도주를 감행했다.

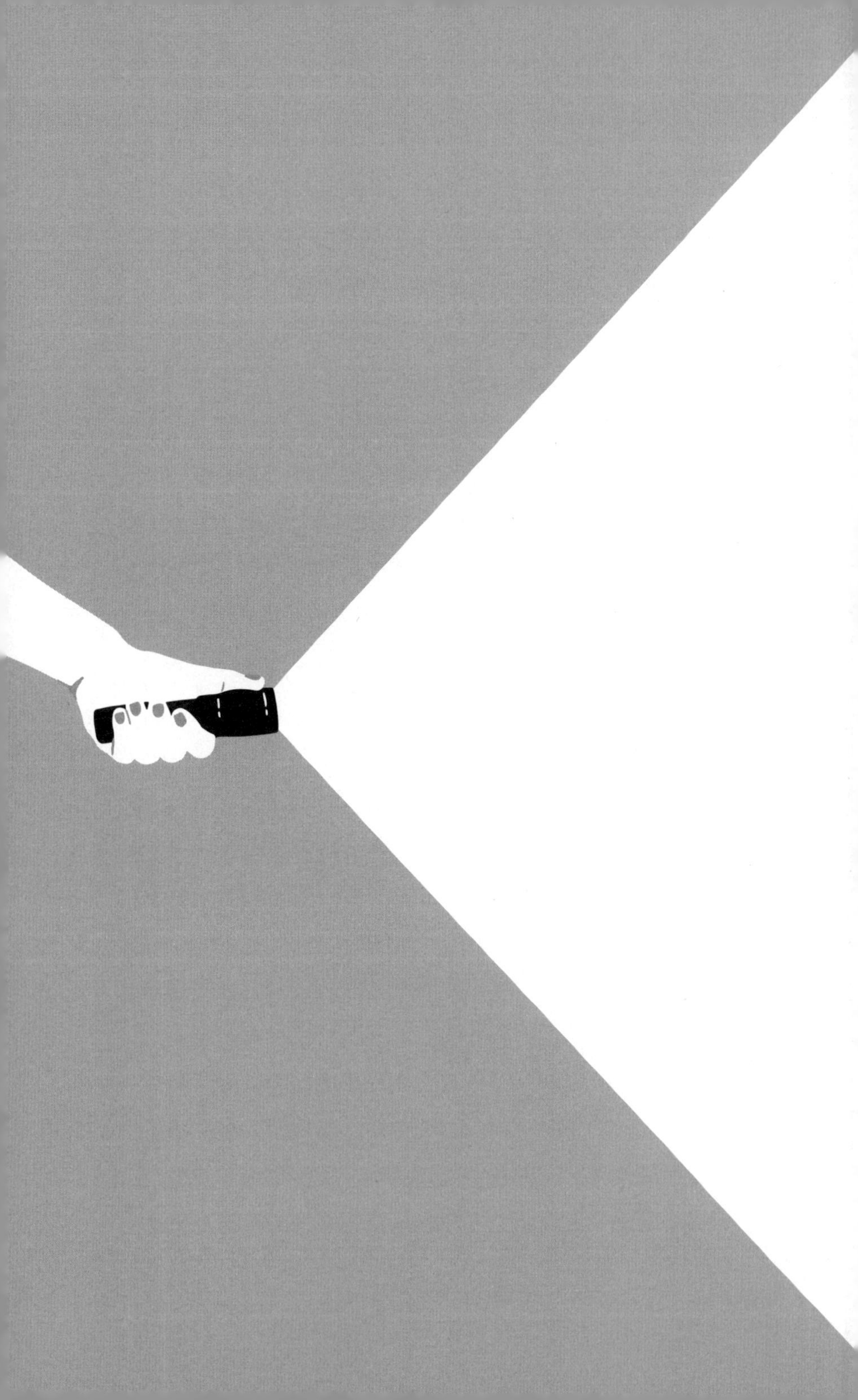

봉명아파트 꽃미남 수사일지 01.
관리사무소 절도 미수사건

영하 10도 정도는 우습게 넘나들더니 며칠 전부터 느닷없이 영상의 기온이 유지되고 있었다. 3월이지만 이른 봄이 찾아오고 있는 모양이었다. 아침부터 쏟아지는 한가로운 햇살이 아직도 아파트 단지 내 구석구석에 쌓여 있는 눈을 녹이느라 분주했다.

"아, 서린 엄마 잘 만났네. 이리 좀 와 봐, 이리."

101동 앞 쓰레기 분리수거장에 선 부녀회장 서봉자가 출근길에 한창 바쁜 여자를 향해 부지런히 손짓했다. 서린 엄마라고 불린 여자는 늦었다고 툴툴대면서도 부리나케 서봉자를 향해 걸었다. 아침부터 무슨 재밌는 소식이라도 있는가 싶어 눈이 반짝였다. 세상에서 가장 재밌는 이야깃거리는 다른 집에서 벌어지는 크고 작은 일들이다. 그런 이야깃거리를 가장 많이 알고 있는 것도, 가장 많이 퍼트리는 것도 부녀회장 서봉자였다.

"이번 달 부녀회비 안 들어왔던데?"

서린 엄마는 금세 맥 빠진 얼굴이 되었다. 세상에서 가장 재미없는 이야깃거리는 돈 달라는 이야기다.

"줄 거야. 오늘 입금하려고 했다고."

사실은 예정에 없던 지출이다. 어차피 줄 돈이었지만, 잊은 사이 왠지 안 줘도 될 돈이 나가는 느낌으로 바뀌었다. 지갑에서 꺼낸 만 원을 내미는 서린 엄마의 손길이 곱지 않았다. 하지만 서봉자가 그 정도에 신경 쓸 위인은 아니었다. 서린 엄마의 손에 들려 있던 만 원짜리를 쏙 빼내 갔다.

"얘기 안 해도 꼬박꼬박 좀 내란 말이야."

"알았어. 그보다 이번 아파트 장터에 과일 들어오지? 이번 주말에 손님 와서 과일 좀 사야 하는데."

일주일에 한 번 봉명아파트 단지 내에는 아파트 장터가 열리고 있다. 외부의 상인들이 부녀회 기금을 얼마쯤 내고 단지 내 공터를 이용해 아파트 장터를 연다. 주로 야채나 과일, 먹을거리 종류가 인기 있다. 게다가 단지 내 입주민들을 대상으로 하는 만큼 외부에서 사는 것보다 20퍼센트 이상 저렴한 가격에 팔고 있다. 싸게 판다고 해서 질이 나쁘면 다음 번 장터에 입점이 안 될 수 있기 때문에 상품 질도 우수한 것이 들어온다. 덕분에 입주민들에게 인기가 많았다.

"응, 과일 장사도 들어올 거야. 내가 지난번에 거기서 파는 씨 없는 수박 사 먹어 봤는데 아주 달고 물도 많더라고. 맛있길래 수박은 앞으로 그 물건만 넣으라 했어."

"씨 없는 걸 뭘 재미로 사 먹어? 집에서도 늙어 꼬부라져서 씨 없는 거 만날 보는구만."

"어머, 이 여편네가 뭘 모르시네. 씨가 없어야 밖에서 딴 짓을 해도 안 걸린다구. 여자나 남자나."

"뭐? 어머, 이 여자가 큰일 날 소리를 하네."

말은 그렇게 하지만 서린 엄마의 입 꼬리가 슬며시 올라가 있다. 은근한 눈짓을 주고받는 두 여자의 깔깔거리는 웃음소리가 부끄러운 줄 모르고 사방으로 솟구쳤다. 출근길 걸음을 바삐 옮기던 정장 입은 20대 여자가 인상을 찡그리며 지나갔다. 너도 몇 년 지나지 않아 아줌마라는 명찰을 달면 이렇게 될 거라는 듯 두 사람은 전혀 개의치 않았다.

그런데 열띠게 이어가던 서린 엄마의 수다가 순간 뚝 끊겼다. 부녀회장이 의아하다는 듯 그녀를 보았다. 서린 엄마는 마치 꿈이라도 꾸는 듯 아련한 눈빛이 되어 부녀회장의 등 뒤쪽 어딘가를 보고 있었다. 무슨 일인가 싶어 뒤를 돌아본 순간, 서봉자 역시 서린 엄마와 같은 표정이 되었다.

"아, 안녕하세요?"

만지면 너무나 부드러울 것 같은 희고 깨끗한 이마 위에 흐트러진 검은 흑발, 깊어 보이는 큰 눈에, 만지고 싶은 충동을 불러일으키는 매력적인 얄팍한 입술, 큰 키지만 전체적으로 균형 있는 몸매의 남자. 그는 신고 있는 슬리퍼마저 명품으로 착각하게 만드는 이상한 힘을 갖고 있었다. 직원들이 아파트 단지 내를 슬리퍼 질질 끌고 다니는 것에 학을 떼는 부녀회장 서봉자의 눈에도 그 슬리퍼는 조금도 거슬리지 않았다. 얼마 전 관리사무소에 관리과장으로 새로 입사한 직원 정차웅이었다. 부녀회장 서봉자가 이미 파악한 바, 단지 내 점검을 돌고 들어올 시간이었다.

"아, 안녕하세요."

'안녕하세용'에 가까운 발음으로 떠듬떠듬 인사를 받았지만 그 소리가 누구 입에서 나온 것인지는 서린 엄마도 서봉자 여사도 알지 못했다. 정차웅은 눈을 맞추고 미소를 지으며 가벼운 목례를 한 뒤, 그녀들 앞을 빠른 걸음으로 지나쳤다.

조금 전까지 음담패설에 정신없던 두 여자의 얼굴에 따스한 미소가 걸렸다.

"서린 엄마."

"응?"

"……봄이네."

히죽 하고 서린 엄마가 웃었다.

"그러네. 봄이네."

음담패설에 신나하는 중년 여성의 마음에 한 남자의 존재로 인해 봄의 온기가 깃든 반면, 당사자인 정차웅은 더욱 발걸음이 빨라졌다. 요즘은 이상하게 아줌마들이 무섭다. 아니, 이상한 일도 아니다. 저 두 사람은 만났다 하면 그 장소가 어딘지 간에 음담패설을 늘어놓는다. 못 들은 척 했지만 아까 씨 없는 수박 얘기도 다 들었다. 단지 안에서 마주치면 위아래를 노골적으로 훑어보는 시선이 느껴진다. 가끔 우연인 양, 혹은 실수인 양 그녀들의 손이 엉덩이 부근을 스칠 때도 있다. 성희롱으로 다 잡아넣겠다고 소리라도 지르고 싶지만, 남자가 여성의 스킨십에 호들갑을 떨면 유난으로 치부된다. 차라리 피하는 것이 상책. 그것이 정차웅의 선택이었다.

하지만 아줌마라는 존재가 모두 그런 것은 아니다. 그렇지 않은 아줌마도 있다. 차웅은 관리사무소로 들어가는 중년의 여자를 향해 인사했다.

미화원 최 씨였다.

"오늘 출근이 늦으셨네요?"

담당구역인 101동 뿐 아니라 관리사무소까지 청소를 담당하고 있는 그녀는, 사무실 직원들이 출근하기 전에 일찍 나와 청소를 했다. 그런데 오늘은 사무실 직원들이 이미 나온 지 한참 되었을 이 시간에 관리소에 들어서고 있었다.

"아, 정 과장. 건강검진 좀 하고 오느라고. 이 나이 돼서 병이 하나라도 덜 들려면 그 정도 노력은 해 줘야지."

"하하, 암요."

늘 편하게 대해 주는 아주머니다. 중년여자라고 다들 부녀회장 같지는 않다는 것이 천만다행이었다.

도망치고 싶은 정차웅의 마음을 눈치 채기라도 한듯, 뒤에서 부녀회장 서봉자의 목소리가 그의 목덜미를 잡아챘다.

"아, 맞다. 정 과장!"

목소리가 유난히 끈적끈적하다. 정차웅은 못 들은 척 걸음을 더욱 빨리하며 미화원 최 씨와의 대화에 피치를 올렸다.

"그래서 검진하고 나니까 어지럽거나 하지는 않으세요? 전 지난 번에 굶고 가서 그런지 배가 고파서 한참 고생했는데."

"정 과장!"

"저기 부녀회장이 부르는 거 아냐?"

"못 들은 척 하세요."

차웅은 미화원 최 씨에게 붙어 걸으며 더욱 발걸음을 빨리했다. 관리사무소 건물 안으로 들어서는 순간 애타는 부녀회장 서봉자의 외침이 들려왔다.

"이봐, 정 과장! 나 좀 보고 가!"

* * *

"아이고, 정 과장!"

사무실로 정차웅이 들어서자 관리소장 김석남이 크게 반색하며 자리에서 일어나 그를 맞았다. 당직근무자가 본분을 망각하고 밤에 긴 시간 잠을 자는 것을 싫어하는 김석남이지만, 도둑을 잡은 이후 제대로 꿀잠을 잔 정차웅의 눈에 끼인 눈곱이 오늘은 신경도 쓰이지 않았다. 왜냐하면 도둑을 잡았으니까! 정차웅이 기특해 죽겠다는 얼굴로 김석남이 정차웅의 양팔을 붙들고 붕붕 흔들어 댔다. 어떤 염색약을 쓰는지 어색할 만큼 시커먼 머리를 2:8 가르마로 곱게 빗은 스타일이나, 어떤 프리미엄급 피부 관리를 하는지 궁금해질 만큼 번쩍거리는 피부도 정차웅은 부담스러웠다. 그런 그의 감정에는 아랑곳없이 김석남은 평소 자신의 버릇대로 그 부담스러운 얼굴을 정차웅에게 바싹 들이대었다. 정차웅은 자신의 팔을 붙들고 있는 김석남의 손을 살짝 떼어 내고는 한 발짝 뒤로 물러서며 상체를 젖혔다.

"무슨······."

"어제 저녁에 한 건 했다며? 잘했어, 진짜. 오늘 저녁에 마침 임차인 대표회의 있잖아. 내가 대표들한테 어깨 좀 펴게 생겼다니까!"

벌써 간밤에 도둑을 잡은 일이 관리소장의 귀에 들어간 모양이었다. 비밀로 할 예정은 아니었다. 어차피 단지 내에서 벌어진 일이기에 아침에 관리소장이 출근하면 보고 하려고 하긴 했었다. 이미 알고 있다면 굳이 자신의 입으로 일일이 말하지 않아도 되니 차라리 다행이었다. 정차웅은 무덤덤하게 "네." 하고 대답했다. 관리소장 김석남은 정차웅의 미적지근한 태도가 과도한 칭찬에 대한 멋쩍음이라고 잘못 이해한 것 같았다.

"쑥스러워하기는. 아무튼 이따가 담당 형사가 사건에 대해 물으러 온다고 했으니 만나 보고. 경찰서 출입 기자들 있을 거 아냐? 슬쩍 보도돼도 좋겠다고 얘기를 좀 해 보란 말이야. 책임감과 정의감이 넘치는 봉명아파트 관리사무소, 뭐 그런걸로다가."

"소장님, 전 지금 퇴근해야 하는데요. 당직 근무 섰잖아요. 이미 퇴근시간 5분 지났거든요?"

김석남의 말은 언론보도가 됐으면 좋겠다는 것이 중점이었으나, 정차웅의 주관심사는 퇴근이었다. 당직근무자는 오전 9시 퇴근인데 이미 5분이나 퇴근시간이 늦어진 상황이 달갑지 않았다.

"아, 이 사람아······."

"잠깐이면 되니, 이야기 좀 나누고 가시죠?"

갑자기 들려온 목소리에 관리소장 김석남과 정차웅의 시선이 동시에 사무실 출입구 쪽으로 향했다. 카키색 재킷을 멋지게 차려 입은 여자가 서 있었다. 등까지 내려오는 긴 머리를 단정하게 빗어 하나로 묶어 넘긴 것이 아주 잘 어울렸다. 170센티미터 정도 되어 보이는, 여자로서는 작지 않은 키의 소유자였다. 단화를 신고 있었지만 전체적으로 패셔너블해 보였다. 그녀를 보는 정차웅의 눈이 조금은 당황한 듯 휘둥그레졌다. 여자가 당당한 걸음걸이로 사무실 안으로 걸어 들어왔다.

"조금 전에 전화 드렸습니다. 은파경찰서 강력1팀 강주영 형사입니다."

"아, 어서 오십시오."

정시 퇴근을 목숨처럼 여기는 정차웅을 붙잡아 놓느라 진땀을 흘렸던 김석남이 아주 크게 반겼다. 그는 정차웅을 소개했다.

"이쪽이 그 도둑놈을 잡은 정차웅 과장입니다."

김석남의 들뜬 목소리에 강주영은 씽긋, 의미심장한 미소를 띠며 정차웅을 보았다. 강주영의 미소를 본 정차웅의 미간이 살짝 찌푸려졌다.

"여기 담당형사가 너였어?"

"여기 있었어, 정차웅."

"어? 두 사람 아는 사이?"

김석남이 놀란 눈으로 강주영과 정차웅을 번갈아 보았다. 약속이라도 한 듯 두 사람이 동시에 대답했다.

"스토커요."

"여자 친구요."

스토커라고 대답한 것은 미간을 찌푸린 정차웅의 것이었고, 여자 친구라고 답한 강주영은 마치 정차웅을 놀리기라도 하는 듯한 표정이었다. 누구의 말이 맞는지 헷갈린 김석남은 연신 고개를 갸웃거렸다.

* * *

이른 아침의 카페 안은 한산했다. 오픈한 직후인지 주인은 부랴부랴 카페 안에 음악을 틀고, 앞치마를 매는 것과 동시에 주문받은 커피를 만들기 시작했다. 청소를 하려고 했었던지 입구 근처에 아무렇게나 세워둔 대걸레가 보였다. 아침 9시 조금 넘은 시각, 출근하여 하루 일의 시작을 준비하는 사람들과 반대로 퇴근한 정차웅에게는 흔한 광경이었다. 반면 건너편에 앉은 강주영은 조금 어색해 보였다. 그것도 잠시 그녀의 매서운 눈빛이 정차웅을 노려보았다.

"어디 박혀 있나 했더니 여기 박혀 있었어?"

"안 박혀 있고 잘 돌아다녔는데."

"소리 소문 없이 경찰서에 사직서 제출하고, 연락도 다 끊고 여기 있었다고? 대체 왜 갑자기 그만둔 거야?"

"잠잘 시간이 없어서."

"말 같잖은 소리하네. 갑자기 아파트 관리사무소는 또 뭐야? 한때 은파경찰서 형사1팀 에이스 정차웅이 어울리지도 않는 관리과장은 왜 하고 있는 거냐고!"

"잠잘 시간이 많아서."

"야!"

미처 참지 못하고 강주영이 고래 같은 소리를 내질렀다. 마침 주문한 커피를 내오던 카페의 여주인이 깜짝 놀라 어깨를 움츠렸다.

"아, 죄송합니다."

민망함에 강주영이 어쩔 줄 몰라 하며 얼른 잔을 받았다. 여주인이 어색한 미소를 지었다. 그 모습을 보는 정차웅이 웃겨 죽겠다는 듯 킥킥 거렸다. 강주영이 테이블 아래로 정차웅의 다리를 걷어찼다. 경고하는 눈빛이 사나워 정차웅은 비명도 지르지 못했다. 대신 정차웅의 태도가 눈에 띄게 공손해졌다. 곧 인상을 쓰고 있던 강주영의 표정도 풀렸다. 큰 덩치로 어울리지도 않게 입을 비쭉 내밀고 있는 것이 귀여워서 기분이 풀린 것이 아니었다. 어차피 아무리 다그쳐 봐야 제대로 된 이유를 말하지 않을 것임을 알고 있어서 하는 낙담이었다.

은파경찰서 형사1팀 차기 팀장으로 유력시 되던 남자. 미제 사건 해결 1위. 너무 어려워 풀리지 않던 사건도 그의 손에 들어가면 초등학생 그림 맞추기 정도일 뿐이라는, 신화에 가까운 우스갯소리를 달고 다니던 정차웅이 돌연 사직서를 내고 모습을 감춘 것이 벌써 1년 반이었다. 연락처도 모두 바꾸고 집도 이사를 해 버린 그가, 강주영의 몇 마디 다그침에 현장에서 붙잡힌 도둑놈처럼 줄줄 불어 댈 거라고는 기대하지도 않았다. 하지만 저렇게 아무렇지 않은 얼굴로 대할 줄도 예상하지 못했다.

"참고인 진술 안 받아, 강 형사?"

정차웅의 말에 강주영은 나직한 한숨과 함께 앞에 놓인 커피를 마셨다. 달콤하게 쓴, 매력적인 맛이 혀를 감싸고 목으로 넘어갔다. 지금 태도를 보아하니 아무리 다그쳐도 제대로 이야기를 하지 않을 것 같았다.

"무슨 딱딱하게 참고인 진술이야. 그냥 너무 오랜만에 만나서 얘기나 하자고 이리로 온 거지. 어차피 사무실에는 없어진 거 없다고 했지?"

"응. 뭐 그렇다더라고."

참고인 진술 삼아 이야기 좀 나누자는 강주영의 말에 사무실에서 나오면서 관리소장과 경리 여직원 최춘미에게 없어진 것이 없는지 재차 확인했었다. 금고는 비밀번호가 걸려 있어 미처 풀지 못한 것 같고, 그래서 당연히 금고는 무사. 문제는 경리직원의 책상이었는데, 다행인지 불행인지 없어진 것도 없거니와 건드린 흔적도 없는 것 같다고 했다. 아마 금고를 노리고 들어왔다가 여기 저기 뒤져 보기도 전에 정차웅에게 걸린 것 같았다.

"그냥 좀도둑이지, 뭐. 피의자는 우리 팀 막내가 데리고 가서 조사 중이야. 특별한 전과 없고, 그저 그런 좀도둑이면 불구속 입건되겠지 뭐. 너희 아파트 입주민인지 확인해서 연락 줄까? 그런 도둑놈이 입주민으로 그 아파트에 계속 살게 되면 신경 좀 써야 하잖아?"

"관리소장이 알아서 하겠지. 관리과장 따위가 신경 쓸 일이 아니지. 그보다 너."

정차웅이 의미심장한 웃음을 지으며 몸을 앞으로 기울였다. 돌연 정차웅의 얼굴이 눈앞으로 바싹 다가오자 강주영은 놀라 눈만 껌뻑대고는 피하지도 못했다.

"형사라는 녀석이 사리사욕 때문에 이렇게 참고인을 개인적으로 불러서 막 시간 보내고 그래도 되겠어?"

"뭔 소리야?"

"난 진짜 네가 이렇게 대시해서 들어올 줄은 몰랐다."

"뭔 소리냐고!"

"내 애인이라며?"

"스토커라며?"

"뭐야. 대체 어느 쪽을 인정하는 거야? 애인이야, 스토커야? 하긴. 어느 쪽이든 불타는 마음은 똑같네?"

"꺼져! 어디서 느물대는 거야!"

킥킥 웃으며 정차웅이 몸을 뒤로 물렸다. 기지개를 한껏 켜고는 테이블 위에 놓여 있는 계산서를 집어 들었다가 무슨 생각이 들었는지 다시 주영의 앞에 내려놓았다.

"명목상은 참고인 조사니까 비용으로 위에 청구하면 되지, 민중의 지팡이 씨?"

느물거리는 웃음과 함께 정차웅이 출입구 쪽으로 몸을 돌렸다. 강주영이 다급하게 그를 따라 일어섰다.

"잠깐, 정차웅!"

정차웅이 가던 걸음을 멈추고 뒤돌아보았다. 강주영은 재킷 안쪽에 있던 지갑에서 명함을 꺼내 그의 앞에 내밀었다.

"느닷없이 사표 내고 일언반구 말도 없이 연락 다 끊었지. 그 1년 반으로도 모자라? 앞으로 더 연락 끊을 이유 있어?"

자신의 눈앞에 들이밀어진 명함을 정차웅은 물끄러미 내려다보았다. 동기 중에 가장 마음이 잘 맞았던 데다 한 팀으로 배치 받아 그 관계가 더욱 끈끈했었다. 처음엔 여자라서 불편한 것도 있었지만 나중에는 성별 따위는 다 잊을 정도로 서로가 잘 맞았다. 애인 사이냐는 선배들의 농담에는 정차웅이 강주영을 보고는 따라다니지 말라고 핀잔을 주었고, 강주영은 사돈 남 말하고 있다며 스토커냐고 되받아쳐 주는 개그 콤비이기도 했었다.

사직서를 내는 순간 가장 마음에 걸렸던 것도 강주영이었다.

"이유 없지."

강주영의 손에 들린 명함을 받았다. 주영의 입가에 얼핏 미소가 걸렸다.

"연락해, 꼭."

알겠다는 대답을 명함을 흔들어 보이는 걸로 대신했다.

그때 강주영의 휴대폰이 울렸다. 발신인을 확인한 강주영이 얼른 전화를 받았다.

"그래, 무슨 일이야?"

전화를 받던 강주영의 얼굴이 돌연 심각해졌다. 순간 강주영의 눈이 정차웅에게로 향했다. 두 사람의 시선이 공중에서 부딪혔다. 마치 정차웅에게 말을 건네주듯 강주영은 시선을 그에게서 떼지 않은 채 전화기 너머의 사람에게 말했다.

"아무 말도 안 하고 있다는 거지? 그 좀도둑."

* * *

용산역 근처의 빌라 단지로 정차웅이 무거운 걸음을 옮기고 있었다. 모르는 사람이 보아서는 자신의 집으로 돌아가는 발걸음으로 느껴지지 않을 만큼 느릿하고 맥없는 발걸음이었다. 그렇다고 정차웅이 풀죽어 걷는 것은 아니었다. 그는 뭔가의 생각에 잠겨 이따금 걸음을 멈추고 턱을 긁으며 눈을 빛냈다. 생각이 깊어질수록 그의 걸음은 더욱 느려지기만 했다.

용산 파인트 빌라 302호의 문 앞에 다다라 정차웅의 생각이 끊어졌다. 그는 도어 록을 터치해 터치패드를 불러내고 비밀번호를 입력했다. 기계음과 함께 잠금장치가 풀렸다. 그는 익숙한 태도로 문을 열고 안으로 들어갔다.

현관문을 열고 들어가면 거실이 곧장 보이고, 바로 정면에 화장실 문이 있다. 화장실 문 옆으로 거실과 통한 주방이 위치해 있다. 주방 왼쪽 옆으로 진한 갈색의 계단을 타고 올라가면 침실이 나온다. 복층형 빌라라서 실 평수 17평의 작은 사이즈지만 나름 알차고 고급스러워 보이는 디자인이었다. 거실과 주방과 침실이 거의 일체형으로 붙어 있는 원룸에 비할 바가 아니었다.

억 소리가 다섯 번 정도는 나야 웬만한 빌라에 살 수 있다는 강남에 비교하면 겸손하기 이를 데 없는 곳이었지만, 형사 일을 그만두고 월 실 수령액 250만원이 채 안 되는 월급으로 그가 살기에는 충분히 분에 넘치는 곳이었다.

봉명아파트 관리사무소에 취직한 후, 숙소를 아직 정하지 못해 모텔에서 지내고 있다는 정차웅의 말에 관리소장 김석남이 소개해 준 곳이었다. 김석남의 처형이 샀다가, 아들의 유학길에 따라 오르는 바람에 비워 놓고 있다고 했다. 김석남이 처형에게 이야기해 보증금도 없이 시세보다 적은 월세를 내고, 대신 빌라를 관리해 주는 조건을 붙여 정차웅이 기거할 수 있도록 해주었다. 시세보다 적은 월세라고는 하지만 거의 거저나 다름없었다.

별안간 울리는 휴대폰 벨소리에 정차웅은 옷을 갈아입다 말고 점퍼를 뒤졌다. 발신인을 확인하고는 고개를 갸웃거리며 전화를 받았다. 여보세요 하고 꺼내기도 전에 상대방 쪽에서 먼저 말을 건넸다.

"집 어디야?"

강주영이었다.

"남의 집은 왜?"

"가려고."

"오지 마."

"어째서? 여자라도 숨겼어?"

"여자 와서 숨기라도 할까 봐 말 안 해. 귀찮으니까 오지 마."

"그래?"

"그래."

흠 하고 전화기 너머에서 강주영이 한숨을 쉬는 소리가 들렸다. 어째서인지 그 한숨에 의미심장한 웃음기가 서려 있는 것 같았다.

"그래. 그럼 우리 이억관 형사팀장님께 너 만난 얘기 해야겠다. 그럼 너무 반가우셔서라도 너 어디 사는지 알아봐 주시겠지."

순간 정차웅의 얼굴이 구겨졌다. 이어지는 침묵에 강주영의 목소리는 더욱 의기양양해졌다.

"말하고 싶지 않은 네 뜻을 존중해서 그럼 난 이만 끊을게."

"용산구 갈월동 파인트 빌라 302호."

"웬 변심? 오지 말라며? 나 가도 돼?"

"……용산역 앞이야."

"오케이!"

전화는 순식간에 끊어졌다. 차웅은 전화기를 들여다보며 어이없는 듯 고개를 저었다. 얘가 이런 캐릭터였던가 싶다. 너무 얄미워서 애꿎은 전화기를 던질 뻔 했다. 참는 편이 좋다. 아직 약정 기간이 15개월이나 남아 있다.

전화기를 내려놓고 차웅은 옷을 마저 갈아입었다. 입고 있던 셔츠를 벗고 반팔 티셔츠를 입었을 때, 돌연 마음이 가라앉았다.

이억관 선배. 형사팀장이 되었구나.

아직은 만날 수 없다, 그런 마음이 강하게 들었다. 자신을 미워할 만한 사람은 아니지만, 그래서 더 만날 면목이 없다. 한때는 자신의 모든 것을 바칠 거라고 다짐했던 형사라는 직업을 내려놓고 떠났지만, 정작 마음으로는 아무것도 내려놓지 못했다. 그 무엇으로부터도 자유로워지지 못했다. 못난 모습을 보일 수 없다.

전화를 끊은 뒤 30분 정도 지났을 쯤, 초인종이 울렸다. 비디오폰을 보나 마나 분명 강주영이다. 누군지 묻지도 않고 벌컥, 현관문을 열자 역시나 강주영이 복도에 서 있었다. 정차웅의 살짝 찌푸린 미간을 보면서 강주영은 헤헤 하고 변죽 좋게 웃어 댔다.

"들어와."

정차웅이 들어섰고, 그 뒤를 강주영이 따라 들어왔다.

"오, 나름 느낌 있는데?"

강주영은 연신 주변을 둘러보며 감탄했다.

"내 집 아냐. 아는 분한테 소개받아서 관리해 주는 조건으로 당분간만 사는 거야."

"당연하지. 네 집이라고 생각하지도 않아. 너나 나나 월급 얼마 된다고. 우리 나이에 이런 빌라를 자가로 가지고 있으려면 금수저 정도는 물고 태어났어야지."

"부동산 토론을 하려고 온 것 같지는 않은데, 일단 안으로 들어오지 그래?"

헤헤 웃으며 강주영이 거실 안으로 들어섰다. 소파에 앉으면서도 강주영은 집 안을 계속 둘러보고 있었다. 남자 혼자 사는 집이라고 생각하기에는 무척 깨끗하게 관리되고 있었다. 강주영이 집 안 내부를 훑어보는 사이 정차웅은 주방으로 들어가 탄산수를 가지고 나왔다. 강주영의 앞에 놓아 주며 맞은편에 앉았다. 용건을 말하라는 듯, 그는 팔짱을 낀 채 소파에 깊숙이 등을 묻고 앉아 그녀를 응시했다. 강주영은 그런 시선을 피하며 짐짓 아무것도 모르는 얼굴로 마치 수다를 늘어놓는 것처럼 말했다.

"있지, 너희 아파트 그 좀도둑 말이야. 101동 1302호 남자. 어머! 나 이런 개인정보 막 말해도 되나? 하긴. 네가 관리사무소 직원인데 그거 모를까."

호호 웃는 강주영의 얼굴을 보는 정차웅의 미간이 살짝 구겨졌다. 드라마를 처음 찍는 연기 초짜의 과장된 연극 톤을 보는 것은 유쾌한 일이 아니다. 그런 정차웅의 기분을 아는지 모르는지 주영의 어색한 연기 투혼은 점점 빛을 발했다.

"그 남자 진짜 바보 같아. 그냥 금고에 돈을 노리고 들어갔다고 하면 될 걸 가지고 이 녀석, 자기는 돈을 노리고 간 게 아니라고 항변하다가 지금은 묵비권 행사 중이서. 황당하지? 그냥 금고에 돈 노렸다고 하면 초범이지, 미수에 그쳤지, 일단 불구속으로 풀려날 텐데 묵비권 행사 중이신 덕분에 아직도 잡혀 있어. 완전 바보라니까, 하하하."

어색한 웃음에도 정차웅은 미동도 하지 않았다.

"근데 웃긴 게 뭔 줄 알아? 아, 웃긴 건 아니지. 신기하달까. 아무튼 말이야. 그 자식 전과는 전혀 없는데 경력에 관리사무소 근무가 있더라고. 아파트 관리사무소 총무였대. 그래서 관리사무소를 털러 들어갔나 봐. 관리사무실은 밤에 아무도 없고 당직 기사들도 당직실에 있는 게 보통이라는 걸 알아서. 응?"

아니, 그렇지 않을 수도 있다고 차웅은 생각했다. 돈을 노리고 들어간 것이 아니라고 계속해서 주장하면, 증거로 입증할 만한 다른 이유를 찾지 못할 경우 절도 미수로 기소되었던 점에서는 무혐의가 된다. 어쩌면 생각보다 똑똑한 놈일 수도 있었다. 은파경찰서 입장에서는, 아니 담당 형사인 강주영의 입장에서는 참으로 안된 일이다.

그런 생각을 말하자 강주영이 고개를 저었다.

"그럴 일은 없어. 금고 겉면에서 지문이 나왔어. 금고 다이얼에서도 나왔고. 금고를 노린 건 사실이야. 근데 아무래도 초범이고, 피해

사항도 없기 때문에 적당히 풀려날 가능성도 많아."

계속해서 정차웅이 대답도 호응도 없자 그제야 강주영은 말을 멈췄다. 정차웅의 눈이 그녀를 똑바로 응시하고 있었다.

"그런 이야기를 왜 나한테 하지?"

"어? 아……. 뭐, 궁금할 거 같아서."

"내가 그런 얘기가 왜 궁금해?"

"너희 아파트 일이잖아. 그리고 그런 좀도둑 같은 놈이 너희 아파트 입주민인데 신경 안 쓰여? 일단 알고는 있으라고 한소리지."

"알았어. 알고는 있을게. 일단."

정차웅이 고개를 끄덕여 보였다. 그러면서도 이야기가 끝났으면 그만 가 보라는 듯 현관문을 향해 고갯짓을 했다. 강주영의 얼굴에 열이 확 달아올랐다. 민망하거나 부끄러워서가 아니었다. 뱃속에서 부글 끓어오른 화가 턱밑까지 열을 받쳐 올렸다.

"너 정말 많이 변했구나. 주변에서 일어나는 사건에 관심 놓은 적 한 번도 없잖아? 이젠 정말 관심이 없어진 거야, 아니면 없는 척 하는 거야?"

정차웅은 대답 없이 그저 어깨만 으쓱한 뿐이었다.

"그럼 다른 거 물어볼게. 형사는 정말 그만둔 거야? 돌아오지 않을 거야?"

정차웅은 대답하지 않는다. 아니 대답할 수 없다. 돌아가고 싶다고 해서 돌아갈 수 있는 것도 아니다. 애초에 돌아가고 싶다고 말할 수도 없다.

정차웅의 침묵이 강주영에게는 회피로 느껴졌다. 사실 오늘 온 것은 이 질문 때문이었다. 한낱 바보 같은 절도 미수범 때문이 아니라, 그가 사건에 대해 보이는 관심 속에서 혹시 형사라는 직업에 대한 미련을 조금이라도 볼 수 있게 되기를 기대했었다. 하지만 그의 침묵이 회피든 아니든, 결과는 마찬가지였다.

돌아가지 않는다.

강주영은 소파에서 일어섰다. 당장 정차웅을 걷어차 버리기라도 할 것처럼 노려보았다. 정차웅이 착잡한 기분을 억누르며 대답했다.

"난 형사로서의 인생을 끝냈어. 이제 새로운 인생을 사는 거나 다름없다고. 그런데 또 형사를 할 수는 없잖아."

"왜 못해? 나는 태어나고 또 태어나도 형사할 거야!"

"넌 형사가 꿈이냐?"

"그러는 넌 관리사무소 관리과장이 꿈이냐!"

"이 자식이!"

정차웅이 버럭 소리를 지르며 자리를 박차고 일어섰다. 그러나 강주영은 조금의 물러섬도 없이 정차웅을 향해 허공에 주먹을 날렸다. 충분히 욕으로 받아들일 만한 제스처였다. 황당해 하는 정차웅을 보며 강주영은 혓바닥을 내밀었다. 그러고는 정차웅이 뭐라 말하기도 전에 얼른 현관을 박차고 나가 버렸다.

* * *

정차웅의 생각대로 101동 1302호 남자는 곧 경찰서에서 풀려나 자신의 아파트로 돌아올 수 있었다. 그 사실은 경비실에서 연락을 해 줘 알 수 있었다. 남자가 돌아왔다는 보고에 관리소장은 그 남자에게 아무런 내색이나 별다른 말을 하지 말라고 지시했다. 이런 일이 있을 때 관리사무소는 비난을 할 자격을 갖지 못한다. 관리사무소는 어디까지나 입주민 개인의 일에 벙어리, 귀머거리인 양 굴어야 했다. 설령 피해자가 관리사무소라도 말이다.

"개놈새끼. 나 같으면 쪽팔려서라도 이 아파트에 못살겠다."

아주 의연한 태도로 인터폰을 통해 경비실에 업무를 지시한 김석남은 통화를 끝내기 무섭게 욕을 남발하며 불쾌감을 노골적으로 드러냈다.

"누가 아니래요."

경리 직원 최춘미가 맞장구를 쳤다. 덕분에 김석남이 더욱 신나게 욕지거리를 뱉어냈다. 못 말려. 차웅은 검은색 가방을 한쪽어깨에 둘러매고 자리에서 일어섰다. 사무실에서 주로 사용하는 서류가방이었다.

"어디가게?"

김석남이 물었다. 같이 맞장구 쳐 주지 않고 어디 가냐는 듯한 물음이 그의 얼굴 가득히 묻어 있었다.

"101동 702호 등 교체건, 민원 접수증에 사인 받으려고요. 지난번에 신 기사가 처리하고 사인 받지 않은 게 있어서요."

입주민들의 세대 수리나 보수 요청이 들어오면 민원접수증을 뽑아, 수리 완료 후에 사인을 받고 있다. 가끔 기사들이 작업에 신경 쓰느라 사인을 받고 오지 않는 것은 관리과장인 정차웅이 챙겨 사인을 받아 두고 있었다.

"아? 그 집에 등 교체를 해 준 적이 있나요? 민원 접수증 뽑은 게 없는 것 같은데."

최춘미가 눈을 동그랗게 뜨고 물었다. 차웅이 부드럽게 웃으며 대답했다.

"있었어요. 춘미 씨 없을 때, 내가 뽑은 거라 춘미 씨가 몰랐나 보네요."

아 하고 납득한 듯 최춘미가 고개를 끄덕였다. 정차웅은 생긋 웃어 보였다. 물론 거짓말이었다. 101동 702호라는 호수는 아무 생각 없이 댄 숫자일 뿐이었다.

사무실을 나온 정차웅은 곧장 101동으로 들어갔다. 702호의 사인을 받아야 한다는 것은 거짓말이었지만 101동에 볼일이 있는 것은 사실이었다. 엘리베이터를 타고 13층 버튼을 눌렀다.

1302호. 정차웅은 그 집을 방문하기로 결심했다.

오지랖인지도 모르지만, 자신의 생각이 맞다면 가만히 있을 일은 아니었다.

초인종을 누르자, 잠에서 막 깬 듯한 몽롱한 얼굴로 남자가 나왔다. 그날 밤 어둠속에서 본 것과는 느낌이 다르긴 했으나, 좀도둑 행세를 했던 남자가 맞다. 남자 역시 차웅을 알아보고는 흠칫하는 것이 느껴졌다. 눈빛에 몽롱함이 사라졌고, 차웅의 눈을 본능적으로 피하는 것이 그 증거였다.

"무슨 일이십니까? 조사는 경찰에서 받을 만큼 받았어요. 제가 잘못한 일은 법적으로 처벌을 받을 건데요."

눈에 띄게 경계하고 있다. 이해하지 못할 바는 아니었다. 이곳은 임대 아파트다. 회사가 주인이다. 회사의 입장에서 이번 일로 그의 계약 해지와 함께 퇴거를 요구할까 봐서 걱정하고 있는 것이다.

"잠깐 이야기 좀 하고 싶어서요. 들어가서 말씀드리는 것이 낫지 않겠습니까?"

복도식 아파트라 복도에서 하는 대화가 다른 세대에 들리기 쉽다. 그 말 한마디에 남자는 정차웅에게 집 안으로 들어올 수 있도록 길을 터 주었다. 어쨌거나 자신은 죄인의 입장이고 아파트 내에 소문이라도 나면 재미없는 일이 벌어지고 만다.

남자의 집은 생각보다 깔끔했다. 불필요해 보이는 가구도 없었다. 소파는 어느 집에서나 볼 수 있는 3인용 소파, TV는 벽걸이지만 크지 않았다. 거실과 일체형인 주방에는 식탁은 없었다. 인테리어가 전체적으로 심플한 인상을 주었다.

안으로 들어간 정차웅은 소파에 앉지 않고, 카펫이 깔린 거실 바닥에 자리를 잡고 앉았다. 남자가 멀뚱히 선 채로 정차웅과 주방을 번갈아 보았다.

"금방 이야기 끝나니까 신경 쓰지 마세요. 음료수 얻어 마실 만한 대화 내용은 아닐 거 같으니까."

어딘지 모르게 냉정한 어조였다. 남자의 얼굴빛에 경계심이 더욱 짙어졌다. 남자는 머뭇거리다 차웅의 맞은편에 양반다리를 하고 앉았다.

"무슨 이야긴데 그러십니까. 나가 봐야 하니까 용건만 간단히 부탁드립니다."

정차웅은 시선을 피하는 남자의 얼굴을 똑바로 쳐다보았다. 아까

는 분명 자다가 나온 얼굴이었다. 나가 봐야 한다는 말은 99퍼센트
의 확률로 거짓말일 것이다. 이 남자는 그날의 일 자체에 대한 이야
기를 피하고 싶은 것이다.

"하지 말라는 말씀 드리러 온 겁니다."

남자의 관자놀이가 살짝 움직였다. 그는 이해할 수 없다는 얼굴로
정차웅에게로 시선을 돌렸다.

"그게 무슨 말씀인지."

"하려던 거요. 못하게 됐으니까 다시 하려고 하실 거 아닙니까. 그
러실까 봐 하지 말라고 말씀드리러 온 거예요. 다 헛짓이니까."

"무슨 말인지 대체…… 알아들을 수가 없네요."

그렇게 말하는 남자의 목소리가 희미하게 떨렸다.

"그럼 정말 관리소에 금고를 털러 갔다는 경찰의 처음 추정이 맞
는다고 말하는 건 아니죠?"

"무슨."

"당신은 처음 체포 당시 관리소에 돈을 노리고 들어간 거라는 경
찰의 주장에 그렇지 않다고 항변했어요. 차라리 좀도둑으로 치부되
는 게 나았을 텐데 말이야. 잡히지 않을 거라고 생각했는데, 잡히는
바람에 당황한 사이 질문이 들어왔기 때문에 정신없이 대답한 결과
지. 난 그때 당신이 얼결에 뱉은 그 말이 진실이라고 생각해요. 사실
돈을 노리고 간 것은 아니죠?"

"난 그냥……."

"그냥 뭘 보러 들어갔다. 그냥 들어가 봤다, 그런 말은 하지 말아
요. 통하지도 않으니까. 그냥은 아니지. 금고에 당신 지문이 찍혔어.

그것도 금고 커버는 물론이고 금고 다이얼에도 정확하게. 그건 당신이 금고를 열려는 목적이 있었다는 걸 증명해요. 하지만 돈을 노린 건 아니죠. 그럼 뭐죠? 어떻게 된 걸까."

남자가 차웅을 노려보았다.

"돈을 노리고 간 건지 아닌지 당신이 어떻게 알아?"

"그런데 당신 경력에 아주 재밌는 사실이 있다더라고. 당신 다른 아파트 관리사무소의 직원으로 근무한 적이 있죠?"

순간 남자가 시선을 피했다. 정곡을 찔렀다. 정차웅의 입가에 미소가 걸렸다.

"당신은 알고 있었던 겁니다. 관리사무소 금고에 뭐가 들어 있는지. 돈은 아니에요. 어차피 관리사무소에서 운용하는 돈은 정확히 계좌에서 움직이고, 현금시재로 가지고 있을 수 있는 돈은 최대 20만 원을 넘지 않는 게 보통이거든. 그걸 금고에 넣지는 않아요. 넣다 뺏다가 더 귀찮다고 우리 경리주임이 늘 말하거든요."

처음엔 남자가 관리사무소에 대해 잘 알지 못하고 돈이라도 많이 가지고 있을까 해서 들어온 거라고 생각했다. 남자의 관리사무소 근무 경력에 대해 알지 못했기 때문이다. 하지만 남자의 경력을 알게 된다면 이야기는 달라진다.

"금고를 열려고 했다. 그런데 돈이 목적이 아니다. 돈이 아니라면 관리사무소에 대해 잘 아는 당신은 뭘 노리고 들어온 걸까. 관리사무소 금고에 일반적으로 들어 있는 게 뭘까."

정차웅은 남자의 눈을 똑바로 응시하며 씩 웃었다.

"가스총."

남자의 눈이 심하게 요동쳤다. 정답이었다.

아파트 경비원에게 방범을 위한 가스총을 지급하는 것은 좀 오래 전의 일로, 지금의 아파트 관리사무소는 해당사항이 없다. 예전에는 경비 용역 회사에서 경비원에게 가스총을 지급했지만, 오남용으로 인한 부작용을 무시할 수 없어 지금은 없어졌다.

하지만 오래된 아파트이면서 경비 용역 회사를 바꾸지 않은 관리 사무소는 초창기에 지급받았던 가스총이 그대로 남아 있는 경우도 많았다.

하지만 좀처럼 쓸 일이 없고 그야말로 오남용 사건도 벌어지는 데다, 관리소홀로 인한 문제점이 심각해지면서 관리사무소에서는 가스총을 금고에 넣어 두기도 했다. 물론 일이 터졌을 경우 경비원 이 자신의 몸을 지키는데 사용할 수 없기 때문에 그림에 떡이나 다름없다. 그로인한 비난과 고소, 고발에서 자유로울 수는 없으나, 그건 쉽게 벌어지는 일이 아니다. 쉽게 벌어지지 않는 일이 오남용 사건보다 중요하다고 여겨지지는 않기 때문에 대부분의 관리소들이 그렇게 관리하고 있다.

"가, 가스총 같은 소리하고 있네. 내가 관리사무소에 있었다고 해 서 가스총을 가지러 왔다고 단정 지을 수는 없잖아? 당신 말대로 많 은 관리소에서 가스총을 경비원에게서 회수해서 보관하기도 하지 만, 상당수에서는 경비 용역 회사에 반납을 한다고. 가지고 있지 않 은 관리소가 더 많아. 그런데 내가 어떻게 이 관리소에서 가스총을 가지고 있는지 알겠냐고. 그리고 내가 그거 가지고 뭐하겠다고!"

남자가 항변했으나 정차웅은 꿈쩍도 하지 않았다.

"그러게. 그거 가지고 뭐할까요? 한 가지 분명한 건 합법적인 일에 쓰려고 도둑질 하는 건 아닐 거라는 거죠. 사람을 해치는 용도로 쓸 수도 없고, 그렇다고 기절시켜서 어디 납치를 할 수 있는 것도 아닌데. 그리고 이 관리소에 가스총이 있다고 장담할 수 없는데 가스총을 노리고 들어왔을 리는 없지. 그러니까 정답은 이겁니다. 애초에 당신은 누군가를 만나기 위해 들어왔다."

순식간에 주변의 공기가 싸늘하게 식었다. 남자는 "말도 안 돼, 억지야."하고 중얼거렸지만 그 목소리가 떨리고 있었다.

"물론 그 이른 시간에 직원도 아닌 당신이 관리사무소에서 누군가를 만날 약속을 할 리가 없죠. 당신은 숨어서 기다리려고 했던 거예요. 그리고 그 사람을 기다렸죠. 거기서 본 겁니다, 금고를. 저기에 혹시 가스총이 들어 있는 건 아닌가 하고 생각이 들었겠죠. 그래서 혹시나 싶어 금고의 비밀번호를 맞추려 시도했던 거예요. 될 거라고 생각하지는 않았지만, 그냥 반사적으로. 그 사이 당신 지문이 금고에 남았고. 당신은 억지로 열려는 시도는 하지 않았어요. 애초에 가스총은 염두에 두지 않았거든. 가스총이 생각났고, 만약 그게 손에 들어온다면 일이 더 재밌어질 거라 생각했을 뿐, 꼭 필요한건 아니었어요. 하지만 당신의 예상과는 다르게 분명 그 시간에 올 거라고 생각했던 사람이 오지 않았고, 초조해 하는 사이 시간이 흘러 내가 들어왔습니다."

"내가 만나긴 누구를 만나려 했다는 거야!"

"청소 아주머니."

총 다섯 개 동으로 이루어진 봉명아파트에는 미화원이 3명 고용

되어 있다. 두 명이 각 두 동씩을 담당하여 청소를 하고 나머지 한 개동을 한 명이 청소하는 대신 관리사무실까지 청소를 하고 있다. 청소 구역상으로는 다른 두 사람보다 이점이 있지만 사무실을 담당하는 사람은 직원들이 출근하기 전에 청소를 마쳐야 하므로 일찍 출근해야 하는 안 좋은 점도 있다.

남자는 도둑질을 하러 온 것이 아닐 것이다. 그렇다면 뭔가를 보거나, 누군가를 만나기 위해 온 것이다. 숨어서 기다린 것으로 미루어볼 때, 어떤 서류를 보기 위해 들어온 것은 아니다. 그렇다면 누군가를 만나려고 온 것인데 숨어서 기다리는 만큼 당연히 약속된 것도 아니다. 약속도 없이 숨어서 기다린다면 이미 그 시각에 출입하는 사람이 누군지를 알고 있다는 것이고, 그것은 사전조사를 했다는 뜻이 될 것이다. 하지만 만나지 못했고, 운 나쁘게도 차웅을 만났다. 그렇다면 보통 그 시간에 관리사무소에 들어오는 것은 누구인가.

그런 물음 끝에 미화원 아주머니라고 결론을 내렸다. 미화원아주머니는 그날 하필 건강검진을 하고 출근하느라 출근시간이 늦었다.

그런 자신의 추리를 차분히 설명한 차웅은 남자의 반응을 기다렸다. 그는 고개를 떨어뜨린 채로 아무런 말을 하지 않았다. 다만 굳게 다문입술이 파르르 떨리는 것을 볼 수 있었다.

"억지야. 난……. 그런 게……."

남자의 입에서 목소리가 갈라져 나왔다. 어떤 말을 해야 할지 몰라 억지로 소리라도 뱉어내는 기색이 역력하다.

정차웅은 씩 웃었다.

"맞아요. 맞습니다. 억지에요."

순간 남자가 퍼뜩 고개를 들었다. 이건 또 무슨 수작인가. 그런 말을 뱉고 싶은 원망이 남자의 얼굴에 묻어 있었다. 정차웅은 어깨를 으쓱했다.

"당신 말대로 억지에요. 증거는 하나도 없죠. 이상하다 싶은 일들의 아귀를 맞춰 엮은 것뿐이에요. 이 상태로는 당신에 대해 경찰에도, 아주머니에게도 말할 수 없죠."

후. 남자의 입에서 안도의 한숨 같은 것이 흘러나왔다. 정차웅의 눈에 빛이 서렸다. 그는 단호하고도 차갑게 말했다.

"당신이 아주머니와 무슨 관계인지는 사생활이니까 내 알 바는 아니지. 하지만 이것만은 알아둬. 만에 하나 정말로 내 얼토당토않은 이 억지가설이 맞는다면, 당신이 포기하지 않고 일을 저지르기라도 하면, 설령 아파트가 아닌 다른 곳에서라도 아주머니의 신변에 문제가 생기면 그건 두말없이 범인은 당신이라는 걸 내가 알고 있어. 그러니까 허튼짓은 하지 않는 게 좋을 거야."

남자는 말이 없었다. 그 침묵을 대답이라고 차웅은 생각하기로 했다. 차웅이 일어서는 동안에도 남자는 움직이지 않았다. 무슨 생각을 하고 있는지 궁금했다. 단지 얼이 빠져 있는 건지도 모른다.

사건은 미수에 그쳤고, 피해는 없다. 그러니 더 이상 경찰도 힘을 쓰지 못할 것이다. 다만 앞으로도 시도가 없으리란 보장이 없고, 그 시도가 미수에 그치리라는 보장도 없다. 그래서 확실하게 못 박아두고자 했던 것이다. 협박을 해서라도.

차웅은 신발을 신고 현관문을 나서다가 문득 생각난 듯 "아." 하고 몸을 돌려세웠다.

"계약기간 얼마 안 남았으면 해약하시고 이사 나가시는 건 어때요? 아무래도 여기서 사는 건 껄끄러우실 거 같은데. 제가 되게 껄끄러운 사람이거든요."

여전히 대답 없는 남자를 보며 차웅은 어깨를 한 번 으쓱한 뒤 남자의 집을 벗어났다.

남자의 집인 101동 1302호가 본사에서 보내온 해약신청자 명단에 올라온 것은 며칠 뒤의 일이었다.

윤기 있는 긴 흑발을 한데로 뭉쳐 질끈 올려 묶었다. 가늘고 긴 목덜미가 드러났다. 단정함을 유지하면서도 나름의 여성미를 강조할 수 있어 학습지 방문 교사라는 직업을 가지고 있는 신미영이 늘 고집하고 있는 헤어스타일이었다.

머리가 제대로 묶이지 않고 튀어나온 곳은 없는지 거울을 보며 얼굴을 이리저리로 돌렸다. 만족스러운 미소를 지은 입술 위에 핑크색 립글로스를 발랐다. 잘 정리한 눈썹도 한 번에 그렸고 마스카라도 눈꺼풀 위에 잘못 찍는 일 없이 한 번에해 냈다. 머리도 잘 정리되었다. 타이트한 에이치라인 스커트와 몸매를 제대로 드러내 주도록 몸에 붙는 블라우스를 입었다. 오늘따라 출근 준비가 원활했다. 아무래도 오늘 하루 일이 잘 풀릴 것 같다.

준비를 마친 미영은 기분 좋게 현관을 나섰다.

날씨도 좋았다. 상쾌한 바람이 불어왔다. 머릿속에서 기분 좋은 음악이 흐르는 것만 같았다. 그 음을 입으로 따라 흥얼거렸다.

하지만 엘리베이터에서 내려 아파트 단지로 나오자 좋았던 감정이 한순간에 싹 사라졌다. 누가 봐도 밤새 입고 침대 위에서 굴렀을 파자마를 바깥까지 입고 나와서 있는 여자와, 그에 못지않게 촌스러운 차림의 여자. 두 명의 여자 때문이었다. 두 여자는 아주 자연스럽게 팔짱을 낀 자세로 다리를 벌리고 있었는데, 그 자세는 언제까지라도 계속 서서 쓸데없는 대화를 떠들 수 있다고 말하는 것만 같았다.

두 여자의 낯이 익었다. 아니 그중 한 명은 확실히 누구인지 알고 있었다.

봉명아파트 부녀회장. 이름은 잘 알지 못하나 얼굴만은 잊을 수 없다. 확실히 기억하고 있는 것이다. 작년 겨울, 불우이웃 돕기 상자를 가지고 세대마다 돌아다니며 초인종을 눌렀던 여자였다. 자발적인 참여를 촉구하는 거라고는 하지만 부녀회장은 완전히 고압적인 자세로 상자를 내밀었다. 상당히 강제성을 띄고 있는 언변을 서슴지 않았다. 마침 현금을 찾아놓은 것도 없었고, 학습지를 신규 신청한 학부모와 상담 중이었던 터라, 지금은 낼 수 없다고 말하고 문을 닫으려 했다. 그런데 부녀회장은 어이없게도 그 문 사이로 발을 찔러 넣으며 거의 모든 사람들이 다 참여한 일을 왜 하지 않느냐고 따져 물었다. 나중에 알고 보니 부녀회장은 동사무소에 자신의 실적을 보여 주고 싶은 허영심 때문에 그렇게 열성적으로 걷으러 다닌 것이었다.

지금은 정확히 기억나지 않지만 그 태도가 기분 나빠 자신도 뭔가 곱지 않은 말투로 말했고, 몇 마디 이어진 끝에 언성이 높아졌었다. 이웃에서 신고가 들어갔는지 경비원이 달려와 가까스로 말싸움이 끝났지만, 껄끄러운 기억이었다. 미영은 미간을 살짝 찌푸리며 두 여자의 옆을 지나갔다.

"어머, 이 여편네가 뭘 모르시네. 씨 없는 게 얼마나 좋은데. 씨가 없어야 밖에서 딴 짓을 해도 안 걸린다구. 여자나 남자나."

"뭐? 어머 이 여자가 큰일 날 소리를 하네."

동시에 깔깔 웃어젖힌다. 그 소리가 하늘을 날카롭게 찔렀다. 정말 할 일 없는 여자들이었다. 아침부터 부끄러운 줄도 모르고 사람들 많은 곳에서 목소리를 드높이며 음담패설이라니.

신미영은 자신이 지금보다 더 나이를 먹어도 저런 여자는 되지 않겠다고 다짐했다. 그리고 저런 여자들과는 얽히지도 않겠다고도 생각했다. 만약 내일 아침 이 시간에도 저렇게 몰상식하게 떠들어 대는 모습과 마주치면, 사무실에 사정을 말해서라도 출근 시간을 바꿀 것이라고 생각했다. 아침의 좋은 기분을 저 여자들 때문에 망치기는 싫었다.

그러나 신미영은 그때 알지 못했다.

자신은 두 번 다시 저 여자들을 보지 못할 것이라는 것을.

두 번 다시 이 아파트로 돌아오지 못할 것이라는 것을.

방문 교사 실종 사건

요즘 그 집의 우편함이 넘쳐나기 시작했다. 처음에는 어디 여행이라도 갔거니 했었지만, 우편함 투입구가 열릴 정도로 우편물이 쌓이자 경비원 진 씨는 우편물을 묶어 경비실에 보관한 뒤 관리사무소에 연락을 취했다. 우편물이 쌓이면 좀도둑이 들 우려가 있다며 관리소에서 내린 업무 지시 중 하나였다.

그 집은 104동 207호로 여자 혼자 사는 집이었다. 늘 칼같이 머리를 올려 묶고 타이트한 정장에 검은 하이힐을 즐겨 신고 다녔다. 출근 시간이 일정치 않은지 이른 아침에 나갈 때도 있으나, 주로 오전 10시에서 11시 사이에 나갔다. 귀가는 매번 밤 10시가 넘었다. 무슨 일을 하는지 모를 사람이었다. 그러고 보니 요즘 통 보이질 않았다.

"그 집 연락이 안 되네요. 며칠만 갖고 계세요."

관리실의 경리직원 최춘미가 몇 번 연락을 취해 보고는 인터폰을 해 왔을 때, 진 씨는 그렇잖아도 좁은 경비실에 귀찮게 됐다며 투덜거렸지만 그 순간에도 그런 일이 벌어졌으리라고는 생각지 못했다.

연락을 취해 본 사흘 뒤, 그 집에 여자의 언니라는 사람이 경찰을 대동하고 나타났다. 그들과 동행한 남자가 있었는데 봉명아파트 상가에 있는 만물사의 주인이었다. 만물사 주인은 경찰과 집주인 언니의 입회하에 기계로 현관문을 땄다. 달칵하고 잠금이 풀리는 소리에 언니라는 여자가 성마른 손길로 문을 열어젖히고 들어갔다. 그 뒤를 형사들이 뒤쫓아 들어갔고 다급한 발자국 소리가 집 안에서 질서 없이 들려왔다.

그리고 잠시 뒤 상황을 파악하기 위해 104동 207호 복도까지 따라 올라온 진 씨의 귀에 언니라는 여자의 울음소리가 들렸다. 그 소리는 마치 짐승의 것과도 같았으며, 매우 고통스럽고, 불길하고, 지치고 고된 여러 가지의 감정이 실려 있었다.

"없어요! 대체 어디로 간 건지. 대체 어디 있는 거니!"

여자의 외침이 복도에 공허하게 울려 퍼졌다.

* * *

신미영이 사라진 것은 3월 12일로 파악되었다. 실종 전 마지막 근무일이었다. 그날 퇴근 이후, 그녀의 행방이 묘연해졌다. 사건을 맡은 은파경찰서 형사 팀에서 협조 요청을 하고자 관리사무소에 왔을 때 관리소장을 포함한 직원들은 이미 경비원 진 씨의 보고를 듣고 사건에 대해 인지하고 있는 상태였다.

"아이고, 자주 뵙네요?"

관리소장 김석남이 형사들 중 강주영을 보고는 매우 반갑게 인사했다. 강주영은 함께 온 다른 형사를 의식하며 곤혹스러운 미소로 살짝 목례했다.

"자주 봐서 좋은 일은 아닌데 말이에요."

"그러게 말입니다. 아무튼 저희가 할 수 있는 한 협조는 다해 드려야죠."

히죽 웃던 김석남이 고개를 어딘가로 홱 돌렸다.

"이봐, 정차웅 과장! 여자 친구 왔는데 인사 안 해?"

김석남이 돌연 목소리를 드높였다. 그의 시선 끝에 책상에 앉아 뭔가를 입력하고 있던 정차웅이 있었다. 잔뜩 구겨진 정차웅의 얼굴이 모니터 옆으로 빠끔 빠져 나왔다.

"여자 친구가 아니라 스토커라고 했던 제 말은 기억도 안 나십니까?"

정차웅의 시선이 강주영에게로 옮겨갔다. 노려보는 듯한 시선에 강주영은 움찔하며 시선을 피했다. 정차웅이 냉정하게 말했다.

"니가 싼 똥이니까 넌 같이 오신 분들의 저 궁금해 죽겠다는 얼굴에도 억울할 건 없겠지? 온 김에 아무리 바빠도 알아서 상황정리 좀 하시고, 응?"

"여자 친구 아냐?"

김석남의 눈이 휘둥그레 졌다. 강주영과 함께 온 형사도 아주 궁금해 하는 눈치였다. 게다가 노려보는 정차웅의 시선까지. 강주영은 자신이 농담 삼아 했던 거짓말이 아직도 유효한 것인 줄 까맣게 잊고 있었다. 이리저리 쏟아지는 갖가지 시선을 피하며 고개를 숙인 채로 주영은 보일 듯 말듯 고개를 끄덕였다. 이 상황을 알아서 수습하라는 정차웅에게 끄덕, 여자 친구 아니냐고 되묻는 김석남에게 끄덕.

"아니, 선배. 구리게 무슨 짓을 한 거예요. 아무리 궁해도 그렇지 여자 친구 사칭까지 하고 다녀요?"

1년 후배인 태형이 속삭이듯 핀잔을 주었다. 강주영은 험상궂은 얼굴로 입술을 씰룩거렸다.

"넌 가만히 있어."

흠흠 헛기침을 하며 강주영은 분위기의 반전을 노렸다. 아무 일도 없었다는 얼굴로 김석남을 바라보았다.

"우선 104동을 담당하시는 경비직원분 면담을 좀 하고 싶은데요. 혹시 입주민들 중에 실종된 신미영 씨와 친분이 있으셨던 분이 있다면 그분과도 연락을 취하고 싶고요."

김석남은 잠깐 생각하는 듯이 고개를 갸웃하고는, 경쾌한 투로 말했다.

"저희는 잘 모르겠지만 경비원은 알고 있을지도 모릅니다. 입주민들과 가장 가까운 거리에서 일하는 사람들이니까요. 불러 드릴 테니 물어보시죠. 면담은 소장실을 쓰시고요."

"감사합니다. 잘 부탁드립니다."

주영이 가볍게 목례했다. 개인정보를 관리하는 관리사무소는 물론이고, 기업체까지 그간 사건을 조사하러 다니며 비협조적인 곳을 많이 보았다. 친했던 사람인데 내가 이런 말까지 해도 되나, 내가 이런 말을 해서 나중에 귀찮게 되는 일은 없을까, 그런 생각들이 중요한 진술들을 가로 막은 적이 한두 번이 아니었다. 이곳 역시 정차웅이 아니었다면 이런 대우도 어려웠을 것이었다. 경비직원을 면담하려면 경비실 앞에 서서 지나가는 사람들의 시선을 받으며 사정을 들어야 했을 것이고, 통행하는 입주민들의 눈치를 보느라 경비원 역시 속 시원한 말을 하지 못할 수도 있다.

그런 사정을 알아서인지 태형이 주영의 귀에 대고 속삭였다.

"오, 여자 친구 사칭한 보람이 있네요?"

"시끄러!"

말과 동시에 발이 나갔다. 그 발은 정확히 태형의 정강이에 꽂혔다. 미처 신음도 지르지 못한 채 태형은 입을 쩍 벌리고 정강이를 감싼 채 주저앉았다. 그 모습을 본 김석남이 마치 자신이 얻어맞기라도 한 것처럼 인상을 썼다.

* * *

"법 없이도 살 분이죠, 그분은."

불려온 104동 경비원 진 씨의 머리에는 밀가루를 뒤집어쓴 졸업생처럼 흰머리가 소복이 내려앉아 있었다. 손이며 얼굴에 세월의 주름이 자리 잡고 있었지만, 목소리에 힘이 있었고 벌어진 어깨가 강인해 보였다. 김석남이 가져다 준 인사기록부에는 나이가 일흔넷으로 기재되어 있었다. 나이보다 훨씬 정정하게 느껴졌다. 진 씨를 보면서 주영은 마음속으로 그 연세까지 일하는 체력에 경의를, 그리고 그 나이까지도 채용을 이어주는 이 사무소에 경의를 표했다.

"어떤 면에서 그런 생각을 하셨나요?"

주영의 물음에 진 씨가 고개를 갸웃했다.

"아, 30대 여자에게 어울릴 만한 표현은 아니어서요."

납득한다는 듯 진 씨가 하하 웃었다.

"표현이 좀 그렇긴 했나 보네요. 근데 사실이 그랬어요. 법이나…… 규정? 그런 걸 엄청나게 지키는 사람으로 보였어요. 여기는 음식물 쓰레기를 전용 종량제 봉투에 넣어서 폐기물통에 넣어야 하는데, 종량제 봉투 값이 아까우니까 어떤 사람들은 몰래 몰래 그냥 통에 부어 버리기도 하거든요. 그런 일 절대 안 하고, 대형폐기물을 내놓을 때도 꼬박꼬박 스티커 사다 직접 붙이고 그랬어요. 젊은 사람이 인정도 있어서 지난 추석에는 저에게 과일 상자를 선물로 주기도 했어요."

"주변 평판도 그랬나요?"

"글쎄요. 같은 동에 살면서 안면 있는 어르신께는 인사도 잘 한다고 하더라고요. 904호 할머니가 전에도 그럽디다. 요즘 사람치고 정말 예의바르고 참하다고. 하지만 다른 사람들은 모르겠어요. 이 아가씨가 귀가하는 시간이 늦기도 하지만, 특별히 말 트고 지내는 사람이 있는 것 같지는 않았거든요. 그렇지만……."

말을 할까 말까 조금 난처해하는 기색이 보였다. 말을 할까 말까 고민해야 하는 말이라면 반드시 들어야 한다는 것을 주영은 몇 년간의 형사 생활을 하면서 체득해 왔다.

"그렇지만?"

"자기가 지키는 만큼 다른 사람이 안 지키는 건 또 못 보는 성격처럼 보였어요. 음식물쓰레기를 제대로 버리지 않는다든가……. 아! 한번은 강아지 산책시키러 나왔던 여자분이 개똥을 안 치우고 가는 걸 보고 싸움난 일도 있었죠."

보통 성격은 아니었던 것 같다. 강주영은 경비원의 말을 들으며 몇 가지를 적었다. 아직 중요하다고 생각되는 말은 나오지 않았지만, 혹시 나중에 필요할 때가 있을지도 모르니, 증언해 준 사람과 그의 말을 정확히 연관지어 적어 놓는 것이 좋다.

"다른 특별한 점은 없나요? 혼자 살고 있기는 하지만 누가 자주 드나들었다던가."

음 하고 잠깐 생각에 잠기던 진 씨는 곧 고개를 저었다.

"제가 다 아는 건 아니지만 특별히 기억나는 건 없는데요."

고개를 끄덕이며 강주영은 수첩을 덮었다.

"그렇군요. 그럼 마지막으로 한 가지만 더 물을게요."

진 씨가 눈을 깜박이며 주영의 말을 기다렸다.

"입주민 중에 207호 신미영 씨와 친하게 지내시던 분은 없나요?"

생각에 잠기던 아까와는 달리 진 씨는 곧장 대답했다.

"그런 사람들은 없는 것 같아요. 요즘 대부분 그렇잖아요. 다른 사람들에게 관심 없던 그 여자분은 아마 옆집에 누가 살았는지도 모를 겁니다. 그래도 우리 경비원들에게는 잘했습니다. 인사도 잘하고요. 지난번에는 단지 장터에서 수박을 사서 반을 뚝 잘라 주었지요. 혼자 사니까 다 먹지 못해서 그렇겠지만, 일부러 제일 큰 걸 사서 나눠주는 마음이 고마웠죠.

아주 맛있었어요. 여기 부녀회장이 성격이 더러워서 물건은 다 좋은 것만 들어오거든요."

"수박이라고요? 그게 며칠이죠?"

"가만 있어 보자. 장터가 들어온 날이니까 3월 10일일 겁니다."

그러니까 진 씨의 시선에서 보면 실종된 신미영은 법 없이도 살 사람, 법 없이도 살 만큼 스스로는 잘 지키는 사람, 하지만 다른 사람과는 담을 허물지 않는 사람이었다. 어찌 보면 요즘 사람들의 개인주의를 여실히 보여 주고 있는 사람이었다.

다른 사람들에게 피해 받는 일을 참지도 않고, 피해를 끼치지도 않는다.

주영은 진 씨를 돌려보낸 뒤 소장실에서 나왔다. 소장실을 빌려 줬던 김석남이 강주영을 향해 눈을 빛냈다. 앞으로 어떻게 수사를 진행할지 궁금해 하는 것 같았다. 범죄가 생긴 걸 안타까워하는 게 아니라 범죄를 신기해하는 쪽이었다. 요즘 많은 사람들의 시선이 그랬다. 안타까운 일이었다.

그러나 아직 실종자를 찾지 못하고 있으니 함부로 뭔가를 말할 수가 없다.

"감사합니다."

"수사는 어떻게……."

"경비원분과 대화를 나눠 봤지만 이렇다 할 건 없네요. 친하게 지내셨다는 분도 없고. 그래도 혹시 모르니 일단 옆집에는 좀 가 보려고요."

친하게 지내지는 않았지만 바로 옆집인 만큼 뭔가 들은 얘기가 있을 수도 있었다. 혹시 누군가 싸우는 소리를 들었다던가. 현재는 실종 사건이지만 언제든 범죄에 의한 상해나 사망 사건으로 발전할 수 있는 것을 염두에 두고 있는 터였다. 20대의 여성이 가족들과의 연락도 끊고 갑자기 사라지는 일은, 더군다나 가출할 일도 없는 독립여성일 경우에는 항상 최악까지 생각해야만 했고, 필연적으로 그런 생각이 들었다.

"그럼 제가 먼저 전화를 해 놓죠. 형사가 갈거니 협조 부탁드린다고요."

"감사합니다."

강주영은 태형을 향해 고갯짓을 했다. 나가자는 뜻이다. 태형이 전화를 끊으며 일어났다. 조금 전까지 누군가와 통화를 한 것 같다.

"서에서 전화 온 거야?"

"제가 걸었어요. 아직 별다른 건 없는 것 같아요."

현재 신미영 실종 사건 수사는 세 팀으로 나눠졌다. 지강훈 형사가 이끄는 팀은 그녀의 회사와 친구들 조사, 강주영의 팀은 그녀의 집 주변 조사, 그리고 서에 남아 있는 팀에서는 신미영의 이동경로 파악을 위해 도로의 CCTV를 모두 조사하고 있다. 하지만 아직 중요한 것은 어느 곳에서도 나오지 않는 것 같았다. 주변 인물들에게서도 별다른 것이 파악되지 않는다면 주영도 CCTV 확인에 투입되어야 할 것 같다.

주영은 관리소장에게 신미영의 옆집 입주민과 만나러 가 보겠다고 하고는 태형과 함께 관리사무소 문을 나섰다. 문턱쯤에서 돌연 정차웅 쪽으로 고개를 돌렸다. 이쪽을 보고 있던 정차웅과 눈이 마주쳤다.

강주영은 씩 웃었고, 정차웅은 눈을 둥그렇게 떴다가 이내 미간을 찌푸렸다. 강주영은 히죽거리다 쌩하니 몸을 돌려 나갔다.

궁금해 죽겠을 거다.

* * *

강주영은 신미영과 같은 라인에 사는 몇몇 세대를 방문한 뒤 경찰서로 복귀해 일지를 작성할 생각이었다. 평일 낮 시간대이고 해서 비어 있는 집도 있었기 때문에 추가로 이야기를 들어볼 수 있었던 것은 두 세대뿐이었다.

한 세대는 신미영의 옆집.

초인종을 누르자 30대 초반 정도로 보이는 여자가 나왔다. 화장기 없는 얼굴에 피곤하고 귀찮은 기색이 어려 있었다. 가슴에는 팔뚝 반만 한 크기의 강아지가 안겨 있었다. 강주영을 보고는 그 귀여운 얼굴로 허옇게 이를 드러내었다. 여자가 강아지의 이마를 쓰다듬었는데 그 정도로 강아지를 달랠 수는 없었다.

경찰이라고 주영이 소개를 한 뒤 옆집에 대해서 묻겠다고 하자, 귀찮다는 얼굴이던 여자의 눈에 돌연 빛이 서렸다. 흥미로워 하는 것 같았다. 여자는 잠시만요 하고 말한 뒤 방에 강아지를 던져 놓고 문을 닫은 뒤 나왔다. 갇힌 강아지가 안에서 낑낑거리며 문을 긁는 소리가 들려왔지만 이내 포기했는지 조용해졌다. 성질부리던 것 치고는 포기가 빨라 신기하다.

음 하고 뭔가 생각을 하듯 입가로 손을 가져갔던 여자는 고개를 저었다.

"특별히 얘기할 만한 건 생각나지 않아요. 혼자 사는 여자분이죠? 굉장히 집이 조용했어요. 여기는 세대 간 소음에 되게 취약해서요."

여자가 목소리를 잔뜩 죽이며 주영을 향해 상체를 기울였다.

"옆집에서 오줌 싸는 소리도 들리거든요."

말해 놓고 여자는 깔깔거리고 웃었다. 강주영은 예의상 미소를 지어 줄 뿐이었다. 상대는 웃지도 않는데 혼자 깔깔거린 것이 무안했는지 여자가 웃음을 뚝 그치며 정색했다.

"아무튼 그래요. 누가 와서 떠들거나 그랬다면 알았을 거예요. 근데 그 집은 진짜 조용했어요. 전화로라도 싸우거나 하는 소리도 들은 적 없고요. 옆집에 사람이 사나? 그 정도로 조용했다고 하면 말 다했죠."

강주영은 혹시나 싶어 들고 있던 다이어리에서 사진을 한 장 꺼내 내밀었다. 신미영의 사진이었다. 신미영의 친 언니로부터 전달받았다. 항공사 승무원을 떠올릴 만큼 깔끔한 스타일의 여자가 사진 속에서 웃고 있었다.

"아, 이분이 옆집 사람이구나."

여자는 골똘히 뭔가를 생각하는 듯 입을 한일자로 다물고 바닥을 응시했다.

"그러고 보니 얼마 전에 본 적 있어요. 승강기 앞에서요. 두세 명 정도 되는 남자들하고 뭔가 얘기하고 있었어요. 잘 몰라도 꽤 심각해 보이던데."

강주영의 눈이 반짝 빛났다.

"두세 명의 사람요? 뭐하는 사람들이었는지는 혹시 모르시나요? 느낌이라도 말이에요."

여자는 고개를 저었다.

"그건 잘 모르겠어요. 승강기 앞에서 얘기하기에 왜 여기서 떠드나 하는 생각만 하고 저는 얼른 타고 내려갔거든요."

"그게 언제쯤이었나요?"

"글쎄요. 지지난주쯤이었나, 그 전주였나. 정확히는 기억 안나요. 꽤 된 거 같아요."

넉넉잡아 3주 전이라고 보면 여자의 친언니가 처음으로 동생과 연락이 끊긴 시점과 비슷하다. 아마 사라지기 전의 어느 날이었을 것이다. 두세 명의 남자와 복도에 선 채로 심각하게 얘기를 했다. 그리고 여자는 사라졌다. 꽤 괜찮은 수확이다.

"어떤 사람들로 보였나요?"

여자는 고개를 갸웃거렸다.

"글쎄요. 잠깐이라. 딱히 어떤 사람이라고 보인다기보다는. 양복을 아주 잘 차려입은 남자들이었는데 20대 후반에서 30대 정도로 보였어요. 두 사람 다요."

"이번엔 신미영 씨 말인데요. 평소 그분의 인상은 어떠셨나요? 친절해 보인다든가, 냉정해 보인다든가 하는 느낌 말이에요."

"뭐, 자주 마주치는 건 아니라서. 그런 건 경비 아저씨가 잘 알지 않을까요?"

"경비원분은 만나 봤어요. 법 없이도 살 사람이라고 말씀하시더군요."

경비 아저씨라고 하기에는 공무수행 중인 자신의 처지와 맞는 호칭이 아닌 것 같고, 경비원이라고만 말하기에는 어쩐지 예의가 없는 것 같아 고민하다 경비원 뒤에 '분'이라는 존칭을 넣어 대답하는 것으로 정했다. 주영의 대답에 여자가 고개를 끄덕였다.

"집에서 싸우거나 그래서 다른 집에 피해를 주지도 않고, 베란다에서 담배를 피워서 연기가 넘어오게 하는 일도 없으면 제 입장에서는 법 없이도 살 사람 맞네요. 아주 그것 때문에 골치가 아파요, 제가."

여자가 "담배 연기가 넘어와서 항의를 해도 계속 같은 일이 벌어져요. 이런 일에는 어떻게 대응해야 하는 건가요, 형사님?" 하고 덧붙여 물어서 강주영은 "글쎄요. 일단 관리사무소에 상담을……." 하고 애매하게 대답했다.

"경비 아저씨가 그렇게 말했으면 그 말이 맞겠죠, 뭐. 경비실에 앉아서 하는 일이 뭐예요? 입주민들 체크하고 그러는 게 그분 일 아니겠어요?"

어쩐지 경비원이란 직책을 조금 비하하는 듯한 뉘앙스다. 최근 고급 아파트들에서 벌어지는 입주민들 갑질 논란이 비단 그곳만의 일은 아닌 것 같다는 생각이 들어 조금 씁쓸해졌다. 주영은 여자에게서 더 나올 만한 증언은 없을 것 같다고 판단했다.

"말씀 감사합니다, 그럼 이만."

강주영은 살짝 목례했다.

"그런데 무슨 일인데요?"

여자의 눈이 다시 반짝 빛났다. 아무 생각 없는 호기심의 기저에 가벼운 악의가 깔려 있었다. 오늘 저녁 남편이 들어오면, 혹은 아파트 단지에 있는 친분 있는 사람들을 만나면, 그것도 아니라면 파 한 단을 사러 들린 마트라든가 머리를 다듬으러 간 단지 내 상가 미용실에서 떠벌릴 만한 사건을 내심 기대하겠지.

강주영은 허울뿐인 미소로 대답을 대신 한 뒤 얼른 몸을 돌렸다.

* * *

또 다른 한 집은 신미영의 아랫집이었다.

그곳에서도 여자가 나왔다. 아랫집 여자 역시 신미영과 친분이 있지는 않다고 했다. 마주친 적도 많지 않아 특별히 이야기 할 것도 없다고 했다. 정말로 아는 것이 없는 얼굴이었다.

주영은 알겠다고 하며 볼펜을 주머니에 넣었다. 그 모습을 보다 무슨 생각이 났는지 아 하고 아랫집 여자가 눈을 반짝였다.

"누가 드나들긴 하는 것 같았어요. 남자였어요. 한 40대 정도로 보이는 머리가 살짝 벗겨진 남자."

아랫집 여자의 친언니가 두 층 위에서 살고 있다고 했다. 처녀 시절 언니와 함께 살다가 언니가 결혼하자 때마침 비어 있던 두층 아랫집을 계약해서 독립을 했다. 그날은 언니가 저녁을 먹으러 올라오라고 해서 계단을 이용했다. 두 층 정도를 엘리베이터로 올라가려면 기다리는 시간이 더 길어서 평소에도 계단을 이용한다고 했다.

그냥 아무 생각 없이 계단을 오르다 왼쪽으로 시선을 돌렸을 때 복도에 서 있던 신미영과 남자를 보았다고 했다.

검은색 점퍼에 헐렁한 바지를 입은 머리가 벗어진 40대의 남자. 신미영의 옆집 여자가 보았다는 남자와는 인상착의가 많이 달랐다.

"그 남자랑 집으로 들어가더라고요."

"신미영 씨 집 안으로요?"

"네. 분명히 봤어요."

남자가 안으로 들어갔고, 신미영이 직접 문을 닫았다. 분명 그런 모습을 보았다고 여자는 덧붙였다.

"그런데…… 왜요? 그 여자분 무슨 일이라도 있어요?"

똑같았다. 조금 전 봤던 여자와 마찬가지 색을 띤 호기심이 그녀의 얼굴에 물들어 있었다. 주영은 아까 했던 것처럼 애매한 미소를 지었다.

"이야기 감사했습니다."

더 이상의 관심을 거절이라도 하듯 단호한 태도에 여자는 아쉬워하는 표정을 감추지 않았다.

얼른 자리를 벗어난 주영은 엘리베이터를 타고 바로 1층 버튼을 눌렀다.

그래도 나쁘지 않은 수확이었다. 젊은 여자와 관련된 실종은 납치를 제외하면 보통 남자 문제를 떠올리게 된다. 이번 실종도 만약, 사건일 거라고 생각하면 남자가 얽힌 문제로 인해 벌어진 일일 가능성이 컸다. 우선 젊은 두 남자, 그리고 40대의 남자. 신미영의 주변 인물들을 수색해 그 사람들을 찾는 것이 좋은 방법이 될 것 같았다.

주영은 휴대폰을 꺼내 단축번호를 눌렀다. 태형의 전화번호가 액정화면에 뜨고 이어 신호가 갔다. 그 사이 엘리베이터는 1층에 도착해 문이 열렸다.

"어?"

문이 열리고 느닷없이 눈에 들어온 것은 정차웅이었다. 그는 검은색 가방을 왼쪽 어깨에 메고 있었다. 폼으로 봐서는 엘리베이터를 타려고 했던 것 같았다.

"안 내려?"

멍하니 엘리베이터를 막고 서 있는 강주영에게 정차웅이 물었다. 그 소리에 강주영은 정신을 퍼뜩 차렸다.

- 네, 선배.

전화를 받은 태형의 목소리가 전화기 너머에서 들려왔다.

"어, 난데. 지금 지강훈 선배가 신미영 씨 주변인물 수사하는 중이지? 뭐 나온 거 있어?"

통화를 하며 강주영은 엘리베이터에서 내렸다. 정차웅이 강주영 옆을 스쳐 엘리베이터 안으로 들어갔다. 순간 강주영이 그의 옷자락을 잡아 쥐었다. 뭐냐는 듯 정차웅이 주영을 보았다. 주영이 정차웅의 옷자락을 쥔 채 잡아당겼다.

"왜 이래?"

주영은 한 손에 전화를 쥔 채로, 한 손으로는 정차웅을 잡아당겼다. 잘 만났다. 잠깐 내려 봐. 강주영의 고갯짓이 정차웅을 향해 말하고 있었다.

- 네. 감이 오는 인물이 한두 명 정도로 좁혀져요. 신미영 씨의 전

남자친구가 있고요. 돈관계가 조금 얽힌 남자가 있고요.

"그래? 역시!"

- 역시라뇨?

"여기 입주민들도 신미영이랑 있었던 남자들을 본 적이 있더라. 문제는 한 명이 아니고 인상착의로 볼 때 여러 사람인 것 같아. 어떤 사연인지는 내가 서에 가서 들을게. 혹시 그 두 사람 사진 구할 수 있나?"

입주민들이 목격한 사람들과 일치하는지 확인할 생각이다. 태형은 한번 알아보겠다고 대답했다. 강주영은 곧 서에 들어가겠다고 말하고는 전화를 끊었다.

"뭔 짓이야?"

어느새 정차웅은 완전히 엘리베이터에서 끌려나와 있었다. 엘리베이터는 이미 상층을 향해 올라가고 있었다. 인상을 쓰고 있는 정차웅의 눈앞에 강주영은 손바닥을 내밀어 보였다. 정차웅이 눈만 내리 깔고 그 손바닥을 보았다가 다시 강주영의 얼굴로 시선을 옮겼다.

"뭐?"

"전화번호 내놔."

"뭔 전화번호?"

"뭐겠어? 내가 너한테 달라는 전화번호가 옆집 아줌마 전화번호겠어, 대통령 전화번호겠어? 니 전화번호 내놓으라고. 내가 명함 줬는데 왜 연락 안 해? 내 명함 갖고 있기나 해? 버렸지?"

정차웅이 기가 찬 듯 웃었다.

"누가 보면 내가 빚이라도 진 줄 알겠네. 전화번호는 왜?"

"저장할 거야. 저장해서 전화할 거야. 문자도 보내고, 휴일 되면 뭐하나 물어볼 거고, 달이 바뀌고, 계절 바뀔 때, 명절에, 새해에 전화도 할 거야."

뭔 소린가 싶지만 강주영의 얼굴은 더 없이 진지했다. 그 얼굴을 정차웅이 물끄러미 보았다. 씩씩대며 말을 쏟아 붓던 강주영은 정신이 들었는지 별안간 얼굴이 빨갛게 달아올랐다.

"뭐, 뭐! 전화번호 달라는 게 뭐 잘못됐어?"

"창피하면 언성부터 키우는 거 여전하네. 강주영."

정차웅은 고개를 절레절레 흔들었다. 그러고는 말없이 등을 보이고, 엘리베이터의 버튼을 눌렀다. LED표시판의 위치는 13층을 표시하고 있었다. 도착했던 엘리베이터가 어느새 13층에 올라가 있었다. 이어서 12층, 11층……. 점차 한 층씩 내려오는 엘리베이터의 표시등을 보던 강주영이 아랫입술을 질끈 깨물었다.

"니가 손 놔 버리면 끝나 버리는 관계였던 거, 지난 1년간 진짜 절실히 깨달았거든. 가족보다 더 끈끈한 사이라고 생각했는데 그렇게 한순간에 아무것도 아닌 사람 된다는 거 알았거든."

정차웅이 몸을 돌려 강주영을 보았다. 강주영은 자기도 모르게 주먹을 불끈 쥐었다.

"근데 얼마 전에 너 만나고 나서 생각했어. 니가 손 놔 버리면 내가 잡아서 놔주지 말자고. 그러면 끝날 수도 없잖아."

무슨 생각을 하는지 정차웅의 얼굴에는 아무런 표정 변화가 없었다. 그때 엘리베이터의 문이 열렸다. 어느새 1층에 도착한 것이다.

강주영이 머뭇하는 사이 정차웅은 그대로 엘리베이터 안으로 들어섰다. 둥그렇게 뜬 강주영의 눈을 보면서 정차웅은 닫힘 버튼을 눌렀다. 엘리베이터의 문이 서서히 닫히기 시작했다. 문 간격이 정차웅의 얼굴만 보일 정도로 좁아졌다.

순간 강주영은 탁 하고 열림 버튼을 눌렀다. 엘리베이터의 문이 다시 열렸다.

"이거거든! 내가 안 놓으면 되거든."

"강주영."

정차웅의 표정은 단호했다. 눈빛에 날이 서 있었다. 경고였다. 그 서슬 퍼런 기세에 강주영은 자기도 모르게 버튼에서 손을 떼었다. 엘리베이터의 문이 덜컹하며 다시 움직였다.

이번에 열림 버튼을 누른 것은 정차웅이었다.

"한 팀은 실종자의 관계조사. 한 팀은 실종자 주거지 주변인 조사. 그렇게 하면 시간은 빠른데 잘못하면 쓸데없는 제보만 많아져. 사람들의 흥미는 팩트에 쓸데없는 상상력을 입히거든. 그렇게 되면 정작 뭐가 팩트인지 알 수 없게 되어 버려."

"응? 그게 무슨……."

어리둥절한 얼굴로 주영이 되물었으나 정차웅은 더 이상 주영과 할 말이 없다는 듯 닫힘 버튼을 눌렀다.

꽉 닫혀 버린 엘리베이터 앞에서 주영은 막막함과 답답함을 느꼈다. 깊은 한숨이 나왔다. 하지만 지금은 이렇게 코 빠트리고 있을 때가 아니었다. 주영은 경찰서로 돌아가기 위해 몸을 돌렸다. 그때 휴대전화가 울렸다.

모르는 번호였다.

"여보세요?"

– 됐지?

동시에 끊겨 버리는 전화. 정차웅이었다. 휴대폰에는 아직 정차웅이 걸어온 번호가 남아 있다. 주영은 씨익 웃으며 그 번호를 저장했다. 아파트를 나서는 주영의 발걸음이 경쾌했다.

* * *

아파트는 뒤숭숭했다. 경찰이 다녀갔고, 입주민들을 대상으로 탐문조사를 벌였으니 무리도 아니었다. 실종된 신미영의 일로 형사의 방문을 받았던 입주민들에게 무슨 대화가 오고 갔는지가 궁금해 사람들은 탐욕스러운 눈을 빛냈다.

이윽고 소문이 돌기 시작했다. 주변의 다른 세대들하고는 왕래도 거의 없었던 신미영은 어느새 다른 주민들이 너무나 잘 알던 여자가 되어 있었다. 옆집 여자가 진술했던 두세 명의 남자와 만나고 있던 신미영과 40대 남자를 집 안에 들이던 신미영의 이야기가 전해지면서 사람들에 신미영에 대해 서슴지 않고 얘기를 늘어놓기 시작했다.

그렇잖아도 단지에서 어떤 남자들과 웃고 떠드는 것을 보았다.

옷이 너무 야했다. 남자들을 후리게 생겼다.

심지어 '매일 늦은 저녁에 귀가했다'에서 '매일 밤에 나갔다더라'로, 그것이 다시 '밤에 일하는 여자'로 바뀌기에는 그리 오랜 시간이 걸리지 않았다. 그녀가 일하는 학습지 회사의 동료들에게서 들었던 시니컬한 신미영의 모습과, 사람들의 이동이 많은 단지 내에서 남자들과 웃고 떠들었다는 모습은 전혀 일치하지 않았으며, 옷을 너무 야하게 입고 다녔다는 것은 학습지 교사라는 그녀의 직업에 비추어 봤을 때 전혀 근거 없는 이야기였고, 밤에 나가거나 밤에 일했다는 것 역시 말도 안 되는 이야기였다.

어쩌면 그들도 알고 있었을지 모른다. 자신들이 주워 삼켜 살을 붙여 다시 내뱉는 그 이야기들이 모두 전혀 근거 없는 억측이라는 것을. 그럼에도 그들은 떠든다. 이유는 하나다.

남의 일이니까.

하지만 알면서도 그 속에서는 신미영은 정말 방탕한 여자가 맞을 거라고 확신하고 있는 부분도 있는 듯 했다. 처음 형사에게 진술했던 옆집 여자와 아랫집 여자의 진술. 그것은 분명 두 사람이 본 사실을 얘기한 것이고, 그 이야기 속에서 신미영은 두세 명의 남자와 이야기를 했고, 한 명의 남자를 집 안으로 끌어들였다. 혼자 살면서 남자를 만나고 다니는, 신미영은 정상적인 여자는 아닐 거라는 인식이 수군거리는 사람들의 속내에 깔려 있는 듯했다.

그리고 사람들은 드디어 생각하기 시작했다.

신미영은 정말 법 없이도 살 사람이었던 걸까.

* * *

"뭘 그렇게 남의 일에 관심을 가지는지. 아휴."

강주영은 고개를 절레절레 저으며 자신의 앞에 놓인 와인 잔에 병을 기울였다. 붉은 와인이 찰랑거리며 와인 잔 안으로 떨어졌다. 와인 잔의 손잡이 부분을 약지와 중지 사이에 끼워 손바닥으로 잔을 감쌌다. 손목 스냅을 이용해 잔을 한 바퀴 돌리자 찰랑이는 와인의 향이 코를 자극했다. 입에 잔을 가져갔다. 쌉싸래한 맛 끝으로 약한 단맛과 떫은맛이 혀를 자극했다.

정차웅의 말이 맞았다. 사람들의 흥미는 팩트에 쓸데없는 상상력을 입힌다. 그렇게 되면 뭐가 팩트인지 알 수 없게 돼 버린다. 딱 지금 상황을 이야기 한 것이었다. 심지어 입주민들은 자신들의 상상력 속에서 만든 신미영에 대해 경찰에 제보하기 시작했다. 하룻밤 지나고 보니 신미영은 술집 여종업원이 되었다가, 느닷없이 사이비 종교에 빠진 여자가 되어 있었다. 모두 신빙성 없는 이야기였다.

"뭔 수사 중에 술이야?"

주영의 맞은편에 앉아 차웅은 불만이 가득한 얼굴로 인상을 찌푸리고 있었다. 다짜고짜 집에 들이닥친 강주영의 한쪽 손에는 커다란 와인 병이 들려 있었다. 선물이라고 했다. 술 생각 없다는 정차웅의 말에는 아랑곳하지 않고 와인을 잔에 콸콸 들이붓고는 음료수라도 되는 듯 들이켰다. 두 번째도 세 번째도 정차웅에게는 권하지도 않고 자기 입에 쏟아 부었다. 대체 뭐가 선물이라는 건지.

"그래. 네 말이 맞았어."

얼굴색 하나 변하지 않은 채 연거푸 넉 잔을 들이켠 강주영은 졌다는 듯 양손을 들어보였다. 인정하는 자신이 초라해서 싫지만 인정하지 않을 수는 없다는, 백기를 든 것 같은 얼굴이었다. 차웅은 무슨 소리냐고 묻지 않았다. 다만 인상이 조금 누그러졌다.

"내가 오지랖을 떨었나보네."

"아니 아니."

강주영은 고개를 세차게 가로저었다.

"네 말이 맞아. 내가 너무 성급했어. 멍청이 바보 똥개야 난."

"뭘 또 그렇게까지."

조사 결과 신미영의 옆집 여자의 증언에 나왔던 남자들은 인터넷 신문사 기자라고 했다. 신미영의 휴대폰 통화내역을 근거로 자주 통화한 사람들을 추리는 동안 나온 사실이었다. 신미영이 선배의 부탁으로 특집 기사 「사교육의 올바른 사용」을 위해 인터뷰를 해 주었다는 것이다. 기자들에게 직접 확인을 했고 기자들의 사진을 신미영의 옆집 여자에게 보여 준 결과 같은 사람들이라는 것이 밝혀졌다.

신미영의 옆집 여자는 멋쩍은 얼굴로 같은 사람들인 것 같다고 인정했다.

아랫집 여자가 증언했던 남자의 정체도 밝혀지기까지 오래 걸리지 않았다. 그 남자는 헌옷 수거업체의 사장이었다. 집에서 나온 헌옷을 의류수거함에 넣지 않고 잘 모았다가 업자에게 전화하면 방문하여 싸게 매입하는 업체였다. 신미영의 계좌에 '헌옷 아저씨'라는 상호가 찍힌 것이 수사의 단초로 작용했다. 역시 '헌옷 아저씨' 사장의 사진을 입수해서 신미영의 아랫집 여자에게 보여 준 결과 옆집 여자와 마찬가지로 곧 멋쩍은 얼굴이 되었다.

사이비 종교 역시 아무런 근거도 없었다. 가끔 교회를 나가기는 하지만 열성적인 것과는 거리가 먼 신도로, 흔히들 내는 십일조 같은 것도 전혀 참여하지 않았고 예배에도 꼬박꼬박 나가는 편은 아니었다.

결국 성급한 수사 때문에 강주영은 허투루 시간을 날린 셈이었다. 그 사이 신미영의 남자 관계와 회사에서의 원한 관계 쪽에 초점을 맞춰 수사하던 지강훈 형사 쪽에서 용의자를 리스트업했다. 그리고 리스트업 된 명단에서 신미영과의 접점이 있는 사람들을 조사해 나가고 있었다. 강주영이 헛다리를 짚는 동안 지강훈 형사는 의심 가는 인물을 두 명으로 압축해 내는데 성공했다.

"나는 바보, 똥개, 멍청이야!"

우어어 하고 울부짖는 듯한 소리를 내며 강주영은 괴로워했다. 얼큰하게 오른 취기가 그녀의 괴로움을 더욱 배가시키고 있었다.

"그래서 지금 신세 한탄을 하려고 온 거야, 술주정하러 온 거야? 바보, 똥개, 멍청이 씨?"

"이씨!"

강주영의 눈에 살의가 번뜩 스치더니, 순식간에 벌떡 일어나 허리를 숙여 테이블을 짚은 채 오른다리를 뻗었다. 순간적 기지로 정차웅이 상체를 뒤로 물리지 않았더라면 제대로 얼굴을 걸어 차였을 것이다. 빠른 발차기에 휙 분 바람이 코끝을 스쳤다.

"하아."

발차기를 날리던 기세는 어디로 갔는지 강주영은 갑자기 축 처지며 한숨을 내뱉고는 소파에 무너지듯 주저앉았다. 소파의 쿠션이 푹 아래로 꺼져 들어갔다.

"그래서 내 말은……. 잠깐 전화 좀 받고."

절대 절대 오지 말라던 만류를 거절하고 꿋꿋이 남의 집에 떡하니 들어와서는 술까지 푸고 있는 이유를 이제 말하려나 싶은 순간, 강주영의 주머니에서 휴대전화가 울렸다. 강주영은 전화를 꺼내 액정을 들여다보았다. 그런데 그 눈빛이 심상치 않았다. 초점이 제대로 풀려 있었다. 그녀는 크게 눈을 두어 번 끔벅이더니 전화를 받았다.

"여보시오. 아, 우리 억관 팀장님이십니까? 천관, 만관도 아닌 억관 팀장님. 일억도 아니고 이억관 팀장님!"

완전히 취했다. 이거 큰일 났다 싶었다. 정차웅은 강주영의 휴대전화를 빼앗으려 손을 뻗었다. 지금 이 순간 상대가 몇 년간 연락을 끊고 살던 이억관 팀장이라는 것은 정차웅에게 중요하지 않았다. 어서 저 전화를 빼앗고, 쉴 새 없이 헛소리하는 저 입을 막아야, 내일 제정신이 들었을 때 강주영의 데미지가 좀 줄어들지 않을까 하는 생각이었다. 그러나 휴대폰을 빼앗는 것은 쉬운 일이 아니었다. 정차웅의 손을 피해 강주영이 머리를 이리 저리로 돌려댔다. 마치 상모라도 돌리는 것 같았다.

"네. 저 술 좀 마셨습니다. 일관, 십관, 백관, 만관, 천관, 억관 팀장님! 아이, 무슨 말씀을 그렇게 하십니까아. 비번은 술 마시라고 주는 거라면서요?"

비번이면 비번이라고 진작 말하라고, 이 자식아!

근무인 줄 알고 내심 조마조마 하며 지켜보던 정차웅은 순간 소리를 버럭 지를 뻔했다. 그러나 그런 정차웅의 심경의 변화는 알지

도 못한 채 강주영은 계속 눈을 크게 껌벅거리며 시답잖은 소리를
주절대고 있었다.

"아이, 뭐 알았다고요. 복귀는 맨정신으로. 넵! 알아 모시겠습니
닷! 근데 비번인데 왜 복귀를 하라는 것이라 굽쇼? 아아, 네, 시체를
찾았……!"

갑자기 전기라도 맞은 것처럼 강주영이 몸을 곧추세웠다. 그 순간
에는 짜증스럽게 고개를 내젓던 정차웅도 눈을 번쩍 뜨고 귀를 쫑
긋 세우지 않을 수 없었다. 두 사람의 눈이 부딪혔다. 강주영이 벌떡
일어섰다.

"신미영의 시신이 확실합니까?"

* * *

확실했다. 발견된 시신은 신미영이었다. 달려온 신미영의 언니가
확인해 주었다. 실종 당일 입고 있던 옷과도 동일하다는 것을 그녀
의 직장동료가 증언했다. 신미영의 언니는 도착했을 때 이미 온기
조차 느껴지지 않는 신미영의 시신을 붙잡고 오열하다, 3분 만에 혼
절했다.

신미영의 하얀 목덜미에 가로질러져 있는 붉은 흔적이 그녀의 사
인을 말해 주고 있었다.

신미영의 시신은 그녀의 직장에서 30킬로미터 떨어진 5층짜리
건물 옥상의 물탱크 안에서 발견되었다. 1년에 두 번 하는 물탱크의
청소 문제로 열지 않았다면 아마 발견되지 못했을 것이었다. 신미

영 소유의 차가 건물 옥외 주차장 구석에 주차되어 있었다.

그동안 시신이 들어 있던 물을 먹었다고 생각만 해도 소름이 끼치고 구역질이 난다면서도, 건물의 주인은 이 일이 새어나가지 않게 해 달라고 경찰에 요청했다. 건물의 세입자들이 이 사실을 알면 상당히 동요할 것이며 계약 관계에 문제가 생길지도 모른다고 판단한 것 같았다. 다른 것은 차치해 두고라도 시신이 들어 있던 물로 세수를 하고, 물을 먹었다는 사실을 알려봐야 좋을 것 없다는 점은 경찰도 빌딩 주인의 의견과 일치했다. 모르는 것이 약인 법도 있는 것이니까.

실종된 지 열흘. 신미영의 시신은 붇기는 했지만 전혀 부패하지 않았다. 그래서 처음에는 신미영은 그간 계속 생존하여 있다가, 발견되기 최대 2일 전에 사망했을 거라는 추측이 우세했다. 그러나 부검 결과는 의외였다.

사망한 지 어느 정도 시간이 경과하였어도, 물탱크 안에서 전혀 부패하지 않을 가능성은 있다고 했다. 그리고 그런 일이 아주 예외적인 일은 아니라는 것이다. 실제로 2010년 한 시골 마을의 우물물 안에서 조금도 부패하지 않은 여성의 시신이 발견된 적이 있었다. 범인을 잡은 결과 살해 후 발견까지 15일이나 지나 있었다. 3월 초순의 쌀쌀한 날씨였던 데다, 우물이 두꺼운 뚜껑으로 덮여 있었기에 햇빛을 완전히 차단하여, 냉장고 역할을 한 우물 덕에 시신이 전혀 부패하지 않았던 것이었다. 물탱크 역시 햇빛을 완전히 차단한다. 이번 사건과 유사했다.

"그렇다면 실제 사망일은?"

"실종 당일이네."

부검 결과 보고서에서 시선을 떼지 않으며 지강훈 형사가 말했다. 방금 전 국과수로부터 넘겨받은 부검 결과 보고서였다. 지강훈 형사는 혼자 그것을 들고 서서 읽었다. 강주영은 잔뜩 까치발을 하고 서서 지강훈 형사의 어깨너머로 기웃거리며 부검 결과서를 훔쳐보았다. 선배만 아니라면 마음 같아서는 정강이에 발길질이라도 해주고 싶었지만 그러지 못했다. 선배이기 때문이었기도 하지만, 자신이 헛다리를 열심히 짚을 동안 지강훈 형사는 용의자를 두 명으로 압축했기 때문이었다. 패배감이었다. 거기서 오는 위축이 당당히 나에게도 내놓으라고 말하지 못하게 만들었다.

실종 당일이 실제 사망일임을 확인한 것은 신미영의 부검 결과 그녀의 위에서 나온 음식물 때문이었다.

보고서에는 소화되지 않은 과육과 과일의 씨앗이 신미영의 위 안에 있었다고 적혀 있었다. 수박으로 추측된다고 했다. 수박은 신미영이 실종 당일 저녁 사무실에서 먹은 음식이었다. 집에서 싸온 것이라며 예쁘게 생긴 유리 도시락 그릇에 담아와 사무실에서 먹었다고 했다. 신미영은 다른 교사들에게도 수박을 권했지만, 늦은 시간까지 저녁도 먹지 않고 일하고 들어온 신미영이 혼자 먹을 수 있도록 다른 교사들은 거절했다고 했다.

부검 보고서에는 마지막으로 과일을 섭취한 지 2시간 정도 후 사망한 것으로 추정된다고 적혀 있었다.

실종 당일 신미영은 퇴근 직전, 누군가와 약속을 잡았다. 정확히는 약속을 잡는 통화를 하는 것을, 같은 학습지 회사에서 근무하는 방문 교사가 보았다고 증언했다. 그런데 정확한 시간대는 기억하지 못했다. 대략 7시 30분에서 8시 사이의 일이었다고 했다. 그 시간대의 통화 내역을 조사한 결과 두 명의 남자가 수면 위에 떠올랐다. 남자 두 명은 모두 신미영과 당일, 통화만 했을 뿐 만나지는 않았다고 항변했다.

거기서 포기하지 않고 지강훈 형사는 신미영의 차를 압수해 지문 감식을 의뢰했다.

신미영의 차 내부에서는 아이러니하게도 두 사람 모두의 지문이 나왔다.

첫 번째 용의자는 이현철. 스물여덟 살의 직장인이다. 전문대학을 나와 작은 건설회사의 사무직원으로 입사했다. 신미영과는 2년 전 친구의 소개로 만나 알게 되었지만, 교제를 하는 사이는 아니었다.

"가끔 만나 밥 한 끼 먹는 사이에요."

죽이고 말고 할 감정 같은 건 없다니까요. 그렇게 말하고 싶은 얼굴로 이현철은 어깨를 으쓱했다. 하지만 그런 제스처에 넘어갈 지강훈 형사가 아니었다.(……라고 지강훈 형사가 열띤 어조로 말했다.) 지강훈 형사는 이현철의 계좌 내역을 추적했다. 그 결과, 신미영에게 약 3차례에 걸쳐 총 6000만 원을 송금한 내역이 포착되었다.

빌려 준 것뿐이라고, 그 돈으로 억하심정 같은 것은 없다고 이현철은 말했지만 수십여 차례에 걸쳐 문자를 통해 돈을 갚으라는 종용을 한 것으로 확인되었다.

돈을 갚지 않아 욱하는 마음에 범행했을 가능성이 있는 남자였다.

두 번째 용의자는 박윤민. 1년 전 내과를 개원한 의사로, 환자 수가 많지 않아 경영에 어려움을 겪고 있었다. 자리를 잡는 시기라 그렇다고, 개원의들이 일반적으로 겪는 어려움이라는 박윤민의 설명이 있었다.

신미영과는 한때 좋은 감정을 가지고 만나던 사이라는 증언이 신미영의 친구로부터 나왔다. 사귀는 것 까지는 아니었고, 일명 '썸'을 타던 사이라고 했다. 그러다 두 사람 사이에 맞지 않는 부분이 생각보다 많다는 것을 신미영이 알게 되었고 점차 거리가 멀어졌다고 했다. 그러나 박윤민의 친구에게서는 조금 다른 느낌의 증언이 나왔다. 박윤민은 신미영을 훨씬 많이 좋아했던 것이다. 이윽고 마음을 전하는 것을 넘어서 금전적으로 쏟아 부으며 그녀의 마음을 얻으려고 했다는 것이다. 점점 바닥나는 통장의 잔고 때문에 아르바이트라도 할까, 농담 삼아 말한 적도 있다는 후문이다.

좋아하는 여자에게 집착이 심해지고, 마음부터 돈까지 모두 다 바친 남자가 원하는 것을 얻지 못했을 때 돌변한다는 어찌 보면 진부한 이야기가 쉽사리 그려질 만한 남자였다.

"두 사람 모두 실종 당일 신미영을 만났어. 그것도 한 시간 간격으로. 만난 뒤 신미영과 헤어지고 나서는 만난 적 없다는 것이 두 사람의 공통된 진술이야. 신미영과 만나고 헤어지는 것을 본 목격자도 나온 걸 보면 두 명 모두 만남 뒤에 헤어진 건 맞아. 분명 헤어지고 나서 누군가 다시 신미영과 접촉했을 텐데, 문제는 두 사람 다 알리바이가 명확해."

이현철은 친구를 만났고, 박윤민은 경영학에 관련된 강의가 있어서 들었다. 확인 결과, 두 사람 모두의 진술은 사실이었다.

용의자를 두 사람으로 압축한 것까지는 좋았으나, 두 사람 중 어느 하나를 골라낼 수 없는 지경에 이르자 지강훈 형사는 곤혹스러운 내색을 감추지 않았다.

강주영은 그 순간을 놓치지 않았다. 그리고 결심했다. 용의자 색출에서는 밀렸는지 몰라도 두 사람 중 진범을 골라내는 성과는 자신의 몫으로 만들어야겠다고.

* * *

"내가 보기엔 아무래도 이현철이야."

테이블에 놓여 있던 찻잔을 들어 입가에 가져다 대며 강주영은 입술을 끌어올렸다. 회심의 미소였다. 이번에야 말로 지강훈의 콧대를 눌러 줄 수 있을 것 같았다.

"그럼 얼른 가서 이현철을 잡아넣지 그래? 왜 매번 내 집에 들어와서 이러냐고."

정차웅은 인상을 쓰고 팔짱을 끼었다. 그러거나 말거나 강주영은 차를 호록 마시고는 기분 좋은 콧소리를 냈다.

"내 돈 주고 차 사와서 너 나눠주는 김에 한잔하는 건데 뭐 어때? 친구끼리 너무 야박하게 굴지 마시지?"

그랬다. 강주영은 오늘도 한 손에 선물이라는 이름을 가장한 물건을 들고 이 집에 찾아와 눌러 앉은 참이었다. 선물이라고 차를 내밀고, 한잔 얻어 마시는 척 하면서 눌러 앉는 것은 지난번 와인과 같은 수법이었다. 그 와인도 저 혼자 다 마셨다.

"그런데 지금 뭐라 그랬어? 이현철을 잡아넣으라고? 역시 너도 그렇게 생각하는 거야?"

"누가 그렇대?"

대번에 정차웅이 반응했다. 그러나 곧 강주영의 반짝이는 눈빛을 보고는 후회했다. 이번에도 강주영의 마수에 걸려든 것 같았다. 정차웅은 한숨을 내쉬었다. 이렇게 된 이상 같이 맞장구라도 쳐 주지 않으면 강주영은 몇 시간이고 앉아 떠들면서 저 차를 우릴 대로 우려 댈 것이었다.

강주영이 히죽 웃었다.

"그럼 박윤민인가?"

"넌 왜 이현철이라고 생각했는데?"

"우선 가장 중요한 건 거짓말을 했다는 거지. 분명 신미영을 만나지 않았다고 했거든."

"그건 거짓말할 만한 이유가 있는 얘기야. 아마 신미영이 시신으로 발견됐고, 돈 문제가 걸려 있던 자신이 실종 직전 만났다는 사실이 알려지면 범인으로 몰릴 것 같으니까 본능적으로 거짓말을 한 거지. 흔한 얘기야."

실제로 이현철 역시 자신의 거짓말에 대해 그렇게 말했다.

"그래도 돈이 걸려 있으니까, 이현철에게 가능성이 있어 보여. 박윤민 같은 경우 그냥 애정문제 뿐이잖아. 사귀던 사이도 아니고, 이렇게 말하기는 뭐하지만 여자가 신미영 씨 하나 뿐도 아닌데, 사람을 살해한다는 그런 엄청난 일을 저지르겠냐고."

흠 하고 정차웅이 고개를 갸웃했다.

"하지만 신미영 씨가 죽어서 이현철 씨가 얻는 게 뭐가 있지? 신미영 씨가 죽었기 때문에 이현철 씨는 빚을 받을 방법이 아예 사라졌어. 수차례 빚 독촉을 할 정도면 꼭 필요했기 때문인데."

"하지만 얻는 게 없는 건 박윤민 씨도 마찬가지잖아."

"얻을 건 없지만, 다른 남자에게 가지는 못하겠지."

사랑하던 사람의 변심은 사랑을 잃었다는 데서 오는 좌절만이 아니다. 배신감도 그렇지만, 그 여자의 사랑하는 사람, 즉 상대 남자에 대해 느끼는 패배감이 잔혹한 사건들을 만들어 내는데 한 몫 한다. 자신의 현재 분노가 좌절인지 아니면 상대 남자에 대한 패배감이 불러낸 지독한 질투인지 분간이 되지 않은 채 잔혹한 범죄를 일으키는 일은, 슬프지만 요즘 너무나 쉽게 볼 수 있는 현실이었다.

그런 류의 사건들이 자주 일어나는 것 정도야 알고 있었지만, 그들이 가진 심리를 정차웅의 입에서 말로 설명을 들으니 주영은 소름이 끼쳤다. 갑자기 추운 느낌이 들어 손으로 다른 쪽 팔을 문질렀다.

"네 말을 듣고 보니, 그렇다면 박윤민이 진범인 것 같기도 한건 맞아. 하지만 그것만으로는 기소조차 할 수 없잖아. 그냥 정황증거일 뿐이야. 아니, 그 정도 가지고는 정황증거로 채택조차 되지 않을 걸. 그냥 그렇지 않을까 하는 추측일 뿐이니까."

"맞아. 추측이지."

너무나 시원스럽게 인정하는 정차웅의 말투에 강주영이 오히려 김이 빠져 버렸다. 입으로 바람 빠지는 소리를 낸 강주영의 어깨가 진짜 바람 빠진 풍선이라도 되는 듯이 축 쳐져 버렸다. 그럼 그렇지

하는 얼굴로 강주영은 앞에 놓여 있는 와인 잔을 들고 휘휘 돌렸다.

"그럼 추측을 조금 더 해 볼까?"

차웅의 말에 와인이 쏟아질 것처럼 찰랑거리도록 신경질적으로 와인 잔을 돌리던 강주영의 손이 우뚝 멈추었다. 차웅의 입가에 매력적인 미소가 걸려 있다.

"만약 신미영이 죽은 게 실종 당일이 아니라면?"

"뭔 소리야. 신미영은 실종 당일 죽었어. 아까 얘기해 줬잖아. 신미영은 집에서 싸가지고 온 수박을 사무실에서 먹었고, 신미영의 부검 결과 소화되지 않은 수박의 과육과……."

"수박 씨가 발견됐지."

"……그렇다니까?"

그래서 그게 뭐 어쨌다는 거냐고 묻고 싶은 얼굴로 강주영이 물었다. 하지만 정차웅의 표정이 너무나 자신만만해서 되묻는 강주영의 목소리가 되려 기어들어갔다.

"혹시 수박을 어디서 구입한 건지 조사했어?"

"글쎄? 그것까지 조사하진 않았지만…… 보자, 신미영의 직장 동료들 말에 의하면 그 수박은 신미영이 직접 싸온 거라고 했어. 그리고 아파트 경비 아저씨 말씀이 실종 이틀 전 아파트 단지 내 장터가 열렸고, 그곳에서 산 수박을 신미영이 아저씨한테 반으로 잘라 나눠 줬대. 혼자 사는 여자가 수박 반 통을 이틀 만에 다 먹진 못했을 테니 아마도 그 수박이 그 수박이겠지. 근데 그건 왜 묻냐?"

수박을 어디서 샀든간에 그것이 사건과 무슨 상관이 있다는 거지. 강주영은 알 수 없는 소리를 하는 정차웅을 보며 고개를 갸웃했다.

"중요하지. 수박에 대한 이야기를 하는 거잖아."

실종자에 대한 이야기를 하다 말고 갑자기 수박 구매처에 대해 이야기하는 이유를 알다가도 모르겠는 강주영에게 정차웅은 도리어 왜 자신의 말을 못 알아듣는 것인지 모르겠다는 얼굴을 했다. 그러나 곧 한숨을 폭 쉬고는, 선심이라도 쓰듯 말했다.

"좋아. 쉽게 얘기해 줄게."

정차웅은 상체를 앞으로 쑥 내밀었다. 그러고는 비밀이야기라도 하듯 목소리를 잔뜩 낮추었다.

"씨 없는 수박이었어."

"뭐?"

강주영의 얼굴이 휘둥그렇게 떠졌다. 그러나 이번에는 알아듣지 못해 휘둥그렇게 뜬 눈이 아니었다. 씨 없는 수박. 느닷없는 그 단어가 강주영의 머릿속에 파란을 일으켰다. 생각이 깊어질수록 그녀의 미간이 잔뜩 구겨졌다. 변화하는 주영의 낯빛을 읽은 정차웅이 씨익 회심의 미소를 지었다.

"신미영 씨가 마지막에 먹은 것이 집에서 싸온 수박이랬지?"

정차웅은 아직도 부끄러운 줄도 모르고 떠들던 부녀회장의 새된 목소리가 귀에 선연했다.

"씨 없는 게 뭐 좋다고 수박까지 씨 없는 걸 먹으래?"

"어머, 이 여편네가 뭘 모르시네. 씨 없는 게 얼마나 좋은데. 씨가 없어야 밖에서 딴 짓을 해도 안 걸린다구. 여자나 남자나."

"뭐? 어머 이 여자가 큰일 날 소리를 하네."

아침부터 단지 내에서 떠드는 두 여자의 목소리를 단지 내 점검을 돌다가 듣고는, 행여 붙들리기라도 할까 봐 발에 바퀴라도 단 것처럼 재빨리 사무실로 숨어 들어갔던 차웅이었다. 하지만 그렇게 들었던 말이 아주 큰 실마리가 될 줄은, 속으로라도 두 사람을 흉보았던 그 순간에는 미처 몰랐었다.

"우리 아파트 단지 장터에서 팔린 수박은 씨 없는 수박이었어. 그러니까 신미영이 집에서 싸왔다는 그 수박, 실종 전 마지막으로 먹은 그건 씨 없는 수박이었다고."

"……그런데 신미영의 위 안에서는 미처 소화되지 않은 수박씨가 나왔지."

"그래. 신미영의 뱃속에서 나온 건 실종 당일 먹은 게 아니야. 실종되고 나서 먹은 거지."

신미영은 서늘하고 공기가 잘 통하지 않는 물탱크 안에서 발견되었다. 부패하지도 않은 상태였고, 그래서 사망 추정 시각의 근거가 된 것은 위 안에 남아 있던 소화되지 않은 음식들이었다. 그것은 실종 당일 먹은 것으로 확인된 음식과 동일했으므로, 실종 당일 사망한 것이라고 추정되었다. 추정이라고 국과수 결과 보고서에 적혀 있었지만 수사관들에게는 확정된 사실처럼 선입견이 생겨 버렸다.

"알리바이 때문이었나?"

주영의 말에 정차웅이 고개를 끄덕거렸다.

"그렇지. 실종 당일 두 용의자 모두 신미영을 만났지만 만나고 난 직후부터는 친구들을 만나거나, 강의를 들었지. 하지만 다른 날 사망했다면 이야기가 달라져. 중요한 알리바이는 실종 당일이 아니라는 거야. 위 속에 남아 있는 음식물의 상태로 봤을 때 음식을 먹은 건 죽기 최대 두어 시간 전. 그러니까 조사해야 하는 것은 실종 당일이 아니고 시신 발견일의 알리바이야."

강주영은 허탈한 얼굴로 어깨를 늘어트렸다. 자신의 무능함을 눈앞에서 직면한 데 대한 패배감이었다.

멍한 눈으로 한참이나 테이블에 놓여 있는 찻잔을 바라보았다. 하지만 차를 마시려는 생각은 없어 보였다. 그런 기력이 남아 있지 않은 것 같았다. 차웅은 침묵을 지키며 가만히 그녀를 내버려 두었다. 적막한 공기 속에 들리는 것은 초침소리 뿐이었다.

잠시 뒤 주영의 맥없는 눈이 차웅에게로 향했다.

"넌, 박윤민이라고 보는 거지?"

진범을 말하는 것이다. 예전, 형사 일을 할 때에도 함부로 자신의 추측을 말하지 않던 정차웅이었다. 잘못하면 다른 수사관에게 선입견을 줄 수도 있다. 진실은 완벽한 증거 위에 존재해야 했다. 증거 없이 정차웅이 자신의 생각을 말할 때는 한 가지뿐이었다.

자신감이 있을 때다.

"그래."

차웅이 고개를 끄덕였다. 그럴 줄 알았다고 강주영은 다시 힘없이 고개를 끄덕였다. 아까부터 정차웅의 말의 뉘앙스는 자꾸 박윤민을 향해 있었다. 정차웅은 차분히 설명을 이었다.

"내가 말했듯이 만약 사망 시점에 혼란을 주기 위해, 신미영 씨가 마지막 먹은 음식을 확인해 두었다가 죽이기 직전에 그것을 억지로라도 먹였다면, 그건 100퍼센트 계획 범죄야."

그렇지 하고 대답하듯 강주영이 고개를 끄덕였다.

"그렇다면 위 속에 남아 있는 음식물만이 신미영의 시신이 발견됐을 때, 사망 시간을 확인해 줄 수 있는 유일한 근거가 될 것을 확신했다는 거지. 쉽게 말하면 신미영을 어떻게 죽이면 부패, 시반 그런 것들을 다 제외하고 위 속에 남아 있는 음식물만을 가지고 사망 시간을 추정한다는 것을 범인은 이미 알고 있었다는 거야. 그리고 그것을 잘 알 만한 인물은."

"……의사인 박윤민이지."

강주영은 한숨을 터뜨렸다. 간신히 손을 뻗어 찻잔을 들어 남은 차를 단숨에 입안에 들이부었다. 그러고는 탁 소리가 나게 잔을 테이블에 내려놓았다. 입가에 묻은 물기를 닦아 내려는 듯 손등으로 입술을 훔쳤다.

"뇌가 안 돌아 가서 윤활유라도 뿌려 보는 거야?"

정차웅이 히죽 웃으며 농담을 했다. 그런데 그것은 기가 죽었을지 모르는 강주영의 위로 차원에서 장난스럽게 던진 농담치고는, 조금 선을 넘는 것인지도 몰랐다. 그런 농담을 한 순간 둘 사이에 가로 놓여 있던 테이블 위로, 강주영의 다리가 곧게 뻗어 나왔으니까. 정차웅의 눈앞에서 강주영이 뻗은 다리가 간신히 멈춰 섰다. 그 기세에 밀린 바람이 정차웅의 코끝을 스쳤다.

"말보다 주먹이 먼저 나가는 건 인간적이지만, 발이 나가는 건 너무 비인간적인 거 아냐?"

"오늘 네가 비밀의 열쇠를 손에 안 쥐었다면 여기서 발이 멈추지는 않았을 거야."

흥 하고 코웃음을 치며 강주영이 발을 거두어 들였다. 그러고는 소파에서 일어섰다. 흐트러진 옷매무새를 정리하며 강주영은 획 하니 현관을 향해 돌아섰다.

"가냐?"

"간다."

"일단 말부터 지르지 말고 알리바이부터 조사해. 알았지? 모든 증명은 명확한 증거 위에 존재한다."

"잘났다."

"뭐 더 궁금한 거 없냐?"

장난으로 자존심을 살짝 건드려 보듯 정차웅이 비죽 웃으며 말했다. 강주영의 걸음이 멈춰 섰다. 다시 발이라도 날아올까 정차웅은 움찔했다. 하지만 강주영은 돌아보지도 않은 채 나직한 목소리로 물었다.

"그 좋은 머리 아깝게 왜 갑자기 사라졌냐."

적막이 둘 사이를 갈랐다. 대답하지 않을 줄 알았다는 듯 강주영은 현관문을 나섰다.

* * *

"이상이 사망 추정일이 틀렸을지도 모른다는 가설이 생긴 이유입니다."

회의실 화이트보드 앞에 선 강주영이 긴장된 표정으로 말을 맺었다. 무거운 침묵을 버티려는 듯 주영은 마른 침을 삼켰다. 너무 긴장

했는지 화이트보드에 적힌 이현철, 박윤민 두 사람의 용의자 이름
이 일렁이는 것처럼 보일 정도였다.

긴 회의 테이블 끝에 자리 잡은 이억관 형사팀장이 날카로운 눈
빛으로 화이트보드를 응시하다가 눈썹을 씰룩임과 동시에 굳은 표
정을 풀었다. 깊은 한숨과 함께 이억관 팀장은 고개를 끄덕였다.

"재밌네. 아주 멋진 추리야. 일리도 있고. 거기다 해결 방안까지
들고 왔군."

비로소 강주영의 긴장된 표정이 풀렸다. 살짝 미소 짓는 강주영을
보며 이억관도 입가에 미소를 지었다.

"내가 할 일은 그간 신미영의 사망 추정일 말고 발견되기까지의
모든 날에 대한 두 사람의 행적을 수사하라는 지시를 내리는 거지?
서 형사에게?"

멋쩍은 듯 강주영이 고개를 끄덕였다.

"강주영이 많이 컸네. 다른 형사 배려할 줄도 알고."

뿌듯한 얼굴로 이억관이 웃었다.

강주영은 대답 없이 고개만 숙였다.

사실 지금까지의 수사 방향이 틀렸다는 이야기는 현재 이 사건
을 맡고 있는 지강훈 형사에게 직접 하는 것이 맞았다. 하지만 지강
훈 형사는 강주영의 선배이고, 이 사건의 실질적인 지휘관이다. 그
지휘관에게 당신의 수사는 틀렸다고 말하는 것은 단순히 자신의 생
각을 말하는 것 정도를 넘어서는 일이다. 팀원들 앞에서 지강훈 형
사의 자존심은 물론이고, 지휘력까지 땅에 떨어트리는 일이 될지도
몰랐다. 하지만 지강훈 형사의 윗사람인 이억관 팀장이라면 이야기

는 다르다. 지강훈 형사를 따로 불러 상황을 말하고 수사의 방향을 틀어, 새로운 조사를 시작하게 할 수도 있다. 강주영의 이름을 뺀다면 그의 자존심을 건드릴 일은 없다.

"그런데 말이야."

이억관이 메모를 하던 수첩을 덮고는 강주영을 응시하며 팔짱을 꼈다. 그는 의자 등받이에 몸을 기대었다.

"왠지 그것 말고도 강주영이 나만 이렇게 불러낸 이유가 더 있는 것 같은데?"

강주영은 부정하지 않았다. 사실 '지강훈 형사에 대한 배려'라는 것은 이억관 팀장을 따로 만난 표면적인 이유일 뿐이었다. 그래서 조금 전 이억관 팀장이 강주영의 배려심에 감탄하며 칭찬할 때도 따라 웃지 못했던 것이었다.

사실은 매번 뻐기기나 하는 지강훈 형사의 콧대를 눌러 줄 좋은 기회였다. 평소 마음에 들지 않는 데다, 밉다 밉다 하면 더 미운 짓만 한다고, 그렇잖아도 싫어 죽겠는데 빈정거리며 강주영의 속을 긁어 대는 지강훈 형사를 배려해 줄 이유 따위는 없었다. 성질 같아서는 팀원들 많은 곳에서 그를 밟아 주고 싶었다. 스스로 해낸 추리라면 말이었다. 하지만 이건 자신이 한 추리가 아니다.

대답 없는 강주영의 얼굴을 물끄러미 보던 이억관이 말했다.

"그러고 보니, 분명 '가설이 생긴 이유'라고 말했지? 그런 가설을 '생각했다'가 아니라?"

역시 예리한 사람이었다. 형사 팀장까지 올라가는 것은 오래 형사 직에 몸담는다고 생기는 것만이 아니었다. 실력은 날카로운 직관에서 나온다.

"누구지? 그 가설을 세운 사람이?"

잠시 풀렸던 강주영의 얼굴이 다시 굳어졌다. 꿀꺽 침을 삼키는 소리가 이억관에게까지 들릴 것 같았다. 경직된 얼굴로 강주영이 입을 열었다.

"팀장님, 사실은 드릴 말씀이 있습니다."

* * *

"그래서 결국 박윤민이 철컹철컹."

강주영은 주먹 쥔 양손의 손목을 붙여 수갑을 찬 것처럼 흉내를 내었다.

이억관과 독대한 직후, 이억관 팀장의 지시로 지강훈 형사는 이현 철과 박윤민, 두 사람의 알리바이를 처음부터 시신 발견일까지 조사했다. 그 과정에서 의사인 박윤민에게 의문점이 발견되었다. 진료 시간에도 주기적으로 자리를 비운 것이 확인된 것이었다. 시신 발견일 전날 저녁부터 제대로 된 알리바이가 없었다. 결정적인 것은 따로 있었다. 박윤민은 시신 발견일 이틀 전과 당일, 두 차례에게 걸쳐 수박을 구매한 것이 확인되었다.

이후 조사에서 박윤민은 두 번이나 수박을 산 것에 대해 처음 수박을 샀던 날은 살인에 주저하다 포기했던 것이라고 말했다.

두 사람의 애정싸움 중 터져 나온 신미영의 말이 화근이었다. 단한 번도 사랑한 적 없다. 남자로 생각한 적도 없다. 지금 만나는 사람은 자신을 설레게 한다. 너는 아니다.

정신을 차리고 보니 신미영이 기절해 있었다. 정신없이 그녀를 때린 탓이었다. 집으로 데리고 가 감금했다. 이성이 돌아왔지만 이미 때는 늦었다고 생각했다. 신미영을 풀어 주면 자신을 신고할 것이고, 그렇게 되면 인생이 망가진다고 생각했다. 범행은 그렇게 시작되었다.

강주영은 사건의 진행 상황을 설명하면서 정차웅을 보았다. 정차웅은 거 봐, 내가 그렇다고 했지? 하듯 뻐기는 얼굴도 아니었고, 자신이 제안한 멋진 추리에 대해 경외심을 보이길 기대하는 표정도 아니었다. 그저 무덤덤한 얼굴이다. 주영은 입을 씰룩였다.

"알았으니까 집에 가라, 그런 얼굴이구만?"

"아니, 대체 어쩌다 일이 이렇게까지 됐나 진지하게 생각하고 있었어."

"무슨 일이?"

"왜 무슨 일이 있을 때마다 네가 여기서 술이나 마시고 있느냔 말이야. 맨 처음 무턱대고 쑤시고 들어온 너의 대화상대가 되어 준 게 잘못된 건가. 아니면 집을 가르쳐 준 게 잘못된 건가. 아니면 애초에 너라는 사람을 알게 된 것이 잘못된 건가, 아니면 태어난 게 잘못된 건가."

"이 자식이!"

주영의 다리가 또다시 허공을 갈라 소파 건너편에 앉은 정차웅의 얼굴로 향했다. 정차웅이 상체를 뒤로 살짝 젖히며 인상을 썼다.

"발이 먼저 나오는 건 비인간적이랬지."

흥 하며 강주영이 발을 거둬들였다.

"좋아. 자꾸 내가 여기 오는 게 귀찮은가 본데, 딱 한 마디만 더 할게. 사실은 내가 오늘은 진짜로 할 말이 있어서 여기 온 거거든."

"말해."

"좋은 소식과 나쁜 소식이 있어. 뭐부터 들을래?"

"그렇게 들으려면 한 마디가 넘는데."

"이 자식이 진짜!"

이번엔 인간적으로 주먹질을 해 볼까, 그런 생각이 스쳤다. 그것을 알아챘는지 정차웅이 황급히 말했다.

"좋은 소식!"

"오늘은 내가 이 와인을 다 마시지도 않았지만 이만 일어날 거라는 거지."

"그건 확실히 좋은 소식이네. 나쁜 소식은?"

차웅의 물음에 주영이 씨익 웃었다. 한쪽 입술 끝만 올리는 조금은 서늘하면서도 아주 비열해 보이는 웃음이었다.

"곧 이억관 팀장님이 오실 거라는 거."

정차웅의 입이 벌어졌다. 시선이 어디를 향하는지 알 수 없을 정도로 애매해졌다. 굳어 버린 듯 눈도 깜박이지 않았으며, 피부를 얼리기라도 한 것처럼 새파랗게 질렸다. 힘없이 늘어진 손끝에 간신히 매달려 있던 와인 잔이 바닥으로 떨어졌다.

그와 동시에 초인종이 울렸다.

강주영이 떠난 자리에는 빈 와인 잔이 덩그러니 놓여 있었다. 정차웅은 그 빈 잔을 보며 두 번 다시 이 집 안에 강주영을 들인다면 자신은 정차웅이 아니라 강주영의 자식이라고 이를 악물며 다짐했다.

사고를 치고 떠난 강주영의 자리에는 마치 교대라도 하듯 이억관 팀장이 와 있었다. 40대 중반의 나이에도 각진 어깨에는 힘이 있었고, 몸매는 탄탄했다. 170센티미터가 채 되지 않는 작은 키였지만 다부진 체격을 가지고 있다. 운동을 전혀 게을리 하지 않은 것을 느낄 수 있었다.

정차웅은 시선을 돌려 소파 팔걸이에 걸쳐진 이억관 팀장의 두툼한 양복 상의와 현관 앞에 벗어 놓은 구두를 차례로 보았다. 나이를 감안하여 현장에는 더 이상 나가지 않는 것이다. 서너 달에 한 번은 새 운동화를 사야 할 정도로 현장에서 날고뛰는 형사와는 다르지만 나름의 피로가 느껴졌다.

"연락도 한 번 안 하더니 대낮에 술판이나 하고 있었냐?"

침묵을 깨고 이억관이 먼저 입을 열었다.

"이건 강……!"

강주영이 마시던 겁니다! 하고 항변하려 했지만 입을 다물었다. 생각해 보니 강주영이 오늘 비번인지 아닌지 듣지 못했다. 비번이라면 모르지만 근무 중에 여기 와서 이러고 있던 것이면 입장이 난처해질 터다.

강주영 이 자식, 내가 두 번 다시 그 녀석을 이 집에 들이면……. 두 번째로 그렇게 다짐하며 정차웅은 이를 갈았다.

"걱정마라. 강 형사 오늘 비번이다."

정차웅의 표정을 보고 사정을 짐작한 이억관이 말했다. 괜한 걱정을 했다 싶으면서도, 아무 사정도 말하지 않고 폭탄을 터뜨리고 가 버린 강주영을 향해 정차웅은 속으로 온갖 저주를 퍼붓고 있었다.

변화무쌍해지는 정차웅의 얼굴을 보며 이억관이 허허 하고 웃었다. 그제야 정차웅의 표정이 가라앉았다. 그는 이억관을 향해 고개 숙였다.

"그동안 연락 못 드려 죄송합니다."

이억관은 고개를 저었다.

"그런 건 괜찮아. 뭐 생각보다 나쁘지 않게 뵈는데. 월급쟁이가 되었다지."

"네."

굳이 확인하지 않아도 강주영이 떠벌렸을 것임이 확실하다.

"연락 하고 안 하고가 뭐가 중요하겠냐. 나는 네가 의무감으로 연락을 꼬박꼬박하는 게 더 불편했을 것 같다. 이렇게 우연찮게 보니, 너는 좀 편안해 진 것 같고 그래서 기분이 더 좋다."

"죄송합니다."

"차웅아."

"네."

"너 성폭행범이냐?"

"네에?"

느닷없이 날아오는 폭탄은 오늘로 두 번째다.

생각지도 못한 이억관이 터뜨린 폭탄 발언에 정차웅의 목소리가 허공으로 튀어올랐다.

"그럼 절도했냐?"

"갑자기 무슨."

"성폭행도 아니고, 절도도 아니고, 그럼 살인이나 사기?"

"……."

"그것도 아니면 왜 죄지은 놈처럼 앉아 있는 거냐."

"선배님."

"강 형사가 너 여기 있다고 알려줬다."

네 하며 차웅은 고개를 끄덕였다.

"내가 널 만나러 오면, 널 다시 돌아오게 할 수 있을 거라 생각하는 모양이다."

"알아듣게 잘 말하겠습니다."

그 말에 이억관이 허허 웃었다.

"강주영이가 그 정도 가지고 잘도 알아듣겠다. 지가 납득할 만한 걸 내놓지 않으면 그만둘 놈이 아니다."

"그렇죠."

대답하는 정차웅의 입가에 살짝 미소가 걸렸다. 머릿속에 목소리를 드높이며 사사건건 대드는 강주영의 모습이 떠올랐기 때문이다.

이억관이 차웅을 물끄러미 보다 조심스레 입을 열었다.

"이제는 말하는 것도 좋지 않겠냐, 니가 그만둔 이유."

"안 됩니다!"

번개가 쳐 깜짝 놀라듯 정차웅이 고개를 들었다. 이억관이 고개를 끄덕였다. 그런 반응이 나올 줄 알았다는 표정이었다.

"하긴. 굳이 상처를 줄 필요는 없지. 강 형사의 잘못도 아니었고. 그렇지?"

"네."

"니가 어떤 마음으로 그만뒀는지 아니까 억지로 붙들지는 않았지만, 내가 널 잡지 않았던 건 널 미워해서 그런 건 아니었다."

"알고 있습니다."

차웅은 고개를 숙였다. 차마 '그 사건'을 떠올리고 이야기는 하는 이억관의 얼굴을 볼 수 없었다.

"알면 됐어. 이거야 원. 강 형사가 널 조금만 괴롭히면 좋겠네. 나도 '그 일'을 자꾸 떠올리는 건 너만큼이나 상처니까."

"죄송합니다."

"너 죄송하라고 한 얘기 아니다."

연락을 끊었거나, 아니면 '그 일' 때문에 죄송하다고 말한 것이 아니었다. '그 사람의 일'을 상처라고 말하게 해서, 그래서 고개를 들 수도 없이 죄송했다.

"그래도 연락은 하고 지내자. 너나 나나 부모 죽인 원수도 아니고, 이게 뭐냐. 강 형사가 좀 집요한 데가 있어서 널 곤란하게 하긴 했지만 나는 좋다. 이렇게 얼굴이라도 보니, 10년 묵은 체증이 확 내려가는 것 같아. 어쨌든 너 이 자식, 잘 지내고 있는 거지?"

"그럼요. 저는 자리 잘 잡고……."

말하는 순간, 테이블에 놓여 있던 휴대폰이 울었다. 이억관과 정차웅의 시선이 동시에 발신자 표시가 뜬 액정 화면으로 향했다.

봉명아파트 관리사무소

정차웅이 보란 듯 애써 호쾌하게 웃었다.

"이것 보십시오. 제가 사무실에 없으면 쉴 새도 없이 찾아요."

"다행이군."

차웅은 휴대폰을 들고 통화 버튼을 눌렀다. 동시에 관리소장 김석남의 유난스러운 목소리가 쩌렁쩌렁 울렸다. 가는귀를 먹지 않고서는 못 들을 수 없는 성량의 목소리였다.

- 정 과장! 오줌이야! 오줌을 또 쌌다고!

"에…… 네?"

- 엘리베이터에 어떤 놈이 또 오줌을 쌌다고! 한두 번도 아니고. 이거 어떻게 해, 정 과장? 응?

"……다시 전화 드리겠습니다."

- 아니, 잠깐…….

말하는 것과 동시에 종료 버튼을 꾹 눌렀다. 요란스러운 김 소장의 목소리가 사라진 정차웅의 방에 적막이 내려앉았다. 정차웅과 이억관의 눈이 마주쳤다.

더없이 어색했다.

정차웅이 강제로 입술을 끌어올려 웃었다.

"하…… 하하하, 하하하하."

이억관도 따라 웃었다.

"하하하하…… 하하하."

그 두 웃음의 공통점이라면, 눈은 웃지 않는다는 것이었다.

"누가 머리 좀 써 봐!"

입주민의 항의 전화를 받은 관리소장 김석남이 수화기를 집어 던지듯 내려놓고 나서, 사무실의 직원들을 향해 소리쳤다. 관리과장 정차웅과 경리직원 최춘미, 그리고 설비기사 양대진이 김석남을 쳐다보았다.

"머리 좀 써 봐. 엘리베이터에서 오줌 싸려고 꺼내는 놈 있으면 자동으로 잘라 버리는 가위라도 발명 좀 해 보라고."

범인은 남자라는 것을 다분히 염두에 둔 발언이었다. 하긴, 여자가 저지른다고 떠올리기에는 어려운 일이었다.

'오줌 싸려고 꺼내는 순간 잘라 버리는 가위'라는 걸 발명해 낼 수도 없고, 발명해서도 안 된다는 것을, 관리소장 김석남도 충분히 알고 있다. 알고 있으면서도 말할 만큼 답답한 일이었다.

대략 7개월 전부터 사건이 이어지고 있었다. 누군가 102동 엘리베이터에 계속해서 소변을 보고 있었다.

그것은 항상 아침에 발견되었다. 그럴 수밖에 없는 것이, 새벽녘에는 범인이 소변을 싸고 가더라도 입주민의 통행이 잦은 시간이 아니기 때문에 발견이 늦어진다. 그래서 시간이 지체될수록 소변은 더욱더 승강기 바닥에 찌들어 엄청난 냄새로 102동 입주민의 아침을 불쾌하게 열어 버린다.

덕분에 아침마다 쏟아지는 민원은 모두 경리직원 최춘미나 관리과장 정차웅의 몫이었다. 그리고 해결 방식을 내놓아야 할 책임은 관리과장 정차웅과 관리소장 김석남의 몫이다. 하지만 조금 전 김석남이 "머리 좀 써 봐." 하고 소리친 순간, 모든 것은 정차웅의 몫이 된 셈이었다.

매번 미화원 아주머니께 청소를 부탁드리지만, 아무리 닦고 닦아도 냄새는 사그라지지 않고, 아무리 '죄송하다'를 입에 달고 살아도 입주민의 민원은 줄지 않았다. 근본적인 방법은 그 미친놈을 잡는 것인데, 봉명아파트는 CCTV도 설치되어 있지 않았다.

봉명아파트는 1998년도에 준공한 임대 아파트다. 요즘의 신축 아파트들은 엘리베이터에 CCTV 설치가 의무화 되었지만 1998년 당시에는 그렇지 않았다. 법적으로 규정되어 있는 것은 지하 주차장에 설치해야 하는 CCTV뿐이었다. 최대한 적은 비용을 투자해 고수익을 얻어야 하는 임대 아파트 사업자로써는 당연히 법적인 테두리 안에서만 아파트를 지었다. 근래 사람들의 불안이 극대화되어 CCTV 설치가 의무화됐긴 했지만, 1998년에 지은 이 아파트는 신설

된 법에는 적용되지 않기 때문에 봉명아파트의 주인 (주)봉명은 콧방귀도 뀌지 않고 있다. 입주민과 회사 사이에서 지치는 것은 관리소 직원이었다.

그것을 제외하고도 이 아파트는 종종 별의별 일이 다 터지곤 했다. 가끔 다른 아파트도 이러나 싶을 만큼 황당한 일도 많았다.

정차웅이 입사하고 얼마 되지 않았을 때의 일이다. 부산으로 출장을 간 남편에게 아내가 전화를 걸었다. 집에 편지를 써 놓았으니 자신의 심정이 어떤지 읽어 보고, 자신은 집을 나가겠다고 한 것이다. 출장지에서 당장 올라올 수도 없었던 남자는 정차웅에게 자신의 집에 들어가 편지를 읽어 달라고 하는 어처구니없는 요구를 해서 기겁하게 했다. 비어 있는 세대에 관리소 직원은 혼자 출입해서는 안 된다는 규칙을 말하자, 같은 남자 입장에서 그 정도 부탁도 들어주지 못하냐는 항의가 이어졌다.

어디가 '같은 입장'인지 알 수 없는 일이었다.

모르는 사람이 들으면 '에이, 말도 안 돼.'라고 말하며 손을 내저을 일들이다. 하지만 그 말도 안 되는 일이 실제로 벌어진다는 것이 문제였다.

사람 많은 동네, 말이 많을 수밖에 없다는 것은 알고는 있었지만 요즘에는 주식으로 치면 상한가였다. 오물 테러와 함께 최악은 바로 102동 1207호 여자였다. 어느 날 느닷없이 전화를 걸어온 여자는 대뜸 이렇게 말했다.

"누가 절 지켜보고 있어요."

"네?"

잠깐, 머리가 멍했다.

"누가 절 지켜보고 있다고요. 누군가 절 감시하고 있어요. 그래서 제가 움직일 때마다 누군가 삑삑 호루라기를 분다고요."

호루라기에 정신이 돌아왔다. 이 여자가 102동 1207호 여자라는 것을 너무 뒤늦게 인식했다. 여자는 직원들 사이에서 아주 유명했다. 오줌 싸는 놈이나 집 나간 아내 편지를 읽어 달라는 놈 들에게 정차웅은 혼잣말로 미친놈이라고 욕을 했지만 이 여자는 진짜 '미친' 여자였다. 우울증이 심각해져 어느 날 갑자기 이 상태에 이르렀다고 했다. 가끔 여자의 남편이 나이 지긋한 경비원 박 씨에게 신세한탄을 한 모양이었다. 경비원 박 씨가 박 씨 물어 나르는 제비처럼 직원들에게 그 한탄을 퍼 나를지는 예상을 못했을 것이었다. 하지만 그나마 그 박 씨 덕분에 미리 사정을 알고 있던 정차웅이 당황하지 않고 대처할 수 있었던 것이다.

"아, 호루라기요."

일부러 심드렁하게 대답했지만 돌아오는 여자의 말은 열띤 것이었다.

"네. 호루라기요. 저 놈들은 그렇게 하면 제가 신경쇠약에 걸려 죽기라도 할 것이라고 예상하는 거예요. 두고 보세요. 전 절대 그렇게 되지 않을 거니까요."

"네, 알겠습니다."

대충 대답해 주고 전화를 끊었다. 여자는 우울증과 정신착란에 더해 심각한 대인기피증도 있다고 들었다. 집밖에 나오지 않은지 1년도 넘었다고 했다. 집 안에서 쓰는 모든 생필품은 배달을 시키고, 나머지 일들은 남편이 챙기고 있다고 들었다.

정차웅은 시계를 올려다보았다. 아직 오전 10시 반. 출근한지 한참 된 것 같은데 아직도 한 시간밖에 되지 않았다는 것이 정차웅을 슬프게 했다.

하지만 그때까지만 해도 정차웅은 그 오물 사건이 더욱 더 진화할 줄 미처 알지 못했다.

* * *

드디어 누군가 똥을 싸기 시작했다.

"레알 똥이라구요!"

인터폰을 걸어온 경비원 박 씨의 언성이 높았다. 요즘 들어 애들이 쓰는 말에 부쩍 심취해 있는 분이었다. 하지만 '레알'보다 '똥'이라는 원초적이면서도 흉물스러운 단어에 정차웅은 잠깐 멍해진 정신을 가다듬었다.

"알았어요. 일단 청소 아주머니 보낼게요."

전화를 끊은 정차웅은 바로 102동을 담당하는 미화원 김 반장에게 전화를 걸었다. 김 반장은 101동과 102동, 두 개동의 청소를 담당하고 있다.

사정을 얘기하자 김 반장은 대뜸 성질부터 내었다. 전화를 끊으면서도 더러워서 그만두기라도 해야지 수가 안 난다고 말했다.

벌써 올해 들어 세 번째 미화원이 그만두었다. 미화원 하시는 분들 사이에서 이미 소문이 나서 구해지지 않을 텐데 정말 그만두겠다고 나서면 어쩌나, 근심이었다.

"과장님, 어떻게 해요. 자꾸 죄송하다고 말하는 것도 힘들어요."

최춘미가 특유의 칭얼대는 목소리로 말했다. 딴에는 애로사항을 말하는 것뿐이지만, 워낙에 얇고 힘없이 흔들리는 목소리라 칭얼대는 것으로 들리는 편이다. 게다가 상황이 상황인지라 그녀의 고민도 오늘은 좋게 들리지 않았다.

에이씨, 정차웅은 머리를 쥐어뜯었다. 아직 경비원 박 씨가 소리 지른 것이 귓가에서 사라지지도 않았는데 미화반장에게 싫은 소리를 듣고 나니 억울했다.

지금 상황은 일방적으로 그들이 화를 자신에게 퍼붓는 것처럼 느껴졌다. 정차웅은 항의하고 싶었다.

내가 싼 똥이 아니거든요?

드디어 나에게도 직장인 사춘기라는 것이 온 건가. 정차웅은 진지하게 생각했다. 만약 직장인 사춘기가 맞다면, 그 많은 민원 중에서도 요즘 그의 사춘기를 심화시키는 것은 단연코 102동 엘리베이터의 오물 테러였다.

시체가 발견된 것은 정차웅이 계속되는 오물 테러 해결에 직장인 사춘기를 겪던 며칠 뒤였다.

* * *

누가 봐도 추락사가 자명했다. 시신은 102동 뒤 쪽문 방향을 향해 하늘을 보고 길게 드러누워 있었다. 처음 발견한 사람은 새벽 예배를 보고 오던 102동의 중년 여성 입주민이었다. 처음에는 술 취한 사람이 드러누워 있는 줄 알았다고, 경찰 조사에서 그녀는 말했다.

102동 뒤편에는 입주민들을 위한 정자가 설치되어 있었는데, 평소 입주민이 아닌 외부사람이 들어와 술을 마시거나 중고등학생들이 들어와 담배를 피우며 소란을 피워 입주민들의 항의가 끊이지 않는 곳이었다. 정자 옆쪽으로 바깥 도로로 바로 나갈 수 있도록 쪽문까지 나 있었으니 외부 사람들이 이용하기에 더 쉬웠던 것이었다. 그래서 이날 새벽, 하늘을 보고 벌러덩 누워 있는 그 사람 역시, 그래서 평소의 주취자라고 생각했던 것이었다.

그러나 발견자는 그 사람을 지나치다 문득, 얼굴을 보고 말았고, 그 얼굴에서 이 세상의 것이 아닌, 뭐라고 설명하기 힘든 것이 느껴졌다고 했다. 주취자라고 하기에는 움직임도 너무 없었다. 어스름이 내린 시신의 얼굴 위로 커다란 벌레가 지나갔다. 기겁을 한 여자는 곧장 경비실로 뛰어갔다. 후들거리는 손으로 황급히 102동 경비실 문을 두드렸을 때는 새벽 6시 경이었다. 경비원 박 씨는 여자가 이끄는 데로 아무 정보 없이 따라갔다가 그 시신을 본 두 번째 목격자가 되고 말았다. 그는 경찰 조사에서 그 순간을 이렇게 말했다.

"재수가 없으려니. 곧 우리 집 큰딸 결혼식이 있단 말입니다. 알죠? 집안에 큰일 있을 때는 친한 사람 장례식도 안 가는 거. 하필 시신까지 봐서……. 에이!"

어쨌든 발견한 그 순간, 경비원 박 씨는 후들후들 떨리는 손으로 휴대폰을 찾아들고 119에 곧장 신고를 했다. 잠시 02-119를 눌러야 할지 그냥 119를 눌러야 할지 고민했지만, 그는 그냥 119를 눌렀고 다행히 곧장 연결되었다. 119에 신고한 뒤에는, 평소 관리소에서 누누이 받아왔던 교육 지침에 따라 관리사무소에 연락을 취했다. 당직자였던 설비 기사 양대진이 전화를 받았다.

양대진 역시 곧장 관리소장에게 긴급으로 전화를 했고, 현장으로 출동했다. 아직 119는 도착하지 않았다. 양 기사는 아무것도 모르는 상태에서 시신과 맞닥뜨려야 했던 경비원 박 씨보다 마음의 준비 면에서 나았기 때문에, 현장에 도착했을 때는 조금 냉정해져 있었다. 목격한 입주민의 동호수와 연락처를 받아 적고, 떨고 있는 그녀를 다정히 위로하며 집으로 들여보냈다. 다행히 새벽 시간이라 입주민의 통행은 거의 없었다. 그는 반사적으로 건물 위쪽을 올려다보았다.

119가 도착한 것은 그때였다. 두 명의 남자와 한 명의 여자 구급 대원이 빠르게 뛰어왔다. 경비원 박 씨가 덜덜 떨리는 목소리로 자신이 어떻게 이 시신을 발견하게 되었는지를 설명했다. 두 명의 남자대원중 키가 크고 골격이 우람한 남자 대원이 나서 시신의 옆에 무릎을 꿇고 앉았다. 두 손으로 시신의 어깨를 두드리며 조금 높은 목소리로 말했다.

"제 말이 들리시나요? 들리세요?"

그러고는 별 반응이 없자, 여자의 코에 손가락을 가져다 대었다가, 다른 대원에게로 시선을 들었다. 눈짓을 하자 여자 대원이 다가와 시신의 심장박동을 확인했다. 서로를 응시하며 고개를 내저었다. 우람한 남자 쪽이 먼저 일어나 양 기사에게 말했다.

"경찰에 신고하세요. 이미 사망하셨습니다. 저희는 환자만 이송할 수 있습니다. 변사한 시신은 거둬갈 수 없어요. 경찰이 해야 합니다."

그래서 양 기사는 다시 경찰에 신고해야 했다. 경찰이 출동해 도착한 뒤에야, 여자의 시신은 비로소 흰 천으로나마 덮일 수 있었다.

먼 하늘이 밝아지기 시작했다.

* * *

"또 일이 터졌구만."

출근한 즉시 정차웅은 아파트 안에 뭔가 일이 생겼음을 알 수 있었다. 그의 책상 위에 입주자 카드 파일이 9개나 널브러져 있었기 때문이었다. 입주자 카드를 꺼내놔서 책상 위가 지저분해지는 것은, 정차웅을 귀찮게 할 일이 벌어졌음을 암시하는 일이었다.

대략 이런 일들이다. 골치 아픈 민원거리를 메모지에 잔뜩 적어놓고 네가 해결하라는 의미던가, 뭔가 시설적인 문제로 입주민들에게 연락을 해야 할 때라든가.

그중에서도 입주자 카드를 잔뜩 꺼내놓을 때 일어나는 문제 중 가장 많이 벌어지는 것은 이사 문제였다. 이삿짐 차를 댈 수 있도록 주차장에 주차된 몇 대의 차를 빼야 할 때 연락을 취해야 하기 때문이다. 하지만 오늘은 그런 날들과는 약간 다르긴 했다. 102동 12층의 9세대 카드가 모두 꺼내져 있었기 때문이었다.

정차웅은 거의 본능적으로 삼선슬리퍼를 꺼내 신었다. 만약 일거리가 많아지면 그가 너무나 사랑해 마지않는 삼선슬리퍼를 갈아 신을 시간조차 없을지도 모른다.

"무슨 일 있었어요?"

때마침 들어오는 양대진 기사를 향해 정차웅이 물었다. 어쩐지 피곤해 보이는 얼굴이었다. 이거 뭔데요 하고 묻듯 눈짓으로 책상 위에 쏟아져 있는 입주자 카드를 가리켰다. 양대진은 피곤을 떨쳐 보려는 듯 뒷목을 문지르며 말했다.

"사람이 죽었어요."

정차웅의 눈이 휘둥그레졌다. 이건 생각지 못한 일이었다. 그냥 이사하는 집이 있는 것 아닐까 하는 정도로만 생각했는데.

"왜요? 누가? 어디서?"

"자살인가 봐요. 102동 12층 복도에서 뛰어 내렸어요. 발견했을 때는 이미 죽은 상태였고요. 경찰들이 와서 현장 감식인지 뭔지 한다고 왔다 갔다 하지, 목격자 아줌마가 주변에 떠벌리는 바람에 그 이른 아침부터 뭐가 그렇게들 궁금한지 문의 전화는 계속오지, 아무튼 환장하는 줄 알았어요, 원. 이따가 경찰에서 또 온대요."

"12층에서 떨어진 건 어떻게 알았어요?"

발견했을 때는 죽은 상태였다고 했다. 그런데도 12층에서 떨어진 걸 알았다는 건 떨어지는 순간을 본 목격자가 있거나, 12층에서 떨어진 것에 확증을 줄 만한 뭔가가 있다는 뜻이었다.

정차웅의 물음에 양 기사는 "아, 그걸 얘기 안 했네."라며 말을 이었다.

"복도 창문. 거기만 열려 있더라고요. 12층 딱 한 곳만."

그제야 납득됐다는 듯 아아 하고 정차웅은 머리를 끄덕였다. 봄이라고는 하지만 아직은 꽃샘추위도 심하고, 황사도 잦다. 그래서 입주민들은 복도 창을 닫아 두기를 원했다. 청소를 담당하는 미화원 아주머니들도 황사가 많이 들어오면 복도 청소가 힘들어지기에 평소보다 철저히 창문을 닫고 있다. 협조하는 차원에서 심야 시간과 새벽에 각 한 차례, 경비원이 순찰을 돌면서 창문을 닫고 있었다.

양 기사는 설명을 이어갔다.

시신을 확인하기 위해 도착한 양 기사가 건물을 올려다보았을 때 12층의 딱 한군데, 1206호와 1207호 사이의 복도 쪽 창이 열려 있었다. 물론 그것만이 전부가 아니었다. 양 기사의 설명을 듣고 경찰이 즉시 12층으로 올라가 확인하니 열린 창 아래에 어린이용 세발자전거가 놓여 있었다고 했다. 그것을 밟고 뛰어내린 것이라고 추측되었다. 그것은 확신에 가까운 추측이었다.

그나마 목격자가 사망자의 뛰어내리는 상황을 목격한 것이 아니어서 다행이라고 정차웅은 생각했다. 그런 트라우마는 쉽게 없어지지 않는다. 형사 생활을 할 때에 자살 사건의 목격자가 힘들어하는 것을 많이 보아왔다.

"아무튼 난 그만 들어갑니다. 오늘은 빨리 집에 들어가고 싶은 마음뿐이네."

"네, 들어가세요."

야간 당직근무를 섰던 양 기사가 퇴근한 뒤, 교대하듯 관리소장 김석남이 들어왔다. 그 역시 새벽같이 불려나와 지금까지 시달린 듯했다. 정차웅은 평소처럼 가볍게 목례하는 것으로 아침인사를 건네며 김석남을 맞았다. 김 소장은 들어서자마자 한숨을 푹 내쉬며 테이블에 걸터앉았다. 손님맞이를 위한 테이블에 별로 앉는 일이 없던 김 소장이다.

"돌아가신 분은 누구예요?"

"그게, 아직 몰라."

"그래요?"

투신자에게 신분을 알리는 소지품이 전혀 발견되지 않았다는 이야기다.

"응. 안 그래도 경찰에서 요청해서 입주민들한테 혹시 세대에 연락 안 되는 가족이 있으면 연락 달라고 방송했는데도 안 나왔어. 그래서 곧 경찰이 올 거야. 죽은 여자 사진 들고. 경비원들이랑 양 기사, 그리고 나도 봤어. 근데 다들 잘 모르겠대. 혹시 정 과장도 알 수 있으니까 이따가 한 번 더 온다고 했어."

경찰들이 몇 번씩이나 신분 확인을 하기 위해 온다는 것에 정차웅은 고개를 갸웃했다. 지문이 누군가에 의해 뭉개진 살해 사건도 아니고 어째서 신분 확인이 되지 않는다는 것일까. 의문은 있지만 어쨌거나 경찰에서 온다고 하니 그때 이야기를 들을 수 있을 것이었다.

정차웅에게 굳이 사진을 보이러 오는 것은 납득이 되는 일이었다. 이 아파트에 입주해 있는 주민들은 모두 열쇠 불출, 입주 신고 및 시설물 확인 문제로 관리소를 찾아온다. 설명은 경리인 최춘미나 정차웅이 맡았다. 근래에 입주한 사람들은 한 번씩은 정차웅과 얼굴을 마주하는 셈이다. 그렇다면 자세히는 몰라도 낯이 익을 수 있다. 정차웅이 입사 이전에, 그러니까 훨씬 더 오래 전부터 거주해 온 사람이라면 경비원들이 모를 리가 없었다.

정차웅은 대답을 구하듯 최춘미를 보았다.

"저도 얼굴은 잘 모르겠더라고요."

상기된 얼굴로 최춘미가 고개를 저었다.

"나이는 꽤 있는 여자 같은데 왜 그랬을까요? 그 정도 나이되면, 음…… 우울증? 그런 걸까요? 요즘 그런 문제 많잖아요."

톤이 조금 높은 목소리의 최춘미의 말을 김 소장이 받았다.

"그런 걸 수도 있지만, 요즘 돈 사고 치는 여자들도 많고. 아, 바람이니 뭐니 그런 것도 많잖아."

"헐. 그럴 수도 있겠네요. 근데 그런 거면 몰라도 혹시 누가 뒤에서 밀었다거나 그런 거면?"

"살인? 와, 무섭다. 그런 거라면 진짜 우리 아파트는 굿을 해야 돼. 요즘 이상하게 사건사고가 많잖아?"

"그러게요."

"어, 정 과장 어디가?"

두 사람이 이야기하는 동안 은근슬쩍 일어나 사무실을 나가려는 정차웅을 김 소장이 불러 세웠다. 정차웅은 기계적인 미소를 지으며 대답했다

"단지 내 순찰 좀 하고 오려고요."

"곧 경찰에서 온다니까, 기다렸다가 가. 이런 날까지 뭘 그렇게 열심히 해."

이런 날이 어떤 날인가요. 누군가가 죽은 날? 그래서 그 뒤에 숨은 이야기를 상상하며 열심히 씹고 뜯고 맛보고 즐기는 그런 날?

그런 대답이 목구멍까지 올라왔지만 정차웅은 짧은 대답으로 그

말을 억눌렀다.

"금방 들어올 거예요."

* * *

단지 내 순찰이라고 했지만, 정차웅은 산책이라도 하는 것처럼 느 릿한 걸음으로 단지 내를 돌았다. 걷는 내내 시선을 발끝에 두고, 생각에 골똘히 잠겨 있었다. 단지 내 입구 쪽에 있는 어린이 놀이터에 도착하여 나무 벤치에 앉았다. 평일이라 어린이 놀이터에는 아이들이 없었다.

찜찜한 기분이 떨쳐지지를 않았다.

추락 사건에 대한 이야기를 하며 최춘미는 오싹하다는 듯 몸을 떨었다. 김 소장도 인상을 썼다. 이상한 일이었다. 그렇게 말하는 두 사람의 행동이 그저 사건이 많아서, 죽은 사람이 안타까워서 그러는 걸로 보이지 않는다.

쳇바퀴 구르듯 매일 똑같이 반복되는 일상 속에, 혹시 이런 사건들이 그들에게 카타르시스라도 주고 있는 것은 아닐까.

그런 가벼운 추잡함이 너무나 인간적이라고 해야 할지, 비인간적이라고 해야 할지 애매하다. 비난할 생각은 없지만 대화에 참여하고 싶지도 않았다. 그래서 사무실에서 나온 참이었다.

정차웅은 무심코 고개를 들었다. 때마침 단지 내로 들어오는 세 명의 남녀에게로 시선이 향했다. 두 명의 남자와 한 명의 여자였다. 익숙한 얼굴이다. 아니, 모를 수가 없는 얼굴이다.

이야기를 나누던 여자가 이쪽을 바라보았다. 즉시 낭패의 기색이 여자의 얼굴에 드리워졌고, 동시에 정차웅의 눈빛에 살기가 어렸다.

정차웅이 벌떡 일어섰고, 여자는 자신도 모르게 뒷걸음질을 쳤다.

"야!"

정차웅이 벼락과 같은 소리를 내지름과 동시에 여자가 앞으로 튕겨져 나가듯 쏜살같이 도망쳤다.

"거기 안 서!"

정차웅이 따라가며 소리를 질렀다. 사색이 된 채 도망가고 있는 것은 다름 아닌 강주영이었다. 갑작스런 강주영의 도망에 어리둥절해 하던 두 명의 형사는, 바람을 일으키며 쏜살같이 뒤쫓아 가는 정차웅을 아연하게 볼 뿐이었다.

강주영의 울음 섞인 비명이 들렸다.

"니가 쫓아오니까 도망가는 거 아냐!"

"필시 죄를 졌으니 도망가는 거겠지!"

"몰라! 난 아무것도 모른다고!"

그렇게 소리쳤지만 모르지 않았다. 아무런 말도 없이 이억관 형사를 정차웅의 집에 불렀다. 그래놓고 자신은 꽁지 빠져라 도망가 버렸으니 언제라도 걸리면 큰일 날 거라는 각오 정도는 하고 있었다.

그러나 그날이 저런 무서운 기세로 쫓아오는 오늘은 아니다. 도망치지 않고는 배길 수가 없다. 일단 상황을 벗어나고 봐야 한다는 생각에 강주영은 온 힘을 향해 달리는 속도를 높였다. 다행히 정차웅은 삼선 슬리퍼를 신고 있고, 자신은 운동화다. 아무리 남녀 차이가 있다고 한들 슬리퍼를 못 이길 거 같지는 않았다. 그런데…….

착착착착착착착.

심상찮은 소리가 들려왔다. 분명 슬리퍼가 바닥에 부딪는 소린데, 그 소리의 템포가 지나치게 빨랐다. 강주영은 뒤를 돌아다보았다.

믿을 수 없는 광경이었다. 슬리퍼를 신고도 엄청난 속도로 정차웅이 달려오고 있었다. 양팔을 무서운 속도로 흔들며 돌진하고 있다. 슬리퍼를 신은 다리가 보이지도 않을 정도였다.

"저건 인간도 아냐!"

강주영은 자신의 미래를 예감했다. 정차웅의 눈에 어려 있는 것은 살기였다. 난 잡히면 분명 죽을 거다.

"우와아아아악!"

강주영은 비명을 지르며 혼신의 힘을 다해 다리를 움직였다.

"강주영 이 자식 거기서!"

정차웅은 강주영의 뒤를 무서운 기세로 쫓으면서, 언젠가 관리소에 도둑질을 하러 왔던 남자를 뒤쫓던 일과 데자뷔를 느꼈다.

* * *

"난 아무 잘못이 없어!"

그 외침은 강주영이 정차웅의 손에 잡힌 순간 내뱉은 단말마의 비명이었다. 정차웅은 거칠어진 호흡을 이를 악문 채 삼키면서도, 잡은 강주영을 놓아 줄 마음이 없어 보였다. 버둥거리던 강주영이 돌연 정차웅의 손을 탁 치며 돌아보았다.

"난 아무 잘못이 없는데, 넌 무슨 잘못을 해서 이 팀장님을 피해

숨어 다니는 건데?"

강주영의 뒷덜미를 잡았던 정차웅의 손이 허공에 남았다. 그녀의 말이 돌이 되어 정차웅의 머리를 치기라도 한 듯, 그는 황망해진 시선을 돌리며 손을 내렸다.

강주영이 그를 노려보았다.

"뭔데? 너 갑자기 사라진 거, 이 팀장님하고 관련된 거야? 무슨 죄라도 진 거야, 진짜?"

"……죄 지은 거 없어."

그것은 숱한 '내 잘못이다.' 속에서 건져낸 결론이었다. 결과적으로는 나의 죄가 아니다. 그러나 잘 살고 있는 모습을 이억관의 앞에 뻔뻔하게 보일 수도 없었다. 느닷없이 만난 이억관은 웃고 있었지만, 자신이 너무나 잘 살고 있는 모습을 드러내야 하는 순간, 이겨낼 수 없는 염치없음이 정차웅을 짓눌렀다.

"뭐야, 진짜 뭔데? 이 팀장님하고 진짜로 뭐 있어?"

무언가를 느꼈는지 강주영이 집요하게 물었다. 정차웅은 고개를 저었다. 말할 수 없다. 그 일을 끄집어내고 싶지도 않거니와, 그 염치없음을 견뎌야 하는 것은 자신으로도 족하다는 생각이다. 자신이 잘못한 것도, 강주영이 잘못한 것도 아니다. 하지만 떳떳할 수가 없다.

정차웅은 강주영이 손에 들고 있는 황색 서류봉투를 턱짓으로 가리켰다.

"뭐야? 사망자 사진?"

"어? 응."

이야기의 초점을 다른 쪽으로 돌리려는 뻔한 생각을 강주영은 금세 알아차렸다. 사직서를 낸 이유에 대해 이야기가 나올 때마다 다른 소리를 하는 태도 역시 너무나 미심쩍었다. 정차웅의 이야기를 듣자마자 그를 만나겠다고 곧장 일어나는 이 팀장의 태도도, 무슨 죄라도 지었냐는 말에 정말 죄를 지은 사람의 얼굴로 지은 죄 없다고 말하는 정차웅도 미심쩍기는 매 한가지였다. 두 사람의 태도에 대한 의혹은 분명 정차웅이 어느 날 느닷없이 사직서를 던진 것과도 모습을 감춰 버린 것과도 관련이 있을 듯 했다.

하지만 더 붙들고 늘어져 봐야 대답해 줄 것이 아님은 너무나 잘 알고 있다. 강주영은 미심쩍은 시선을 던지면서도 자신이 들고 있던 서류봉투를 정차웅에게 내밀었다.

"사무실로 가서 얘기하자."

* * *

응접 테이블을 사이에 두고 두 사람이 마주앉았다. 강주영과 함께 온 형사 두 명은 102동 입주민을 상대로 탐문 조사를 하러 나갔다. 하지도 않던 단지 내 순찰을 하겠다며 관리소장 김석남도 사무실에서 나갔다. 말이 좋아 순찰이지 사실은 형사 두 명의 탐문 조사가 궁금해 쫓아 나가는 것임이 표정을 통해 너무나 역력히 드러났다.

정차웅은 강주영에게서 받은 서류봉투에서 사진을 꺼냈다.

사진 속 여자는 눈을 감고 있었다. 4~50대 정도로 보이고, 눈썹은 짙은 편, 입술 윤곽이 도드라지는 정도만 빼면 평범한 인상이었다.

적어도 머릿속에 그녀를 본 기억은 없었다.

"한 번이라도 본 적이 있으면, 적어도 낯이 익다거나 기억이 가물가물이라도 할 텐데 아예 생경한 얼굴인데. 신원 확인이 아직 안 됐다고?"

"쉽지 않네. 처음엔 12층 입주민 중 적어도 관련된 사람이 있을 것 같아서 세대마다 방문했는데 아는 사람이 없었어. 가족 중 집에 안 들어오거나 사라진 사람도 없다고 하고. 괜히 여기저기 방문하다가 욕까지 들어먹었다고. 1206호 남자는 밤새 일하고 지금 막 들어왔는데 깨운다고 성질을 내지 않나, 1207호 여자는 문도 안 열어 줘서 한참이나 애먹었다고. 뭐라더라? 경찰이라고 속여서 문 열게한 다음 자기를 못살게 굴려고 하는 걸 모를 줄 아느냐고 막 그러더라. 좀 이상한 여자 같았어. 피해망상증 있는 거 아냐?"

누군가 자신을 감시하며 움직일 때마다 호루라기를 분다고 잔뜩흥분해서는 하루가 멀다 하고 전화를 걸어오던 1207호 여자의 목소리를 떠올리며 정차웅은 몸을 떨었다.

"그 여자는 원래 그래. 신경 쓸 것 없어. 근데 사망자의 지문 떴을 거 아냐? 왜 탐문을 다니는 거야?"

"뜨긴 떴는데."

강주영은 더 이상 말을 잇지 않고 뜸을 들였다. 어디까지 이야기를 해도 좋을지 가늠하고 있었다. 정차웅을 지그시 응시하던 강주영은 스스로 결심이라도 하듯 고개를 끄덕였다. 확실히 정차웅은여기 저기 말을 옮기거나 퍼트리는 타입은 아니다. 정확히 말하자면 수사에 도움이 되는 인간이다. 지난번 방문 가정교사 살인 사건 때도 도움이 되지 않았는가. 아니, 도움 정도가 아니라 해결을 해 주었다.

이 정도는 말해도 되겠지 하는 생각으로 입을 열었다.

"지문은 나왔는데, 조회가 안 돼."

정차웅이 큰 눈을 깜박거렸다. 강주영이 한숨을 내쉬며 말했다.

"조회가 안 된다고. 우리나라 DB에 없는 지문이야."

당연한 이야기지만, 성인은 모두 정해진 나이가 되면 주민등록증을 발급받는다. 지문만 채취된다면, 그래서 백이면 백, 누구의 것인지 조회가 가능하다. 지문이 제대로 채취가 되었는데도 조회가 되지 않는다는 것은 몇 가지 가능성 말고는 생각할 수가 없었다.

첫 번째 가능한 경우는 미성년자다. 하지만 시신은 분명 4~50대는 족히 되어 보이는 여성이었다. 노로증 같은 특이한 질환자가 아니라면 첫 번째 가능성은 제쳐두어도 무방할 것이다.

두 번째 가능성은 외국인이다. 그것도…….

"불법 밀입국자?"

누가 형사 출신 아니랄까 봐 이해가 빠르다. 정차웅의 말에 강주영이 고개를 끄덕였다.

"그렇게밖에 생각할 수 없겠지."

"사진으로 봐서는 이국적인 느낌은 못 받았는데."

"조선족이나, 중국, 일본 쪽이 아닐까 하는 생각만 가지고 있어."

"베트남도 부족마다 다르지만 호치민시 쪽은 한국 사람과 거의 비슷해."

"조사를 계속해 보면 뭔가 나오겠지."

그렇겠지 하며 정차웅이 고개를 끄덕였다. 그렇지만 이미 초점 없는 눈이 허공을 향해 있었다. 생각에 깊이 빠진 것이다. 그 모습을 보던 강주영이 피식 웃으며, 정차웅의 어깨를 살짝 쳤다.

"이번 사건은 범죄는 아닌 거 같으니까 괜한 촉 세우지마."

"어떻게 알아?"

"사망자가 12층에서 추락했다고 추정된다는 얘기는 들었지?"

그 이야기는 양 기사로부터 들었다. 정차웅은 고개를 끄덕였다.

"열려 있던 12층 복도 창 아래 어린이용 세발자전거가 놓여 있었는데, 그 자전거를 밟고 올라간 것으로 추정되는 사망자의 족적이 뚜렷이 남아 있었어. 그리고 창틀에서 검출된 사망자의 지문은, 위치와 방향 모두 창틀을 잡고 올라간 상황이면 딱 들어맞아."

이렇게 하고 말하며 강주영은 창틀을 잡는 시늉을 해 보였다.

물론 사망자를 강제적으로 추락시켰거나, 혼절, 혹은 이미 사망한 사람을 자살로 위장하기 위해 추락시키고 흔적을 남겼을 가능성도 완전히 배제할 수 있는 것은 아니었다. 하지만 지금은 자살이라고 밖에 생각할 수 없다. 추락시키기 위해 몸싸움이 일어났다거나, 축 늘어진 사람을 끌고 가 족적과 지문을 남기고 창밖으로 내던지기에는 소음이 없을 수 없다. 인적이 없는 새벽 시간대에, 그것도 복도식 아파트인 이곳 봉명아파트는 작은 소음이라도 나면 복도 전체가 울린다는 것을 정차웅은 알고 있다. 그런 소리를 아무도 듣지 못할 리가 없다.

개 짖는 소리 때문에 민원 전화가 올 때, 각 층을 돌아다녀도 어느 세대에서 나는지 특정하기 힘든 경우가 많다. 복도식 아파트의 특성상 소리가 여기저기 부딪혀 울리기 때문이었다. 그런 큰 소리가 났다면, 같은 층이나 혹은 아래층, 위층에서도 누군가 소음을 들었을 것이다.

"자살은 확실하겠지만 '왜' 자살했는지가 중요하겠네. 더군다나 불법 밀입국자라면."

"그렇지. 범죄나 범죄 조직이 연관되어 있을 가능성이 있어. 사망자가 학대나 노동력 착취를 당했을 수도 있고."

정차웅은 고개를 끄덕였다. 자살에 이르게 한 검은 손이 있다면 확실히 밝혀내야 한다. 그런 생각에 잠겨 있는 동안, 강주영이 엉덩이를 털며 일어났다.

"여기 있다가는 수사상 기밀까지 다 털어놓겠네."

"뭐 하루이틀이냐?"

"눈치 빠른데?"

킥킥 거리며 강주영이 웃었다. 정차웅의 입가에도 슬며시 미소가 어렸다. 싫지 않은 웃음이다.

"그나저나."

강주영이 뭉친 어깨를 펴는 듯 팔을 한번 크게 돌렸다.

"사망자 신원 확인이 우선인데 말이야. 다른 아파트까지 와서 자살한 걸 보면 단독 주택에 사는 사람일 거란 말이야. 투신자살을 하기 위해 아파트로 들어왔겠지. 물론 이 근방부터 시작하겠지만 그 많은 CCTV를 다 조사하려면 골치 좀 썩겠어."

"뭐? 진짜 그렇게 생각하는 거야? 다른 곳에 사는 사람이라고?"

정차웅이 놀란 눈을 했다. 그 반응이 오히려 의아해 강주영이 고개를 갸웃했다.

"당연하지. 나 오기 전에 소장님께 못 들었어? 아침에 방송까지 했었다고. 집에서 혹시 외출 후 돌아오지 않는 사람이 있으면 연락을 달라. 그런데 연락 온 것도 없었어. 독신이라고 생각할 수도 있지만, 입주자 카드에 없는 사람이기도 하고. 수사 범위가 엄청 넓어질 것 같아 안타까울 뿐이지."

"그럴 리가 없잖아."

"뭐가?"

정차웅은 강주영의 말이 납득이 안 간다는 표정을 지었다. 그는 강주영을 보며 믿을 수 없다는 듯 고개를 저었다.

"난 니가 알아차리지 못했다는 사실이 더 이해가 안 간다."

"뭔 소리를 하는 거야?"

"너 같으면, 네가 살지 않는 곳에 가서 자살하는데 12층에서 뛰어내리겠어?"

"그게 무슨……."

"여기 102동은 15층짜리 건물이야. 그런데 왜 굳이 12층에서 뛰어내리겠냐고."

"그 정도에서 뛰어내려도 죽을 것 같았나 보지. 실제로 성공하기도 했고."

그 말에 정차웅은 고개를 저었다.

"아니, 여기면 죽을까, 살까를 계산하는 게 자살하는 사람의 심리가 아니지. 기본적으로 자살하는 사람은 엘리베이터를 타면 가장 최고층 버튼을 눌러. 계산하는 게 아니라 본능이라구, 그건."

강주영이 놀란 눈을 했다. 그렇게까지는 미처 생각하지 못했다.

정차웅은 깊은 생각에 빠진 얼굴로 중얼거렸다.

"그러니까 분명 이유가 있을 거야. 굳이 12층 복도에서 뛰어내린 이유가."

"12층……."

강주영도 생각에 잠겼으나, 두 사람 모두 그 생각에서 더 발전시키지는 못했다. 신나게 미로를 빠져나가다 돌연 벽에 부딪힌 기분이었다. 검지 끝으로 자신의 무릎을 톡톡 두드리던 강주영의 손이 돌연 멈췄다.

"12층 전체에 대한 수색 영장을 발부받아 조사해야겠네."

"제대로 된 증거도 없는데 허락이 떨어지겠어?"

"그런가."

다시 생각에 빠지는 얼굴. 바람이라도 빠지는 듯 잔뜩 부풀었던 어깨가 주저앉았다. 맥 빠져하는 강주영의 얼굴을 보는 정차웅에게 뭔가 자신이 먼저 알아내 도움을 주고 싶다는 욕구가 강하게 밀려왔다.

무엇보다 망자에게 이름을 되찾아 주고 싶었다. 아무리 안타까워해도 살아 있는 사람은 '내일'과 '내 일'을 생각할 수 있다. 하지만 죽은 자는 그걸로 끝이다. 이름도 없이 떠나보낼 수는 없다. 그것이, 코리안 드림을 꿈꾸고 하늘을 날아왔을지도 모르는 사람의 '드림'을 지켜주지 못한 '코리안'으로서의 책임이다.

문득 무엇인가 생각난 듯 강주영이 말했다.

"혹시라도 사망자가 12층에 살았다면 집 안에 감금당했을 가능성도 있어."

강주영은 설명을 덧붙였다. 그 가설이라면 주변에 사망자를 본 사람도 없고, 경비원마저 사망자의 얼굴을 알지 못하는 상황과 맞아떨어진다. 그런 상황에 탈출에 성공하였을 것이고, 그러나 밖으로 나와도 그녀를 짓누르는 현실 세계는 무거웠을 것이다. 집으로 돌아가고 싶지만 방법을 찾지 못한다. 이 불행은 죽어야 끝날 것이다, 그렇게 생각했을지 모른다. 그래서 그녀는 결국 죽음을 택한 것이다.

그 부분은 정차웅 역시 생각하지 않았던 것이 아니었다. 머릿속에서 세우고 무너뜨리기를 반복한 많은 가설 중의 하나였다. 그 가설은 머릿속을 번쩍하게 만들었다. 하지만 벽에 부딪혀 힘없이 주저앉고 말았던 것도 사실이었다. 얼핏 생각하면 부자연스러운 곳이 없는 것 같다. 하지만 분명 아귀가 맞지 않는다.

"감금 상태에서 탈출할 수 있었고, 그렇게 벗어났지만 자살을 선택할 수밖에 없었다고 해도 왜 집 안에서가 아닌 복도로 나와서 자살을 한 건지는 설명이 안 돼."

아파트에 사는 사람이 집 안이 아닌 곳에서 자살하는 것은 남겨진 가족, 그리고 사람이 죽은 아파트라고 소문나 집값이 폭락하거나 매매되지 않을까 봐 걱정되기 때문인 것이 대부분이다. 자신을 감금한 사람을 위해 밖으로 나와서까지 죽을 리가 없다는 것이다.

"복잡하네."

머리를 벅벅 긁는 강주영을 보던 정차웅은 문득 시계를 올려다보았다. 헉 소리와 함께 벤치에서 일어났다.

"뭐해?"

"시청에 보안 등전 기지 원금 신청하는 날이야."

시청에서 공동주택을 대상으로 하는 지원이다. 신청하면 지난 1년간의 단지 내 가로등에 쓰인 전기료를 지원해 준다.

"먹고 사느라 바쁘군."

"그 먹고 사느라 바쁜 사람 밥줄 안 끊기게 나 좀 귀찮게 하지 마라, 응? 자꾸 곤란하게 하면 스토커로 확 신고해 버릴 거다."

"그 입이 확 꿰매져서 진짜 밥줄 끊기고 싶구나, 네가."

입술을 씰룩이며 강주영은 한 마디도 지지 않았다. 정차웅은 한숨을 폭 내쉬며 고개를 절레절레 흔들었다.

그때 정차웅의 머릿속을 치고 지나가는 이상한 감각. 뭔가를 잊고 있었다가 지금에서야 생각났다. 정차웅은 눈을 반짝이며 강주영을 보았다.

"아!"

"왜?"

"똥 가져다주면 유전자 검사 해 줄 수 없냐? 갓 싼 신선한 걸로 준비해 줄게."

"똥 같은 소리하고 앉았네!"

머뭇거리지도 않고 강주영이 응수했다. 그녀는 정차웅이 장난을 치는 걸로 생각하는 듯 보였다. 하지만 정차웅은 진지했다. 102동 엘리베이터 오물 투척 사건을 해결할 방법으로 나름 묘안이라고 생각했다.

"나 진지하다."

"진심으로 말하는 거면 나도 진심으로 대답해 줄게. 똥 싸고 뭉개는 소리 하지 말고 얼른 가서 밥벌이나 하셔."

역시 안 되는구나. 분명 안 해 줄 거라고 생각은 했지만 한숨이 나왔다. 정차웅은 깊은 한숨을 뒤로 하고 무릎을 짚으며 자리에서 일어섰다. 그때 뭔가의 생각이 비호처럼 머리를 스쳤다. 정차웅은 시선을 내려 무릎을 짚었던 자신의 손을 응시했다. 순간 고개를 홱 돌려 강주영을 보았다.

"뭔 또 뻘소리를 하려고."

정차웅의 반응이 이상한지 눈을 동그랗게 뜨고 강주영이 물었다. 정차웅이 대답했다.

"손잡이야! 세대 안에서 여자가 나온 것이 맞다면 바깥쪽 손잡이에도 여자의 지문이 남아 있을 가능성이 있어."

고작 그 얘기였냐는 듯 강주영이 쓰게 웃었다.

"그렇게 하려면 12층 전 세대를 뒤져야 하니까 수색영장을 받아야 하잖아. 요청은 해 보겠지만, 증거도 없이 그냥 추측만으로 허가가 날지는 모르겠어."

"아니, 집 안이 아냐. 바깥, 그러니까 복도 쪽이라고!"

"복도 쪽?"

"잊었어? 여긴 임대 아파트야. 집 내부라면 몰라도 바깥이라면 얘기가 다르지. 엄밀히 따지면 공용 구역인 그쪽은 회사 소유야. 회사에서는 관리 대리인으로 관리소장을 임명한 셈이니까 소장님 허가만 받으면 돼. 그리고 고작 아홉 세대뿐이야. 항의가 들어오면 그 정도는 관리소장님이 커버하실 수 있어. 지문 검사 끝나면 묻은 약품을 닦아 주면 그만인 일이야."

그 말에 강주영의 손가락 끝이 다시 무릎을 두드리기 시작했다. 뭔가 생각에 빠질 때 보이는 그녀의 버릇이었다. 솔깃해 한다는 뜻이다.

그 모습을 빤히 보던 정차웅이 씩 웃으며 말했다.

"고민해 봐. 어쨌든 나는 먹고 살러 이만."

정차웅은 인사라도 하듯 오른손바닥을 펼쳐 보이고 나서 급히 걸음을 옮겼다. 슬쩍 뒤를 돌아다보니 강주영이 휴대폰을 꺼내 어딘가로 전화를 거는 것이 보였다.

* * *

"엄청 춥네."

시청으로 가기 위해 사무실에 들러 서류를 챙긴 뒤 사무실을 벗어나자, 한기가 들이닥쳤다. 꽃샘추위가 느닷없이 맹위를 떨치고 있다. 3월 초입새에 갑자기 훈훈한 바람이 불던 것은 거짓말 같았다. 관리소로 되돌아가고 싶은 마음이 굴뚝같았으나 오늘이 지원금 신청 접수 마지막 날이었다.

시청은 택시를 타고 15분 정도의 거리에 있다. 그리고 택시를 타기 위해는 택시 정거장까지 5분을 걸어야 했다. 말이 좋아 5분이지, 추운 날에는 칼바람이 무릎 사이를 파고들고, 귀를 잘라내고, 손가락을 할퀴기에 충분한 시간이었다. 점퍼의 후드를 뒤집어쓰고, 죄라도 지은 양 목을 최대한 움츠렸다. 거의 뛰다시피 하는 빠른 걸음으로 아파트 단지 뒤쪽으로 나 있는 쪽문을 향해 걸었다. 이쪽이 정문으로 가는 것보다는 조금 더 가깝다.

문득 걸음을 멈추고 뒤를 보았다.

102동이 하늘 위로 높다랗게 솟구쳐 있었다. 12층 쯤을 눈으로 훑었다. 눈물 콧물이 범벅된 여자가 12층 난간에 앉아 아래를 내려다보고, 겁을 집어 먹고 기겁하며 울다가, 하늘을 쳐다보다가, 세상을 원망도 하다가…… 이내 뛰어내리는 광경이 눈에 보일 것만 같았다.

여자가 누워 있던 자리는 흠뻑 젖어 있었다. 아마 여자의 직접적인 사인이 되었을, 깨진 머리에서 흘러나온 피를 씻어 내린 물일 터였다.

가만히 그곳을 응시하다가 걸음을 옮겼다.

* * *

사건이 급류를 타기 시작한 것은 불과 하루가 지난 다음 날이었다. 출근을 하는 길에 정차웅에게 전화를 건 것은 김 소장이었다.

"정 과장, 조금만 일찍 출근해 줘."

"무슨 일 있어요?"

"형사들이 왔어. 그…… 12층 추락 사건과 관련된 사람을 잡아간다나 봐."

전화를 받은 정차웅은 황급히 뛰었다. 아파트 단지 안으로 들어선 그가 곧장 향한 곳은 관리소가 아니라 102동이었다. 엘리베이터를 타고 12층까지 곧장 올라갔다. 엘리베이터가 서기까지가 얼마나 길게 느껴지는지, 계속해서 이리저리로 움직였다. 다행히 중간에 서는 일 없이 엘리베이터는 곧장 12층에서 멈췄다. 정차웅은 빠르게 엘리베이터에서 내렸다.

이 아파트가 이렇게 시끄러웠던 적이 있었을까? 엘리베이터에서 내리자마자 처음으로 든 생각은 그것이었다. 사복형사로 보이는 사람들과 제복을 입은 경찰들, 과학수사대라고 적힌 조끼를 입고 부산스레 움직이는 사람들과, 복도에 나와 있던 12층 주민들, 갑작스레 일어난 소란에 구경하러 올라오거나 내려온 다른 라인의 주민들로 인산인해였다. 시끄럽다고 민원이 꽤나 들어오겠네. 그런 생각을 하며 복도를 몇 걸음 걷자 팔짱을 끼고 있는 김 소장이 보였다.

"소장님."

"아, 정 과장. 이리로 바로 왔어? 사무실에 가서 민원 들어온 거 없나 체크하고 양해 안내방송 좀 하고 그러지. 최춘미 씨 혼자 정신없을 텐데."

"뭐가 나왔대요?"

김석남의 말에도 정차웅의 관심은 온통 인파의 중심을 향해 있었다.

"저기 나오네."

김석남이 턱짓으로 정면을 가리키며 말했다. 그 턱짓을 따라 시선을 옮긴 곳에서 모습을 드러낸 것은 강주영이었다. 어제 관리소에 왔을 때 입었던 옷 그대로인 걸로 보아 집에 들어가지 못한 것 같았다. 눈 밑이 거뭇한 것이 얼굴에 피로가 가득했다.

그녀와 함께 있는 것은 정차웅도 몇 번 봤던 강주영의 후배 김태형이었는데, 두 사람의 사이에 얼굴이 각지고 고집스러운 입을 꾹 다물고 있는 남자가 눈을 쌍글하게 뜨고 서 있었다.

처음 강주영이 방문 조사를 했을 때, 새벽에 들어와 잠든 지 얼마 되지 않았는데 왜 깨우냐며 항의를 했다던 1206호 남자였다.

* * *

"길게 말할 시간은 없지만 일단 고맙다고 인사는 하고 가야 할 거 같아서."

1206호 남자의 연행을 김태형 형사에게 맡긴 강주영은 곧 따라가 겠다고 하며 아파트에 남았다.

"내가 뭘 했다고."

정차웅은 아무것도 모르겠다는 얼굴로 무덤덤하게 대답했다. 강 주영이 인사만 하고 곧 가야한다고 해서 아파트 입구에 선 채로 이 야기를 나누는 중이었다.

"난 사실 투신자살을 할 곳을 물색했던 사망자가 우연히 선택한 것이 봉명아파트 102동이었을 뿐이라고 생각했거든. 쪽문이 있어서 외부에서 진입하기 제일 쉬운 동이니까. 그렇게 단순히 결론지었을 지도 모르는 생각을 네가 완전히 다른 방향으로 틀어 줬기 때문에 더 깊이 조사할 수 있었어."

"웬일이냐, 네가."

정차웅은 장난기 어린 목소리로 유세를 부리는 척 했다. 그러나 사실 감 사인사를 받기가 쑥스러워 분위기 전환을 하려는 것이었다. 하지만 강주영의 감사 인사는 거기서 멎지 않았다.

"투신자살하려는 사람은 제일 꼭대기까지 찾아간다. 12층에서 자살할 리 없다는 너의 말이, 12층엔 뭔가 있다는 생각으로 바뀌게 해 줬고, 덕분에 아무도 사망자를 모른다는 입주민의 말 역시 100퍼센트 신뢰할 수만은 없다고 결론짓게 해 줬어. 게다가 12층 입주민 전체를 조사할 부담까지 줄여 줬지."

복도에서 지문 조사를 해 보라는 조언을 말하는 것이었다.

"그래서 뭐…… 좀 나왔나 보지? 아, 뭐 궁금한 건 아니고."

사실은 궁금하지 않은데 인사치레로 물어본다고 말하고 싶었던 모양이지만, 차마 강주영의 얼굴을 마주하지 못하고 먼 곳을 응시하며 물어보는 정차웅의 표정에는 '궁금하다'는 진심이 잔뜩 묻어 있었다.

말해 주지 않을 이유는 없지만, 이렇게 귀엽게 군다면 순순히 말해 주고 싶지 않아진다. 강주영은 웃음을 참으려 애쓰며 대답했다.

"궁금한 것도 아닌데 뭘 물어. 나도 회의실 아닌 곳에서까지 사건 얘기 길게 하는 거 좋아하지도 않고."

정차웅의 입이 대번에 뿌루퉁해졌다.

"대체 네가 언제부터 사건 이야기하는 거 안 좋아했냐."

"와인이라도 한잔 있으면 모를까 맨입에 너랑 무슨 재미로 사건 얘기 하냐."

"칫."

더 이상 대꾸할 말이 없는지 정차웅이 바람 빠지는 소리를 내며 애꿎은 바닥을 걷어찼다. 그런데 별안간 주머니를 뒤지더니 주섬주

섬 뭔가를 꺼내 내밀었다. 고개는 돌린 채로 내민 그의 손바닥 위에는 자두맛 사탕 한 개가 올라와 있었다.

궁금해 죽겠다. 온몸으로 그렇게 말하고 있었다.

"자, 이젠 맨입 아니지?"

웃음이 터지려는 걸 참으며 주영은 정차웅의 손바닥에서 사탕을 집었다. 봉지를 뜯어 입에 넣으면서 설명했다.

"그 남자 집 현관문 복도 쪽 손잡이에서 사망자와 동일한 지문이 나왔어. 그 남자 집 안에서도 사망자의 지문이 엄청나게 검출된 건 물론이고. 입주자 카드에는 혼자 사는 것으로 기재되어 있었지, 아마? 그런데 집 안에는 여자의 흔적이 역력했어."

한국에서는 조회되지도 않는 지문, 누구도 해 오지 않았던 실종신고……. 그럼에도 그 집에서만은 여자가 이 나라에 살고 있었음을 증명해 보이고 있었던 것이었다.

"근데 그 집 작은방 말이야. 잠금장치가 거꾸로 달려 있었어."

"거꾸로?"

"응. 원래 잠금장치는 안에서 눌러 잠그게 되어 있고, 밖에서는 열쇠를 사용해서 열잖아? 그걸 거꾸로 달아서 문을 바깥에서 잠갔을 때 안에서는 열쇠 없이는 못 열게 되어 있었어."

그것이 의미하는 바는 너무나 잔인할 만큼 명확했다.

"감금이군."

강주영은 고개를 끄덕거렸다.

"더 자세한 건 앞으로 그 남자를 조사해 밝혀내야지. 여자가 어느 나라 사람인지, 여자의 밀입국에 남자가 어떤 역할을 했는지, 집 안에서 불법 감금이나 폭행의 행위가 있었는지, 여자는 왜…… 죽음을 택할 수밖에 없었는지. 사망한 여성 이외에도 다른 피해자가 더 있는지. 이런 일을 하는 남자의 뒤에 어떤 조직이 있는지."

"그렇군."

정차웅이 고개를 끄덕였다. 마음 깊은 곳에서 느껴지는 쓸쓸함이 그것 이외에는 다른 말을 할 수 없게 만들었다.

강주영이 분위기를 전환하려는 듯 기지개를 켜며 말했다.

"이번엔 조사 잘 해야지. 지난번처럼 멍청한 짓 안 하려면."

방문 교사 실종 사건 때 주민들을 대상으로 조사하려다 괜히 소문만 무성해진 걸 두고 하는 말이었다. 정차웅이 피식 웃었다.

그때 휴대폰이 울렸다. 정차웅의 것이었다. 휴대폰을 꺼내 발신자를 확인했다. 관리소장이었다.

"사무실에서 전화 왔다."

"알겠다. 그럼 나는 이만 간다. 이번에 진짜 고마웠어. 다음에 밥한번 살게."

고개를 끄덕이며 정차웅이 한 손을 들어 주영에게 인사하며 다른 손으로 전화를 받았다. 강주영도 손을 흔들어 보이고는 아파트 밖으로 걸어 나갔다. 강주영의 뒷모습을 보며 정차웅이 전화기 너머로 주의를 돌렸다.

"여보세요?"

"아, 정 과장. 어디야?"

"단지 안에 있습니다."

"그래? 그럼 아까 그 102동 1206호집 말이야. 열쇠를 경찰이 그 집 신발장에 올려 놓고 왔다고 하거든. 가서 문단속 좀 하고 올래?"

1206호 남자는 당분간 집에 돌아오지 못할 것이었다.

"네. 알겠습니다."

* * *

김석남 소장의 말대로 1206호 현관문은 열려 있었다. 안으로 들어가니 신발장 위에 열쇠 뭉치가 떡하니 올려져 있었다. 열쇠뭉치를 챙겨들고 나가려는데 찬 기운이 느껴졌다. 현관에서 거실을 사이에 두고 정면에 바로 보이는 베란다의 창이 열려 있었다.

이 집의 주인은 당분간 돌아오지 않을 것이다. 주인도 없이 여름엔 돌풍을 대비해야 하고, 기온이 급강하하는 동계철에도 대비해야한다. 정차웅은 신발을 벗고 거실에 올라섰다.

베란다로 향하면서도 자연스레 시선이 집 안 곳곳으로 이동했다.

집은 전체적으로 깔끔한 인상이었다. 일반적으로 먼지가 잘 앉는 거실의 TV나 창틀의 틈새 같은 곳에도 먼지 하나 보이지 않았다. 슬쩍 들여다본 주방도 아기자기한 양념통이 잘 갖추어져 있었고, 조리기구도 정갈하게 정리되어 걸려 있었다.

사람의 외양으로 그 사람을 판단하는 것이 얼마나 쓸모없는 일이고, 그 판단이 얼마나 틀리기 쉬운지를 정차웅은 잘 알고 있다. 하지만 아까 복도에서 잠깐 보았던 1206호 남자의 우락부락하고 거칠어보이는 겉모습으로는 집 안을 이 정도로 깔끔히 정리한다고는 도저히 상상이 가지 않았다. 게다가 얼핏 본 남자는 잘 관리되지 않은 지저분한 턱수염과 헤어스타일의 소유자였다. 그런 사람이 집 안은 열심히 관리한다? 마치 여자처럼?

정차웅은 새삼 집 안을 다시 둘러보았다.

감금이라도 하듯 거꾸로 달린 방문 손잡이.

여자의 손길이 닿은 듯 깔끔하게 정리된 집 안.

여자의 자살.

망가진 기계에 맞지도 않는 나사를 억지로 구멍에 쑤셔 넣은 느낌이었다. 분명 맞는 나사가 있을 텐데.

생각에 잠기던 정차웅은 머리를 흔들었다. 그저 머리를 굴리는 것만으로 자신이 이 일을 해결할 수 없다. 1206호 남자를 심문하거나, 조사를 하면 밝혀질 일들이지만 그것은 자신이 할 수 없는 일이다.

나의 일은 아파트를 관리하는 일이다.

더 이상 나는 형사가 아니다.

착잡해지는 마음을 감추려 정차웅은 부산스레 움직였다. 주방으로 들어가 가스 밸브를 잠갔다. 화재를 일으킬 만한 전열기구가 콘센트에 꽂혀 있지는 않는지를 확인하고 마지막으로 베란다로 나갔다.

베란다 창은 왜 열었을까. 봄이라고는 해도 꽤나 쌀쌀한 날씨가 이어지고 있다. 피의자 신분으로 경찰서에 임의 동행하는 사람이 환기를 하겠다고 일부러 베란다 창을 열어둘리는 없다. 자세히 보니 역시나, 베란다 창을 움직이도록 하는 롤러가 주저앉아 있었다. 15년도 훨씬 더 된 아파트에 자주 있는 일이었다. 평소에는 거실과 베란다 사이의 분합문을 닫아 놓고 쓴 것 같았다. 임대 아파트라 전화를 하면 보수를 해 주기도 하는데, 개인적으로 수리를 해야 하는 줄 알고 수리 요청을 하지 않는 사람이 종종 있다. 정차웅은 창이 움직이지는 않지만 일단 대충이라도 닫아 놓을까 싶어 힘주어 창을 당겨 닫았다.

날카로운 마찰음이 들렸지만, 다행히 아예 움직이지 않는 것은 아니었다. 몇 번 쉬어야 했지만 온 힘을 다해 창을 완전히 닫을 수 있었다. 손바닥에 묻은 먼지를 탈탈 털고 다시 거실로 올라섰다. 문이나 잘 잠그고 나가야지 하고 생각하는 순간 주머니에서 휴대폰이 울렸다.

발신자는 모르는 번호였다. 사무실 전화를 정차웅이 받도록 착신 전화로 돌려놓은 것일 거라는 생각이 들었다. 경리직원인 최춘미가 사무실을 비울 때는, 관리소장보다는 민원인을 잘 응대하는 정차웅에게 착신을 걸어 돌려놓기도 한다. 정차웅은 얼른 전화를 받으며 거실을 가로질러 현관문 쪽으로 향했다.

"감사합니다. 봉명아파트 관리사무소입니다."

- 1207호에요! 날 좀 도와줘요. 누군가 절 감시하고 있다고 했었죠? 또 그런다구요! 또 내가 움직일 때마다 호루라기를 불어요.

목소리를 잔뜩 낮추고 비밀 얘기라도 하는 듯한 목소리. 정차웅은 한숨을 내쉬었다. 호루라기 사모님이 또 시작이구나.

"아, 네. 그렇지만……."

말을 하다말고 순간 정차웅은 입을 다물었다. 머릿속을 스치고 지나간 것이 있었다. 정차웅은 믿을 수 없는 것을 본 사람 같은 얼굴로 뒤돌아보았다.

천천히 베란다로 향했다. 조금 전 억지로 닫았던 창문을 다시 힘주어 조금 열었다.

쇠가 부딪히는, 듣기 싫은 마찰음 소리가 들렸다.

– 이것 봐요! 또 들리잖아요. 지금 나 전화하고 있는 것도 듣고 있나 봐요!

여자의 울먹이는 소리가 점점 격렬해졌지만 정차웅은 더 이상 그 소리가 들리지 않았다. 다만 차분한 목소리로 대답해 주었다.

"호루라기 소리 같은 거 아니에요. 더 이상 그 소리는 들리지 않을 테니 걱정 마세요."

전화를 끊은 정차웅은 1206호를 나섰다. 엘리베이터를 타고 1층으로 내려가 102동 뒷문을 통해 밖으로 나갔다. 아직도 젖어 있는 추락지점을 물끄러미 보았다.

그것은 호루라기 소리 같은 것이 아니었다. 심각한 우울증과 피해망상으로 신경쇠약에 걸린 여자가 비약적으로 들은 소리였다.

그 창을, 몇 번이고 열었었는가.

그 모습이 보이는 것 같았다. 몇 번이고 자살을 생각하며 베란다 창을 여닫던 여자의 망설임, 왠지 그 감정과 동화되는 것처럼 정차웅은 온몸이 조이는 것만 같았다.

하지만 결국 여자는 복도에서 뛰어내렸다. 자살하는 사람의 많은 수가 집 안이 아닌 곳에서 자살한다. 대부분의 이유는 남은 가족들을 생각해서였다. 하지만 여자는 1206호 남자의 가족이 아니었다. 벗어나고 싶었던 것이 아닐까.

고개를 들고 1206호가 있는 곳을 올려다보았다. 왜 복도에서 뛰어내린 걸까. 남자는 분명 불법 밀입국과 관련 있는 인물일 것이다. 그리고 어쩌면 밀입국 시킨 사람들을 집 안에 데려다 감금하고 감시했는지도 모른다. 하지만······.

너무나 깨끗한 집. 군데군데 남아 있는 아기자기한 소품들, 베란다 창을 열거나, 복도로 나와 자살했을 만큼 집 안에 혼자 있어도 외출이 가능했던, 자유로웠던 여자.

어쩌면 남자에게 있어 여자는 그동안 관리하고 감시했던 여자들과 조금은 다른 의미였던 건 아닐까. 두 사람은 어쩌면, 불법밀입국자와 감시자가 아니라 그저 한 사람의 여자와 남자였던 걸까. 다만 여자는 그럼에도 고국으로 돌아가지도, 한국 사람이 되지 못하는 자신의 처지를 비관해 자살한 것은 아닐까.

깨끗한 집과 거꾸로 달려 있는 방문 손잡이의 이질감이, 그렇게 생각하면 어느 정도는 아귀가 맞는다. 하지만 마지막 한 가지 의문이 남는다. 왜 굳이 복도까지 나와서 자살했는가. 집 안에서 자살하지 못하는 것은, 남는 가족들이 그 집 안에서 살아야 하기 때문이다. 자신의 가족이 죽은 현장에서 산다는 것은 무척 잔인한 일일 것이다.

처음엔 12층 입주민 중 적어도 관련된 사람이 있을 것 같아서 세대마다 방문했는데 아는 사람이 없었어. 가족 중 집 안에 안 보이는 사람도 없다고 하고. 괜히 욕까지 들어먹었다고. 1206호 남자는 밤새 일하고 지금 막 들어왔는데 깨운다고 성질을 내지 않나.

강주영이 했던 말이 머릿속에 떠오르면서, 한 가지 생각이 그의 머리를 쳤다.

본 것이다.

베란다에서 자살하려던 그 순간, 귀가하는 남자를.

남자가 집 안으로 들어오면 또 자살을 포기해야 한다. 하지만 이 대로 뛰어내리면 남자의 눈앞에서 자살하게 된다. 그 고통은 평생 잊히지 않는 일일 것이다. 그래서 급히, 집 밖으로 나간 것이다.

"하지만 그 남자는 당신이 죽었어도 모르는 척, 당신 같은 사람 모른다고 했단 말이야. 이 바보 같은 여자야."

여자가 죽은 자리를 청소한 뒤 젖은 땅은 금세 말라 버릴 것이다. 경찰에서도 조사가 끝나면 더 이상 관심 갖는 일은 없을 것이다. 여 자의 안타까운 죽음이 그저 재수 없는 일이라고 생각하는 이 아파 트 주민들도 언젠가는 잊어버릴 것이다.

여자의 존재도, 여자가 많은 위험을 감수하고 몰래 탄 배 안에서 꿈꿨던 코리안 드림도, 누구하나 오래 기억해 주지 않을 것이다.

정차웅은 씁쓸한 기분을 안고 사무실로 돌아갔다. 양 기사가 장비 를 챙겨 나가려던 참이었다. 곧 해빙기이니 이런저런 안전 점검을 할 일이 많다

"양 기사님. 1206호 문 미리 잠그기는 했는데요. 거기 베란다 창 롤러가 주저앉아 있더라고요."

"그래요? 체크해 놨다가 손봐야겠네. 빈집인데 더 신경 써야지. 괜히 여름에 강풍이라도 불었다가 창이 날아가기라도 하면 큰일이 니까."

"네."

이제 1207호 여자도 호루라기 소리에 시달릴 일은 없다.

"무슨 일 있어요, 과장님? 우울해 보이는데."

"아, 뭐 그냥요. 별일은 아닌데……."

그때 정차웅의 휴대폰이 울렸다. 양 기사가 어깨를 으쓱하고는 사무실에서 나갔다. 정차웅은 휴대폰을 받았다. 아직 관리소 전화가 착신으로 돌려져 있기 때문에 사무실로 온 전화일 것이다.

"감사합니다. 봉명아파트 관리사무소……."

채 인사멘트를 끝내기도 전에, 전화기 너머의 남자는 분노에 치밀어 자신의 말을 쏟아내었다. 남자는 잔뜩 흥분해 있었다. 최선의 민원전화 응대방법은 들어주는 것이라는 김 소장의 평소 교육대로 정차웅은 입을 다물고 남자의 말을 끝까지 들어주었다. 하지만 들으면 들을수록 그의 이맛살이 잔뜩 구겨졌다. 남자의 말끝에 정차웅이 할 수 있는 말은 단 한마디였다.

"죄송합니다. 곧 조치하겠습니다."

최선을 다해 친절한 목소리를 유지했지만 전화를 끊는 폼은 거의 휴대폰을 부술 정도였다. 정차웅은 씩씩대면서 화가 풀리지 않아 머리를 헝클어뜨렸다.

"아놔! 누가 또 엘리베이터에 똥 쌌어!"

똥은 소변과는 차원이 다르다. 일단 범행에 드는 시간 자체에서 큰 차이가 난다. 누군가 올라탈지도 모르는 위험을 뚫고 계속 이 말도 안 되는 배변에 성공하는 이는 대체 누구란 말인가.

분노로 씨근덕거리며 정차웅은 다짐했다. 형사 출신 관리사무소 관리과장의 명예를 걸고 반드시 저 102동 엘리베이터 똥 사건의 미스터리를 풀고야 말겠노라고!

"나 죽을 거야."

비장한 목소리의 여자는 "이번엔 진짜야."라는 말도 잊지 않았다.

전화를 받은 남자의 한숨이 깊어졌다. '이번엔 진짜야.'라는 말처럼 여자가 이런 전화를 걸어온 것이 처음 있는 일이 아니었다. 처음엔 경악해서 달려갔고, 두 번째에는 기겁해서 달려갔고, 세 번째쯤에는 반신반의 하는 심정으로, 네 번째에는 의리로, 다섯 번째에는 이번에도 그러면 너 죽고 나 죽는다 하는 심정이었다. 그 뒤로 이어진 여러 번의 전화에는 한숨밖에 나오지 않았다.

솔직히 "또야?" 하는 심정이 없지는 않았다.

하지만 이번엔 조금 뉘앙스가 다른 것을, 남자는 느꼈는지도 모른다. 그래서 한숨을 쉬기는 했지만, 자신도 정체를 알 수 없는 불안감에, 며칠 전의 어느 때처럼 "나 바빠." 하고 끊지 못했다.

전화기 너머 속의 여자는 울고 있었다.

"야, 정차웅! 뭐하는 거야? 출동 안 해?"

날카로운 목소리의 누군가가 어깨를 탁 쳤다. 깜짝 놀란 정차웅에게 목소리의 주인공이 외쳤다.

"또 똥이야!"

"네?"

* * *

- 또 똥이라고!

재차 들려온 흥분한 남자의 목소리에 차웅은 눈을 번쩍 떴다. 제일 먼저 흰색으로 도배한 천장이 보였고, 침대에 붙은 자신의 등에 땀이 촉촉이 배어 있는 것이 느껴졌다. 꿈을 꾼 것이라는 것을 그제야 깨달았다.

전화가 오는지도 몰랐는데 비몽사몽간에 받은 것이었다. 차웅은 기진한 몸을 일으켰다.

"소장님. 아직 출근 시간 전인데요."

- 출근 시간이고 뭐고, 우리 아파트에 지금 가장 큰 문제가 이건데 출근 시간을 따지는 게 말이 돼? 이걸 어떻게든 처리할 궁리를 해야지!

차웅은 짜증스럽게 머리를 헝클어뜨렸다. 102동 엘리베이터의 오물 테러가 시작된 게 벌써 몇 주나 되었다. 처음에는 소변 정도였다. 입주민들의 사랑스러운 개님들이 그랬을 거라고 생각했다. 하지만 이건 개님이 눌 수 있는 양이 아니라는 것을 깨달으면서, 그 다음으로는 술 때문에 개님이 되어 버린 입주민중 한 명이 그랬을 거라고 생각했다. 하지만 사흘이 멀다 하고 소변이 발견되기 시작했고, 지난주부터는 드디어 오줌에서 똥으로, 테러가 진화하기 시작했다.

"경비실에 연락해 놓을게요. 빨리 치우라고요."

청소 아주머니는 9시부터 출근이다. 이럴 때는 경비 아저씨가 얼른 가서 치워주실 수밖에 없다.

- 연락은 내가 했어!

김 소장이 버럭 목소리를 높였다. 그럼 나에게 왜 전화를 하셨나요, 소장님. 차웅은 목구멍 밖으로 기어 나오려는 그 말을 간신히 삼켰다.

"아, 그러셨어요? 근데 소장님은 이 시간에 어쩐 일로. 설마 벌써 출근하신 거예요?"

– 아파트에 이렇게 알 수 없는 일이 벌어지는데, 내가 잠이 오겠어? 이건 분명히 관리사무소에 대한, 아니 나 김석남 소장에 대한 명백한 엿 먹이기야. 내가 어떻게든 잡아내고야 말거야. 각오하라고 정 과장! 이 나쁜 놈의 범인을 잡을 방법을 오늘내로 강구해 내지 않으면 정 과장이나 나나 퇴근은 포기해야 할 거야!

차웅은 전화를 끊었다. 기어 들어가는 목소리로 "네." 하고 대답을 하긴 한 것 같은데 정확하지 않다. 어쨌든 얼른 전화를 끊지 않으면 김 소장은 더욱 더 폭발해서 두서없이 말을 쏟아낼 것 같았다. 평소에는 유쾌하고 재밌는 사람인데, 한번 뭐에 꽂히거나 폭발하기 시작하면 브레이크가 고장 난 스포츠카를 연상케 한다.

정차웅은 한숨을 푹 내쉬었다.

"아, 출근하기 싫다."

말과는 반대로 그의 몸이 꾸역꾸역 이불을 벗어나고 있었다.

엘리베이터 오물 테러 사건

이 길이 계속되면 좋겠다. 차웅은 그런 생각을 하며 터벅터벅 아파트를 향해 걸었다. 출근시간이 정해진 것만 아니라면 지하철을 타지 않고 걸어서, 그것도 아주 천천히 기듯이 걸어서 출근을 하고 싶은 심정이었다.

범인을 잡을 방법을 오늘내로 강구해 내지 않으면 정 과장이나 나나 퇴근은 포기해야 할 거야!

김 소장의 외침이 귓가에 쩌렁쩌렁하게 울렸다. 그 목소리는 진심이었다. 진심으로 이 사건을 어떻게든 해결해 내리라는 책임감에 불타오르고 있는 것 같았다.

정차웅은 문득 고개를 들어 도로를 걷는 많은 사람들을 보았다.

모두 어딘가로 출근하는 길일 것이다. 저 사람들은 나름 각자 자신의 업무에 대한 고민과 스트레스를 가지고 있을 것이다. 하지만 자신처럼 더럽고도 소름끼치게 찌질한 고민을 하고 있을 것 같지는 않았다.

빵빵!

처음엔 그 클랙슨 소리가 자신과 관련된 것이라고는 생각하지 못했다. 두 번째로 클랙슨 소리가 거칠게 귓가를 울렸을 때 정차웅은 그제야 터덜거리는 발걸음을 멈추고 소리가 난 쪽을 보았다. 파란색 경차가 도로변에 서 있었고, 조수석의 열린 창문 너머에서 강주영이 이쪽을 보고 웃고 있었다. 10만 킬로를 탄 중고차를 산 뒤 좋다고 애지중지 닦던 그녀의 모습이 생각났다.

"어디 가냐?"

"똥 싸는 놈 똥구멍 막으러."

"뭐래."

강주영의 인상이 잔뜩 구겨졌다. 달리던 차를 멈추고 아는 척 한 것을 후회하는지도 모른다.

"야, 진짜 감식 안 해 줄래?"

"뭘?"

"똥."

"얘가 지난번부터 왜 이렇게 똥 타령이야!"

"그러게. 못들은 걸로 하고 그냥 네 갈길 가라."

정차웅은 다시 터벅거리며 걷기 시작했다. 그런 그의 뒷모습을 물끄러미 바라보던 강주영은 도무지 알 수 없다는 듯 고개를 가로 저으며 다시 차를 출발시켰다.

* * *

"내 눈에 걸리기만 해 봐! 확 잘라 버릴 거니까!"

"소변이야 거길 자른다고 하지만 똥은 어딜 자르시게요?"

불난 집에 부채질을 하나. 양 기사의 말에 정차웅은 고개를 절레
절레 흔들었다. 화가 나서 펄펄뛰는 사람에게 저런 말을 진지하게
하다니.

하지만 그 진지한 말을 김석남 소장이 너무나 진지하게 받았다.

"앞은 자르고 뒤는 아주 조져놀랑게."

흥분하면 사투리가 튀어나오는 것은 김석남의 오랜 버릇이었다.
한동안 그럴 일이 없었는데, 근래 들어 사투리를 처음 들은 것 같았
다. 정차웅은 한숨을 푹 내쉬었다. 이 일에 꽂혔으니 당분간 조용해
질 때까지 꽤나 시달릴 것 같았다.

그로부터 30분간 김석남의 분풀이는 계속되었다. 분을 토해낼 만
큼 토해낸 김석남이 사무실 문을 쾅! 닫고 나간 것으로 겨우겨우 종
료되었다.

"아, 젠장! 우리한테 어쩌라고 저 난리셔!"

문이 닫히고 김 소장의 발소리가 멀어지는 것을 확인한 양 기사
의 목소리가 하늘로 치솟았다.

"그러게요! 한동안 안 그러다가 또 왜 저 난리래요. 아무튼 조울
증이야."

치가 떨린다는 듯 고개를 파르르 흔들면서 최춘미가 말했다.

"오늘따라 더 그러시네. 무슨 일 있어요?"

목소리를 낮추고 옆에 서 있던 경리 직원 최춘미에게 물었다. 사실 똥 테러는 흔한 일이 아니지만, 소변 정도는 꽤 벌어지는 일 중하나였다. 게다가 아파트 관리사무소에 있다 보면 항의 전화 받는일은 천직으로 생각해야 할 정도다. 답답하고 억울하고 화날 때마다 저렇게 펄펄 뛰면 아마 혈압이 정상으로 버틸 수 없을 것이다. 그래서 관리소장 김석남처럼 아파트에 오래 근무한 사람은 웬만한항의전화에는 도가 트였다. 해결되지 않는 민원에 답답할 수는 있지만 저렇게 화를 내는 건 과한 면이 있다고 생각된다.

"어제 저녁에 항의 전화가 왔나 봐요. 소장 바꾸라고 난리를 치는바람에 야간 당직 섰던 양 기사님이 소장님 핸드폰 번호를 알려줬대요."

직접 항의전화를 받은 것이다. 그것도 퇴근한 뒤의 개인 시간에.

"그래도 뭐, 그게 한두 번인가요."

"근데 그 민원인이 손동규였거든요."

"허."

정차웅은 자기도 모르게 날카로운 숨을 삼켰다.

손동규. 이 아파트 입주민 중에 거친 항의를 하는 사람 명단을 작성한다면 아마 블랙리스트 1순위에 오를 만한 인물이었다.

아주 임대 아파트라고 관리 안 하고 놀고먹으려 드는구만. 당신들 월급은 누가 주는데? 관리비에서 받아가는 거 아냐?

기분이 상하거나 말거나, 자존심을 깎아 내리거나 말거나, 저런 따위의 말을 서슴지 않고 하는 자였다.

그런 손동규의 직업은 다른 아파트 관리소장이었다.

같은 관리소 밥 먹고 사는 사람이 어떻게 이럴 수가 있냐며 김석 남은 손동규의 이야기만 나와도 치를 떨었다.

"손동규 입장에서는 난리를 피울 만도 하지요."

기진맥진한 표정으로 양 기사가 책상에 앉으며 말했다. 정차웅이 양 기사를 보았다.

"손동규는 입만 열면 분양 왜 안 해주느냐고 노래 부르는 사람이 잖아요. 관리소에서 무슨 권한이 있다고 우리한테 그러는지 원. 회 사에서 안 해 주는 걸 갖고 왜 우리한테 그러는지 모르겠어요."

양 기사가 고개를 절레절레 흔들며 말했다. 말을 마치고 나서는 멀뚱히 자신을 보고만 있는 정차웅을 의아하게 보았다. 이내 그는 알겠다는 듯이 손바닥을 탁 쳤다.

"아, 정 과장님은 우리 관리소 오신 지 얼마 안 돼서 잘 모르시겠 군요."

"손동규라. 이름은 아는데 그 사람이 분양을 원한다는 얘기는 처 음 들어보네요."

"네. 그리고 보니 요즘은 좀 조용했네요. 예전엔 하루가 멀다 하고 분양을 부르짖던 사람이었거든요. 한동안 좀 조용하더니 다시 시작 했나 보네요."

생각만 해도 끔찍하다는 듯 양 기사는 몸을 부르르 떨며, 정차웅 에게 설명해 주었다.

손동규는 봉명아파트의 준공 초창기에 입주한 세대로, 10년 임대 후 분양이 될 것을 기대하고 입주한 사람이었다. 임대 아파트에서 분양아파트로 전환될 때 통상 시세보다 3~40퍼센트나 적은 가격에 분양가가 정해지기 때문에 시세차익을 노릴 수 있는, 나름의 재테크 수단이었다. 그러나 10년 되는 시점에 전국적으로 아파트 값이 폭락했고, 그렇다면 이 기회에 내 집 마련이나 해 볼까 하여 임대 아파트의 입주민들이 상당수 집을 사서 나갔다. 자연히 공실이 늘어났다.

전체 세대의 40%가 공실이었기에 분양하는 것에 메리트가 없다고 판단한 ㈜봉명은 분양전환을 하지 않았고, 입주민들도 공실 많은 아파트에 대해서 관심이 없었다. 딱 한 명, 손동규만 빼고.

손동규는 줄기차게 분양을 요구했고, ㈜봉명이 귀를 닫자 갖은 민원을 넣기 시작했다.

아파트 청소가 잘 되지 않는다.

경비원들은 매일 잠만 잔다.

주차장에서는 비만 오면 물이 샌다.

봉명아파트는 싸구려 마감재만 써서 결로 문제가 발생되는 집이 한두 집이 아니다.

그 민원들의 끝은 항상 한 문장으로 귀결되었다.

그렇게 관리할 거면 분양해 달라. 관리권을 넘겨받아 입주민들이 직접 관리할 수 있게.

"사실 난 그런 생각도 했어요. 102동 승강기에 자꾸 오줌 싸고 똥 싸는 거요. 그거 손동규 씨가 그러는 거 아닐까 하고요. 요즘에 딱히 민원 제기할 것도 없고 하니, 자기가 민원 거리를 만들어 내는 거죠. 그렇게 해서 또 분양 얘기 꺼내 볼까 하고. 문제되는 승강기도 102동 거고 손동규도 102동에 살잖아요."

정차웅은 고개를 갸웃했다.

"그럴 거 같지는 않아요. 만약 진짜로 양 기사님 말대로 그런 거라면 손동규가 바보인 거죠."

㈜봉명이 10년차에 분양을 시키지 않은 주된 원인은 공가 세대가 너무 많아서였다.

관리가 잘 되지 않는 아파트, 물 새는 주차장, 싸구려 마감재 때문에 생기는 결로.

그런 소문이 나는 즉시 공가 세대에 입주하려는 사람은 전혀 없을 것이며, 그나마 거주하고 있는 사람도 이사 나갈 것을 희망할 것이었다. 그렇게 되면 점점 공가 세대는 많아지고, 분양은 완전히 물 건너가는 것이다.

정차웅이 자신의 생각을 말하자 양 기사가 고개를 끄덕였다.

"그건 그러네요. 하지만 그렇게까지 깊게 생각하지 않고 일을 벌일 수도 있지 않을까요? 사람이라는 건 누구도 알 수 없는 거잖아요."

괜찮은 추리라는 얘기를 듣고 싶은지 양 기사가 자신의 의견을 굽히지 않았다. 정차웅의 친구가 현직 형사인 강주영인 것을 알고 나서는, 유난히 아파트에서 벌어지는 사건에 자신의 의견을 넣어 정차웅에게 말하곤 했다. 도움이 되고 싶은 마음이나, 나서고 싶은 마음은 이해하겠으나, 귀찮다.

말이 길어질까 싶어 정차웅이 미소 지었다.

"그럴 수도 있겠네요."

그제야 양 기사의 얼굴에 화색이 돌았다. 득의양양한 양 기사의
얼굴에서 차웅은 시선을 돌렸다. 다 귀찮다.

* * *

정차웅이 자꾸 똥똥 거리는 게 아무래도 아파트에 골치 아픈 일
이 생긴 것 같다. 그런 생각이 들자 강주영은 만면에 환한 웃음을
띄었다. 잘난 척하더니 아주 고소하다.

"큭큭큭."

비열하게 웃던 강주영은 어느새 경찰서에 당도해 있었다. 저 멀리
낯익은 뒷모습이 눈에 들어왔다. 주영은 손날을 세우고 팔을 앞뒤
로 흔들어 가며 빠르게 달려가 기어이 그를 따라 잡았다. 짠하고 나
타나듯 별안간 눈앞에 얼굴을 들이미는 강주영 덕분에 그는 기겁을
하며 놀랐다.

"아우, 뭘 그렇게 놀라셔요? 하늘에서 선녀가 내려온 줄 알았어
요, 팀장님?"

장난스럽게 말하며 낄낄거리는 그녀를 이억관은 밉지 않은 듯 흘
겨보았다.

"난 천년만년 벽에 똥칠하며 살고 싶은 사람이야. 놀라게 하지 말
라고. 선녀든 귀신이든 갑자기 나타나면 심장이 멀쩡할 리가 없으
니까."

"히히."

목을 장난스럽게 움츠리며 주영이 웃었다. 이억관은 못 말리겠다는 듯 고개를 가로 저으며 발을 다시 옮기기 시작했다. 강주영이 그 옆에서 바짝 따라붙었다.

"오늘 비번 아니야?"

"비번이에요. 근데 집에 있어도 뭐, 할 일이 없어서요. 팀장님한테 밥도 얻어먹을 겸."

"젊은 애가 그러면 쓰나. 연애도 하고 해야지."

"하고 싶죠, 저도. 목숨을 절벽 위에 매달아 놓은 여자, 사건 터지면 일주일에 한 번 집에 들어갈까 말까 하는 여자, 말은 거칠고, 행동은 더 거친 여자 좋아하는 사람 나타나면요."

이억관이 허허 웃었다.

"뭐예요, 팀장님. 제가 그렇게 말하면 팀장님은 '아니야, 강 형사. 강 형사가 얼마나 매력적이고 예쁜데.'라고 해 주셔야죠!"

그 말에도 이억관은 사람 좋은 웃음을 흘릴 뿐이었다. 강주영도 헤헤 웃었다.

한 걸음, 다시 한 걸음 더. 그러고 나서 침묵이 찾아들었다. 이억관의 얼굴에서 웃음기가 잦아들었다.

"그런데 나는 왠지 오늘 비번인 자네가 그냥 심심해서 나온 것 같지는 않단 말이야."

이억관이 걸음을 멈추고, 이어서 걸음을 멈춘 강주영을 천천히 돌아보았다.

"할 말이 있어서 온 것 같은데."

강주영이 멋쩍게 웃었다.

"들을 말이 있어서 온 거죠. 제가 궁금한 걸 워낙 못 참아서. 그날…… 정차웅하고 무슨 이야기를 하셨는지 해서요. 갑자기 왜 그만뒀는지 혹시 들은 게 있으신가 해서."

이억관은 아무런 말을 하지 않고, 잠시 생각에 잠겼다. 눈치를 보며 얼핏 시선을 들어 본 이억관의 얼굴이 평소처럼 부드러운 인상이 사라지고, 조금은 굳은 것 같다고 강주영은 생각했다.

"저…… 팀장님."

"강 형사."

무거운 이억관의 목소리에 강주영은 조금 놀랐다. 하지만 진지하게 이억관의 말에 귀를 기울였다.

"정차웅 형사는 형사를 그만두는, 그런 결정을 섣불리 내릴 사람이 아니었지."

"그렇죠. 그래서 더 무슨 일인지……."

"그러니까 그런 사람이 고심 끝에, 자신과 싸워가면서 내린 결정이잖아. 다른 사람들에게 설명하지 않았던 것도, 모든 연락을 끊어버리고 혼자서 새로운 인생을 찾으려고 했던 것도 이유가 있을 거라고."

강주영은 이억관의 말을 들을수록 혼란스러웠다. 누구보다 정차웅을 예뻐하던 이억관이었다. 그가 느닷없이 사라졌을 때도, 이 사람 저 사람에게 그의 소식을 묻고 다녔던 것도 이억관이었다. 그가 정차웅을 생각하는 것만큼, 정차웅도 이억관을 유난히 따랐다.

그래서 정차웅을 찾았다는 이야기를 전하고 두 사람을 만나게 하면, 정차웅에게 무슨 일이 있었는지 이억관이 나서서 알아내 줄 줄 알았다.

하지만 이억관의 반응은 너무나 의외였다.

"그러니까 너무 알려고 하지 마. 굳이 이야기하고 싶지 않은 것을 끄집어 내려고도 하지 마."

아무런 대답도 못한 채 주영은 바닥만 내려다보았다.

"사람간의 관계란 게, 꼭 자신의 속내며 고민을 저자거리에 꺼내 놓아야 이어지는 건 아니잖나."

어쩌면 상처를 준 걸까. 왜 사라졌느냐고 묻고, 억지로 그의 집으로 쳐들어가고, 이억관 팀장을 만나게 한 것이. 모두 너를 위한 것이라는 보기 좋은 허울 아래 내 궁금증을 풀고, 잘난 척하고 싶었던 것이었을까.

어쩌면 모르는 사이 정차웅의 상처를 헤집어 놓은 것이었을까.

"해명을 내 놓으라고, 친구가, 선배가 요구할 수 있는 건 아니라는 생각이 들어. 누구에게나 말하고 싶지 않으면 말하지 않을 권리도 있는 거니까. 응?"

강주영은 고개를 끄덕였다.

"네, 팀장님."

* * *

차웅은 소장실로 향했다. 아침부터 열이 뻗쳐 소리 지르는 소장을 보았으니, 마음이 편치 않다. 아무리 성격 좋은 김 소장이라지만 자신과 같은 업종의 다른 이에게 책잡힌 데다, 을의 입장이 되어 싫은 소리까지 잔뜩 들었으니 그 속이 오죽할까 싶다. 아무리 성격 좋은 사람이라고 해도 자존심이 덜 구겨지는 것은 아니다.

노크를 하려는데 문이 조금 열려 있었다. 열린 문을 노크하고 안으로 들어갔다. 순간, 찬바람이 얼굴에 훅 끼쳤다.

책상 앞에 서서 가방을 챙기던 김 소장이 정차웅을 보았다.

"잠깐 괜찮으세요?"

"들어와."

김 소장이 가방을 의자에 내려놓으며 대답했다. 정차웅은 김 소장의 책상 앞으로 다가서며 주변을 둘러보았다. 왜 이렇게 사무실이 썰렁하고 찬바람이 부나 했더니 창문을 모조리 열어 놓아서였다. 봄의 초입새라지만 문을 벌컥벌컥 열어 놓기에는 아직 날이 차다.

얼마나 열불이 났으면.

"추운데 왜 이렇게 창문을 다 열어 놓으셨어요? 감기 걸려요."

"흥."

김 소장의 얼굴이 굳어 있었다. 아무래도 단단히 마음이 상한 것 같았다.

"어디 가세요?"

의자에 내려놓은 가방을 눈짓하며 차웅이 물었다. 차웅이 갑자기 들어온 바람에 제대로 챙기지 못했는지 비닐에 담긴 텀블러 끝이 삐죽이 나와 있었다. 차웅의 시선을 따라 돌아다본 김 소장이 가방을 다시 여몄다.

"안 가. 챙겨 두는 거야. 잊어버리고 퇴근할까 봐."

면역력 강화를 한다고, 겨우내 홍삼 달인 물을 챙겨가지고 다녔던 김 소장이다.

"출근한 지 몇 시간 됐다고요. 아직 오전인데요. 다 드시고 챙기세요. 누가 안 훔쳐 가요."

"흥."

대답도 아니고, 비웃음도 아니다. 그 바람 빠지는 소리 뒤에 더 대답은 없었다. 정차웅만 멀거니 서서 싱거운 소리를 읊어대고 김 소장은 들은 척도 안하는 모양새가 되었다. 정차웅이 가만히 있자니, 정적만 찾아 들었다.

"소장님 기분 푸세요. 입주민들 난리치는 민원 전화 한두 번도 아니잖아요. 종종 있는 일이고. 이번에 전화하신 그분도 얼마나 짜증 나면 그랬겠어요."

"그러니까 답답한 거야. 할 말이 없어서."

해결해 주지 못해서 화가 난다, 그런 뜻인 것 같다. 정차웅은 미소 지었다. 김 소장은 우스갯소리를 좋아하고, 평소에도 허허실실 하는 것 같아 보이지만, 좋은 사람이다. 사실은 단순히 싫은 소리를 들은 것이 분한 것이 아니라, 입주민이 불편을 느끼는데도 해결해 주지 못하는 상황이 답답한 것이리라.

"제가 오늘부터 102동 경비원 아저씨랑 야간 근무자에게 한 시간에 한 번씩 순찰 돌라고 지시해 둘게요."

"그런다고 잡힐 리가."

"하지만 다른 방법이 없으니까요. 관리소에서 최선을 다한다는 것을 보여 주면 입주민들도 이해해 주실 거예요."

승강기 내에 CCTV가 없는 이상, 해결 방법이 딱히 없다.

아무리 생각해 보아도 엘리베이터에서 계속 오물이 발견된다는 것은, 그럼에도 범인이 잡히지 않는다는 것은 참으로 이상한 일이었다. 만약 제일 꼭대기 층인 15층에서 타서 방뇨나 배변을 하더라도 아래층에서 누군가 엘리베이터를 타기 위해 버튼만 누르면 바로 끌려 내려간다. 그 짧은 시간 동안 일을 벌이지 못할 것은 아니지만, 100퍼센트의 성공률을 장담할 수도 없는 일이다.

단 한 번도 실수하지 않고, 자신이 목적한 바를 이루고 빠른 시간 안에 현장을 떠나는 놈이었다. 그것은 불가능에 가까운 일처럼 보였다.

아니, 불가능한 일이다. 그리고 그 불가능이 진실은 될 수 없다는 것이 정차웅의 생각이다.

그러니까, 엘리베이터 안에서 처참한 몰골로 발견된 배변의 흔적은 사실 엘리베이터 안에서 벌어진 사건이 아닐 수도 있다.

물론 엘리베이터 내부에서 비상 정지 버튼을 눌러 운행을 멈출 수도 있기는 하지만, 그렇다면 곧장 1층의 엘리베이터 위치 표시 LED화면에 정지되었다는 에러메시지가 뜬다. 그 LED화면은 경비실에서 곧장 보이는 위치다. 엘리베이터가 멈췄다는 것도, 그때 마침 경비원이 자리를 비워 그 메시지를 보지 못했다고 생각할 수도 있으나, 그렇다고 보기에는 너무 잦은 일이다.

결국 방법은 하나다.

그것은 범인이 불상의 용기에 오물을 담아 엘리베이터의 문이 열리는 순간 안으로 투척하는 것이다

그렇다면 대충 아귀가 맞아 떨어진다. 이상하다고 생각했던 일들이 설명된다. 엘리베이터를 멈춰 세워놓기에는 금방 걸릴 것이고, 그냥 막무가내의 용기로 안에서 싼다고 하기에는 단 한 번도 걸리지 않을 수는 없는 일이다. 그 조건들을 충족하는 것이 엘리베이터 바깥에서 안을 향해 오물을 투척하는 것이다.

"무슨 생각을 그렇게 해?"

깊이 빠져들던 정차웅의 생각 속으로 별안간 김석남의 목소리가 끼어들었다. 졸다가 퍼뜩 깨어난 사람처럼 정차웅은 고개를 치켜들었다. 생각 하나에 빠지면 다른 일은 하지도 못하고 빠져들기만 하는 버릇이 또 나오고야 말았다.

김석남이 의아한 눈빛으로 쳐다보고 있었다.

"아, 아니에요. 대충 어느 층에서만 그러는지 알면 잡을 수도 있을 것 같은데요."

"그래? 어떻게?"

"아무리 생각해도 언제 움직일지도 모르는 엘리베이터 안에서 그럴 것 같지는 않고, 엘리베이터를 세우고 그런 짓을 벌이는 것도 생각해 보긴 했는데, 만약 그랬다면 경비 아저씨가 못 봤을 것 같지는 않아요. 제 생각에는 뭔가에 담아 와서 바깥에서 엘리베이터 쪽으로 뿌린 것 같아요."

"으엑. 그건 그것 나름대로 더러운데."

잔뜩 인상을 찡그린 김석남의 표정은 마치 눈앞에서 현장을 보고 있기라도 한 것 같았다.

"아무튼 어느 층에서 그러는지만 알면 싸구려 카메라라도 하나

달 텐데요. 어차피 엘리베이터에서 싸는 게 아닌 이상 엘리베이터에 달아봤자 소용도 없고, 그렇다고 전 층에 다 달수도 없고요."

비용 문제가 크다. 애초에 없는 CCTV라 설치하려면 공사가 커진다. 회사에서 해 줄 리도 없다.

"1층일 것 같지는 않은데."

혼잣말로, 정차웅이 중얼거렸다.

"왜?"

중얼거림을 알아듣고 김석남이 되물었다. 귀도 밝다. 저렇게 귀가 밝은데 왜 직원들이 뒤에서 흉보는 소리는 못 들을까. 목구멍까지 나온 그 말을 꾹 누르고 정차웅이 대답했다.

"경비실이랑 딱 붙어 있고, 가장 사람들 왕래가 잦으니까요."

"그건 그렇지."

김 소장이 고개를 끄덕거렸다.

"아무튼 너무 마음 쓰시지 마세요, 소장님. 이런 것 때문에 괜히 입소문 나고 그래서 분양 안 되면, 회사라고 가만히 있겠어요? 그때는 돈 들여서 CCTV 달겠죠."

"그거 달 때까지 날 얼마나 들들 볶겠냐고."

안 봐도 눈에 훤하다는 듯 김석남은 한숨을 푹 내쉬었다. 그와 동시에 어깨가 풀썩 주저앉았다.

"아무튼 내가 아침부터 열불내서 미안해. 화풀이 한 것 같군. 다른 직원들도 불만 엄청나지? 관리소장인 내가 해결 방안을 내놨어야 하는데 말이야."

역시 귀가 밝다. 직원들이 뒤에서 흉보는 것을 모르는 줄 알았는데 이미 알고 있다. 그건 그것 나름대로 오싹하기는 하지만.

김 소장의 말에 '그렇습니다!'라고 할 용기는 나지 않고, '그렇지 않아요! 괜찮아요!' 할 착한 심성은 없다. 정차웅은 대답 대신 어색한 미소를 지었다.

"아무튼 기운내세요. 이만 나가보겠습니다."

차웅은 얼른 문의 손잡이를 쥐어 잡고 누가 뒷덜미라도 잡을 것처럼 황급히 소장실에서 나왔다.

* * *

같은 시각, 강주영은 창이 짙게 선팅 된 차량 안에서 시트를 잔뜩 누여 놓고 기대어 있었다. 근래에 벌어진 다세대 주택 절도 사건의 해결을 위해 잠복하고 있는 중이었다. 대학생들의 자취방으로 주로 쓰이는 원룸 형식의 건물들 사이에, 최근 며칠간 절도 사건이 빈번이 발생했다. 도시가스 배관을 타고 올라가, 잠긴 유리창을 유리칼로 동그랗게 절단하여, 그 사이로 창문의 잠금 쇠를 풀고 안으로 들어가 노트북 등 돈이 될 만한 물건이나 현금 따위를 가져가는 수법이었다. 네 건이나 연속하여 벌어졌고, 같은 수법인 것으로 미루어 볼 때 동일범으로 추정되었다. 다만 범인을 특정할 만한 지문 등의 단서가 발견되지 않아 수사에 어려움을 겪고 있다.

범행의 패턴을 분석해 볼 때 처음 일어난 다세대 주택 건물에서부터 영인 초등학교 방면으로 이어지며 세 건이 연달아 발생된 것을 알 수 있었다. 범행 대상을 찾아 순서대로 이동하는 듯 보였다.

증거는 없지만, 곧 나타날 수도 있다는 추측으로, 강주영은 잠복팀을 맡게 되었다.

좀도둑놈이지만, 바보는 아니군.

아무리 경찰이 단서를 발견하지 못할 거라는 자신감이 있어도, 한 동네에서 계속 연쇄 사건을 벌일 것 같지는 않았다. 강주영은 깊은 한숨을 쉬었다.

이번에도 지강훈 형사 쪽에서 실적을 올릴 것 같다는 불길한 예감이 들었다.

에라, 모르겠다. 그런 생각을 하던 강주영의 머릿속에 문득 이억관의 표정이 스쳤다. 강주영은 몸을 일으켜 앉아 시트를 바로 했다.

아무리 생각해도 이억관 팀장의 표정이 심상치 않았다. 적어도 강주영이 아는 범위에서의 이억관 팀장은 정차웅이 형사로 재직할 시, 그를 상당히 아끼고 총애했다. 그리고 정차웅이 돌연 사직서를 내고 모습을 감춘 뒤, 가장 안타까워했던 걸로 기억했다. 그래서 당연히 정차웅이 어디 있는지를 알게 되었다는 강주영의 말에 가장 기뻐할 걸로 생각했다. 정차웅에게 무슨 일이 있었는지 물어보고, 그를 제자리로 돌려놓을 사람 또한 이억관일 거라고 생각했다.

하지만 모른 척 하라고 한다.

정차웅이 말하고 싶어 하지 않으면, 내버려 두라고. 주영은 그것이 일반적인 배려라고 느껴지지 않았다.

확실하다. 이억관은 뭔가 알고 있다.

설마 두 사람 사이에 무슨 일이 있는 걸까?

거기까지 생각이 미친 주영은 검지 끝을 핸들에 대고 톡톡 치기 시작했다. 생각에 깊이 빠지면 나타나는 습성이었다.

무슨 일이 있었는지 알 만한 사람 없나? 당시에 누가 녀석이랑 가장 가까웠지?

생각에 잠기었던 강주영이 휴대폰을 꺼내 주소록을 불러내었다. 찾던 이름을 발견하고는 통화 버튼을 눌렀다.

"어, 김 선배. 나에요."

- 오, 강주영이가 무슨 일이지?

"짧게 용건만 말할게요. 혹시 신희철 선배 연락처 알고 계세요?"

- 응. 바뀌지 않았으면.

"저 좀 알려주세요. 꼭 여쭤볼 게 있어서요."

- 물어볼 게 뭔데? 그 친구가 경찰서 그만둔 게 언젠데.

신희철은 강주영과 정차웅이 처음 형사로써 배치 받았을 때 함께 근무했던 선배였다. 그는 정차웅과 조금 먼 사촌 형제라고 했다. 형사로서 이억관 팀장만큼 친밀한 관계는 아니었지만, 조금 멀더라도 가족 간이니 아마 아는 부분도 있을 거라는 생각이 들었다.

신희철은 현재 형사가 아니었다. 사건 현장에 나가 강도 살인사건의 용의자와 대치하다가 범인이 내지른 칼에 목을 관통당하는 사고를 당했다. 두 차례의 대수술을 거쳐 목숨을 부지 했지만, 형사 일을 그만두었다. 일상생활이 힘들지는 않았지만 그 일에 대해 심각한 트라우마가 남았기 때문에 했던 결정이었다.

"사건에 관계된 일은 아니에요. 개인적인 일로요."

자세한 것은 묻지 말아 달라는 부탁이었다. 그 의도를 알아듣길 바라는 마음으로 강주영은 전화기 너머에 온 신경을 집중했다.

- 그래? 뭐 상관없겠지. 알았어. 문자로 금방 찍어 줄게.

그 말에 강주영은 안도의 한숨을 내쉴 수 있었다. 고맙다는 인사를 남기며 전화를 끊었다. 조금 기다리고 있자니 문자 도착 알림 음이 울렸다.

- 신희철 전화번호야.

그 밑에 낯선 휴대폰 번호가 찍혀 있었다. 주영은 그 번호를 눌렀다. 바로 전화를 거는 화면으로 옮겨갔다. 통화 버튼을 눌렀다. 신호음을 들으며, 왠지 마음이 불안해지는 것을 느꼈다. 그 불안감의 정체를 생각할 틈도 없이 전화가 연결되었다.

- 여보세요?

"……신희철 선배님?"

* * *

아침부터 한바탕 난리를 당해서인지, 사무실은 오늘따라 적막했다. 소장실과 사무실이 따로 분리되어 있어서 이럴 때는 다행이라는 생각이 들 정도다. 만약 한 사무실에서 하루 종일 있어야 한다면 얼마나 눈치가 보이겠는가.

"아무튼 괜히 죄 없는 우리만 똥바가지 뒤집어 쓴 것 같아요."

답답한 적막을 깨고 최춘미가 입을 비죽거렸다. 정차웅은 살짝 미소를 지어 보이고는, 다시 컴퓨터 화면으로 눈을 돌렸다. 적막을 깨주는 것까지는 고맙지만 계속 가슴 답답한 현실을 말해 봐야 나아지는 것도 없다.

일이나 하자.

그런 생각으로 차웅은 화면에 집중했다. 승강기 정기 검사 신청서를 작성하고 있었다. 아파트는 1년에 한 번 승강기 안전 점검을 의무적으로 받아야 한다. 봉명아파트는 매년 3월에 받고 있다. 오래된 아파트인지라 승강기의 고장이 잦아 승강기 정기 검사 때는 항상 지적사항이 많이 나오는 편이었다.

"우리 승강기는 8대……."

중얼거리며 신청서에 승강기의 대수를 입력하던 정차웅의 손이 멈췄다. 엘리베이터를 타려는 자신을 잡던 강주영의 모습이 별안간 떠올랐다. 필사적으로 연락처를 알아내려던 얼굴이 눈앞에 선연했다.

"풋!"

자기도 모르게 웃음이 터졌다.

순간 최춘미와 눈이 마주쳤다.

흠흠, 헛기침을 하면서 아무 일도 없었던 척 화면에 시선을 박았다. 슬쩍 눈치를 보니 최춘미가 이상한 물건을 보기라도 하는 것처럼 인상을 쓰고 자신을 보고 있었다. 다시 뻘쭘하게 시선을 컴퓨터로 돌렸다.

그때 울린 전화벨이 아니었다면 정차웅은 그 어색함을 벗어날 수 없었을 것이다.

"감사합니다! 봉명아파트 관리사무소입니다."

기세 좋게 받았으나, 전화기 너머에서 들려오는 목소리에 정차웅의 얼굴은 금세 진지해졌다. 심상찮음을 느꼈는지 최춘미와 양 기사의 시선이 이쪽으로 쏠리는 것이 느껴졌다.

"예. 알겠습니다. 바로 조치하겠습니다."

전화를 끊은 차웅은 한숨을 푹 내쉬었다.

"또 똥이에요?"

양 기사가 성마르게 물어왔다. 정차웅은 짐짓 어두운 얼굴로 다시 한 번 한숨을 내쉬었다. 최춘미가 짜증스럽게 얼굴을 구겼다.

"또 똥인가 봐! 아, 진짜 죽겠네. 그거 소장님 모르게 처리하시면 안 돼요? 지금 잠깐 나가신 거 같은데."

"그럽시다! 과장님."

양 기사가 동의하며 나섰다. 정차웅은 큰일이라도 난 것처럼 진지하게 말했다.

"2동 승강기가……."

정차웅의 입만 바라보고 있는 양 기사와 최춘미, 두 사람이 꿀꺽 침을 삼켰다.

"1층에서 멈춰 있다는군요."

자신이 들은 소리가 맞는지 곱씹어 보기라도 하는 것처럼 두 사람이 눈을 껌벅거리며 한참이나 정차웅의 얼굴을 응시했다. 그리고 곧 원망이 폭발했다.

"뭐에요! 농담이었어요?"

"아, 난 또 똥인 줄 알고! 노이로제 걸리겠구만, 정 과장님 왜 장난이에요!"

차웅은 크게 웃으며 자리에서 일어섰다.

"승강기 멈춘 건 뭐 작은 일인가요? 큭큭. 이건 일단 제가 보고 올게요."

"보든지 말든지!"

"오든지 말든지!"

마치 죽이 잘 맞는 개그 콤비처럼 두 사람이 번갈아 가며 소리를 높였다. 차웅은 기분 좋게 웃으며 사무실을 나섰다. 욕먹어 기분 좋은 사람은 없다. 그렇다고 해서 하루 종일 죽상을 쓰고 앉아 있을 수도 없지 않은가. 분위기가 풀린 것 같아 다행이었다.

관리사무실 건물을 벗어난 차웅은 102동을 향해 걸음을 옮겼다. 102동 승강기가 1층에서 문이 열린 채 움직이지 않는다는 연락은 경비실로부터 걸려 온 신고 전화였다.

승강기는 위탁 계약을 체결한 업체에서 안전 관리 대행을 해 주고 있다. 고장도 업체에서 출동해 수리해 준다. 하지만 승강기가 문이 열린 채 움직이지 않는 것은 대부분 승강기 문이 여닫히는 바닥 부분에 이물질이 낀 경우가 많다. 이물질을 인식한 승강기 문이 닫히지 않고 열린 채로 대기하고 있는 것이다. 그런 경우 이물질만 제거해 주면 바로 승강기가 운행된다. 고장이라고 할 것도 없이 비교적 자주 있는 현상이다.

"날이 별로 안 좋네."

햇빛도 전혀 없고, 바람도 있다. 꾸물거리는 하늘을 올려다보며 그런 생각을 한순간, 비가 쏟아지기 시작했다. 봄비치고는 꽤 요란한 소나기였다. 정차웅은 손으로 머리를 가린 채 102동 현관을 향해 뛰었다.

"우와 무슨 봄비가 이러냐."

102동 안으로 뛰어 들어간 차웅은 하늘을 올려다보며 고개를 절레절레 흔들었다. 관리동에서 102동으로 뛰어오는 잠깐 사이 완전히 흠씬 젖어 버리고 말았다. 정말 운도 없다.

"후. 응?"

숨을 돌리며 원망스러운 눈길로 하늘을 올려다보고 있는 찰나, 조금 멀리 떨어진 곳에서 사력을 다해 이쪽으로 뛰어오는 사람이 눈에 들어왔다. 102동 경비원 진 씨였다. 정차웅은 조금이라도 더 빨리 뛰어 들어오시게 하기 위해 동 현관의 유리문을 활짝 열어 주었다. 그 사이로 경비원이 뛰어 들어왔다. 세이프! 하고 외칠까 하다가 그만두었다.

"아이고, 갑자기 무슨 비가 이렇게 오는지 모르겠네요."

진 씨가 젖은 머리를 손바닥으로 탁탁 털며 말했다. 한 손에는 기다란 집게가 들려있었다. 단지 내에 떨어진 쓰레기나 담배꽁초를 집는 집게였다. 맡은 구역을 청소하고 들어오는 길에 당한 것 같았다.

"과장님 승강기 보러오셨구나? 그냥 업체 부르시지."

"업체 부르면 오래 걸리잖아요. 승강기 발판에 뭐가 걸려 있는 경우가 많으니까 우선 제가 먼저 와 본 거예요."

"아까 제가 봤는데 뭐가 걸린 것 같지는 않았어요."

"그래요? 그래도 한번 보고요."

진 씨가 승강기 쪽으로 몸을 돌렸다.

정차웅도 승강기 쪽으로 몸을 돌렸다.

그리고 두 사람은 보았다.

신고 받은 대로 멈춰진 채 문이 열려 있는 승강기를.

그리고 그 안에 당당히 자리 잡은 오물을!

"뭐야! 또야?!"

경악에 찬 비명이 102동을 흔들었다. 하지만 비명을 지른 것은 경비원 진 씨도 정차웅도 아니었다. 진 씨와 정차웅은 소리가 난 곳을 향해 돌아다보았다. 당장이라도 쓰러질 것 같은 얼굴로 관리사무소장이 서 있었다.

* * *

이번엔 다시 소변이었다. 짜증스러운 얼굴로 서 있는 정차웅의 바로 뒤에서 관리사무소장 김석남은 소리를 버럭버럭 질러댔다.

"도대체 어떤 새끼냐고! 한두 번도 아니고! 이렇게 더러운 데서 어떻게 살란 말이야!"

그러더니 홱, 경비원에게로 고개를 돌렸다.

"뭘 멀뚱히 보고 계세요! 얼른 닦으셔야지요!"

"아, 아니, 아까까지만 해도……."

"얼른 대걸레 가지고 오시라고요!"

한 손에 든 텀블러를 눈앞에서 붕붕 흔들어 보인다. 위협적이다.

"아이고, 네, 네."

황급히 경비원이 지하 계단을 향해 걸음을 옮겼다. 동별로 있는 지하실에는 각종 청소도구들을 비치해 두고 쓰고 있다. 갑작스레 쏟아진 비에 젖은 신발에서 절퍽절퍽 소리가 애처롭게 들렸다.

정차웅은 물끄러미 엘리베이터 안을 들여다보았다. 분이 도저히

165

풀리지 않는지 김석남이 그 옆에서 가슴을 씨근덕거리고 있었다.

"너무 화내지 마세요."

정차웅의 목소리는 차분했다.

"내가 지금 화 안 나게 생겼어? 이 일 때문에 내가 얼마나 스트레스를 받는데!"

"뭘 스트레스까지."

코웃음을 쳤다. 김석남이 인상을 썼다. 지금 관리소장의 히스테리에 코웃음을 친 거냐고 김석남의 표정이 말하고 있었다. 감히 관리소장의 분노에 코웃음을 친 정차웅의 태도에 김석남의 목소리만 공연히 높아졌다.

"과장인 자네는 모르겠지만, 소장은 이런 일만 벌어져도 얼마나 책임감이……."

"어차피."

김석남의 말을 끊고, 그의 눈을 맞추며 정차웅은 생긋 웃었다.

"어차피 소장님이 벌인 일이시잖아요."

정차웅의 말 한마디가 마치 벼락이라도 된 것처럼, 그 벼락을 맞기라도 한 것처럼 김석남의 눈이 휘둥그레졌고, 즉시 경직되었으며, 얼굴이 파랗게 질렸고, 그건 마치 숨을 쉬지 않는 것처럼 보였다. 누군가 툭 건드리면, 나무토막처럼 일자로 쓰러져 버릴 것 같았다.

"뭐, 뭐! 무슨 소리야!"

"목소리 낮추시죠?"

걸레를 가지러 내려갔던 경비원이 곧 올라올지도 모른다. 그런 힌트를 주듯 정차웅은 턱짓으로 지하 계단을 가리켰다. 지하 계단 쪽으로 시선을 던졌던 김석남의 목에서 큭 하는 소리가 들렸다. 김석남이 고개를 정차웅 쪽으로 기울였다.

"그게 대체 무슨 소리야? 도대체 내가 왜 그런 짓을 해? 나는 결백하다고."

결백하다고 말하고 있지만, 잔뜩 낮춘 목소리는 이미 자신의 결백을 부정하고 있었다.

"결백하지는 않으실 텐데요?"

"무슨 소리야? 증거 있어?"

이미 귀를 기울이면 들리지도 않을 김석남의 목소리가 증거라고 말하고 싶지만, 더한 증거가 있다.

"있어요."

김석남의 눈빛이 흔들린다.

"……확실해?"

"네. 빼도 박도 못할 증거요."

"못 빼?"

"네. 절대요."

그때 지하에서 경비원이 올라오는 소리가 들렸다. 김석남이 푹 한숨을 내쉬었다.

"……어떻게 알았어?"

"저도 몰랐어요. 근데 저거요."

정차웅의 눈이 헉헉 대고 계단을 올라오는 경비원에게로 향한다. 더 정확하게는 그의 신발로 옮겨갔다. 갑자기 내린 비에 젖어 질퍽거리는 소리를 내는 신발.

그것이 무엇을 의미하는지 아직 이해하지 못하는 것 같은 김석남의 눈을 보며 정차웅은 자신의 발도 쿵쿵 굴러 보였다.

절뚝거리는 소리가 난다. 그의 발밑이 젖어 있었다.

반면, 김석남 소장이 밟은 자리는 젖어 있지 않았다.

* * *

"소장님은 비 오기 전에 이미 102동에 들어가셨던 거예요. 그 사이 비가 올 줄 모르셨던 거죠. 저도 그것만 아니었으면 아직까지도 오물 투척범이 누군지 모른 채 소장님의 화를 맞춰 드리려고 눈치를 봐야 했을 거예요."

김석남과 정차웅은 소장실로 돌아와 테이블을 사이에 두고 마주 앉아 있었다. 김석남의 경직된 표정이 풀어질 줄을 몰랐다.

만약 다른 날이었다면 정차웅도 눈치 채지 못했을 것이었다. 갑자기 뒤에서 나타났으니, 단순히 단지 내 순찰을 도는 중에 그들과 맞닥트린 것이라고 생각했을 것이었다. 하지만 우연히 비가 왔고, 그래서 바깥에서 뛰어 들어온 경비원과 정차웅의 신발은 젖어 있었다. 반면, 김석남의 신발은 전혀 젖어 있지 않았다. 그걸 보는 순간 상황을 파악했다.

"소장님은 저희 단지에 재활용품 수거차가 몇 시에 오는지 잘 알고 계시죠?"

꾹 다문 김석남의 입은 열릴 줄 몰랐다.

"시에서 재활용품 수거를 해 가면 경비원분들은 재활용품 분리수거장에 나가 흐트러진 수거장 주변 정리를 하세요. 그래서 경비실이 비어 있죠. 그런 사정을 소장님은 아주 잘 알고 계셨어요. 그래서 그 시각, 경비원 아저씨가 없다는 확신을 갖고 102동으로 오신 거예요."

정차웅은 시선을 내렸다. 무릎에 얹은 김석남의 손이 주먹을 쥐는 것이 보였다.

"소장님의 그런 예측은 정확했습니다. 경비실에는 사람이 없었어요. 그래서 소장님은 재빨리 승강기에 오물을 뿌리고 돌아섰어요. 경비 아저씨와 제가 들어오면서 소장님과 마주치지 않았으니까, 아마도 소장님은 오물을 뿌린 뒤……."

"지하실로 갔어."

체념한 듯 김석남이 정차웅의 말을 이었다. 정차웅은 고개를 끄덕였다.

"뿌리다가 손에 묻었거든. 지하에는 수도가 있으니까."

"네. 그러셨군요. 위층에서 계단을 통해 내려오신 건 아니라고 생각했어요. 위층으로 통하는 계단은 바로 엘리베이터 맞은편에 있어서 소장님이 거기서 내려왔다면 엘리베이터를 들여다보던 저희가 몰랐을 리 없죠. 바깥에서 들어온 것도 아니고, 위층에서 내려온 것도 아니다. 그럼 지하밖에는 없죠. 지하 계단은 현관문 근처에 있으니 소장님이 저희 등 뒤에서 나타나신 거고요. 저희가 엘리베이터에서 오물을 발견한 것을 보고 그때 마침 102동으로 들어온 것처럼 연기하신 거예요."

"그놈의 비가 문제였군. 그런데 말이야. 내 신발이 젖어 있지 않았

169

다고 해서 내가 꼭 오물 테러범이 아닐 수도 있잖아. 1층이 아닌 다른 층에서 오물을 부어 놓고 1층으로 다시 엘리베이터를 내려 보냈을 수도 있는 거잖아. 이미 들켜 버린 내가 할 말은 아니지만."

멋쩍은 듯 김석남이 웃었다. 정차웅은 고개를 가로저었다.

"오늘 일에는 소장님께서 몰랐던 두 가지 일이 있었어요. 한 가지는 비가 갑자기 올 줄 몰랐다는 것."

비가 온 바람에 김석남이 경비원 진 씨와 정차웅이 들어오기 이전부터 102동에 있었다는 것을 들켰다.

"또 하나는."

정차웅이 김석남의 눈을 똑바로 응시했다.

"엘리베이터가 고장으로 1층에 멈춰 있었던 것."

김석남의 눈이 휘둥그렇게 떠졌다. 전혀 생각지 못했던 일인 것 같았다. 큰 눈을 몇 번이나 껌벅거리던 김석남의 어깨가 돌연 축 쳐졌다. 허망하다는 듯 그가 웃었다.

"지금 생각해 보니 엘리베이터가 문이 열린 채로 멈춰 있었군. 나는 '때마침'이라고 생각했는데 고장이었어."

허허허허. 맥 빠진 김석남의 웃음소리가 한참이나 이어졌다. 그러고는 돌연 자신의 머리를 감싸 안았다. 동네 주먹패거리들에게 린치라도 당하는 사람처럼 등을 둥글게 구부려 머리를 감싸고 있었다.

"아아아아! 너무 쪽팔려!"

정차웅은 깊은 한숨을 쉬었다.

"대체 왜 그러신 거예요?"

김석남의 행동이라고는 상상하기 어려웠다. 마침 내린 비 때문에 밝혀지지 않았다면 김석남이 벌인 일이라고 생각할 수 없었을 것이다. 관리소장이라는 직업이 천직으로 보일 만큼 그는 아파트 일에 늘 관심을 기울였고, 입주민들에게 도움 주는 일을 재밌어 했다. 그런 김석남이 입주민들을 불쾌하게 만드는 일을 계속해서 벌였다니. 아무런 이유 없이 그랬을 거라고는 생각이 들지 않지만, 어떤 이유가 있어서 벌인 일이라고 하기에는 너무…….

너무 추잡하다!

정차웅은 차마 그 말은 뱉지 못해 속으로 삼키며, 어이가 없어 고개를 절레절레 흔들었다. 김석남의 어깨가 푹 주저앉았다.

"자꾸 분양, 분양 하니까."

"에?"

생각지 못한 단어의 출현이다. 자기가 말해 놓고도 김석남의 얼굴이 벌겋게 달아올랐고, 정차웅은 슬슬 상황이 짐작되었다. 허 하고 기가 막혀 숨만 내뱉었다.

"그러니까 지금, 분양이 될까 봐 이런 일을 벌이신 거라고요? 아파트가 더러워서 소문이 안 좋으면 본사에서 분양 진행 안 시킬거라고 생각하신 거예요?"

정답이다. 정차웅의 말이 떨어지기가 무섭게 푹 수그려지는 김석남의 머리가 그렇게 말하고 있었다.

그동안 사람 달달 볶은 것 치고는 이유가 너무 한심해서 죽을 지경이다.

"분양되면…… 잘려야 해."

임대 아파트 관리소장의 소속은 본사다. 분양이 되고 나면 관리권이 입주민에게로 이양되고, 새로운 소장을 채용한다. 회사 소속인 관리소장은 자연스레 퇴사다. 물론 본사에서 다른 곳으로 발령을 낼 수도 있으나, 자신의 가정을 떠나 다른 지역으로 이동해야 하는 것은 쉬운 문제가 아니었다. 분양을 조금이라도 늦추고 싶은 마음이 생기는 것도 불가능한 일은 아니다. 하지만……

"이 정도 일에 분양이 안 될 거라고 생각하셨어요? 오히려 분양이 더 빨라질걸요? 걸핏하면 엘리베이터에 똥오줌이나 발견될 만큼 관리가 안 되니까, 빨리 우리 아파트로 만들어서 관리권을 가지고 와야겠다고 생각할거예요."

"그냥 속상했어. 분하기도 하고. 해코지 해 주고 싶기도 하고."

하아 하고 정차웅은 한숨을 쉬었다. 소름끼치게 치사하고, 또한 유치하다.

"그래서 그렇게 저희를 들들 볶으셨어요?"

"그게, 내가 그러는 거라고 눈치챌까 봐, 이상하게 더 오버하게 되더라고."

눈을 슬쩍 치켜뜨고 정차웅의 눈치를 슬슬 본다. 그러다 눈이 마주치자 김석남이 히히 목을 움츠리고 웃었다. 쓰읍 소리를 내며 정차웅이 인상을 썼다. 다시 자라목이 된 김석남의 시선이 바닥으로 꽂혔다.

"보…… 본사에 얘기할 거야?"

"이걸 본사에 뭐라고 합니까? 우리 소장님이 엘리베이터에 똥오줌 던졌다고 하라고요? 고용불안의 압박을 못 이겨서?"

생각해보니 그렇다. 횡재라는 얼굴로 김석남이 씨익 웃었다.

"하지만 이걸 그대로 넘길 수는 없죠."

다시 기죽는 김석남의 얼굴. 변화무쌍한 것이 보고 있으면 지루하지는 않다.

"이걸 어떻게 그냥 덮습니까? 그동안 경비 아저씨, 미화원 아주머니, 그리고 소장님 등쌀에 스트레스 받은 우리 직원들과 저도 있는데!"

"이, 이봐 정 과장. 저기 목소리 좀⋯⋯."

아무리 소장실에서 단둘이 하는 대화라도 목소리가 크면 밖으로 소리가 새 나간다. 정 과장에게야 이미 들켜서 어쩔 수 없다 치더라도, 직원들이 단체로 알게 되는 건 정말 재미없는 일이다. 김석남은 정차웅의 한쪽 팔을 붙들고 울상을 지었다.

"잘생긴 우리 정 과장, 진정하고 얘기를 해 보자. 응?"

"아부하지 마세요. 게다가 잘생겼다는 건 하루 이틀 듣는 소리도 아니고."

"으이구. 잘생긴 사람이 자기 잘생긴 줄 알고 잘난 척하면 재수 없⋯⋯."

"소장님?"

"아이구, 이 주둥아리가 또 헛소리를 지껄이네. 너무 당황해서 그래, 내가. 잘생기고 사람까지 좋은 우리 정 과장이 나를 이해 좀 해 줘, 응?"

큼 하고 정차웅이 헛기침을 했다. 그리고 다시 입을 열었을 때 아까보다는 조금 낮은 목소리가 나왔다.

"그동안 고생하신 경비 아저씨와 미화원 아주머니들 식사 대접 정도는 하셔야죠? 그동안 고생 많으셨다는 말도 꼭 진심으로 하시고요."

"그럼! 당연하지. 알겠어. 내가 꼭 할게, 정 과장."

"세 번 사세요."

"세, 세 번? 미화원 아주머니랑 경비원 아저씨들 더하면 열네 명이나 되는데?"

"싫으세요? 그럼."

정차웅이 자신의 팔을 동아줄이라도 되듯 잡고 있는 김석남의 손을 밀쳐냈다. 하지만 다시 김석남이 황급히 그의 팔을 잡았다.

"사, 사야지! 당연히 사야지! 너무 좋아. 그간 고생하셨는데 대접할 수 있어서 얼마나 좋은지 모른다니까?"

정차웅이 씨익 웃었다.

"우리 직원들한테도요."

"당연하지. 내가 너무 화냈다고 사과도 할 거야. 내가 사과 얼마나 잘하는데."

"양 기사님이 소고기 좋아하는데."

"한우 투뿔로다가 잘하는 집 내가 알아."

"좋아요. 앞으로는 절대 이런 일 벌이지 마시고요. 이런 일, 소장님답지 않아요."

"그, 그래."

"그리고……."

"응?"

"저건 버리세요. 냄새나요."

정차웅이 턱짓을 했다. 그가 가리킨 것은 책상 위에 놓여 있는 김석남의 텀블러였다.

"누, 눈치 챘어?"

"그럼 그걸 모르겠어요? 분명히 어딘가에 그걸 담아갖고 왔을 텐데, 엘리베이터 앞에서 마주쳤을 때 들고 계시던 건 저거밖에 없잖아요. 그리고 아침마다 사무실 창문도 다 열고 계셨고."

"냄새 날까 봐 그랬지."

머리를 긁적이는 김석남의 얼굴이 붉었다. 정차웅은 그의 어깨를 두드렸다.

510세대의 입주민을 상대하는 것은, 회사의 사장이 510명 있는 것과 같다. 그 스트레스가 녹록치 않았을 것이다. 이쯤으로 없던 일로 해 주는 것은 그가 한 일이 '그럴 수도 있는' 일이라서가 아니라, 그 '힘듦'을 이해하기 때문이다.

"그럼 이만 나가보겠습니다."

정차웅은 목례했고, 김석남은 텀블러를 버리기 위해 검은 봉지를 챙겨 들었다. 어딘지 모르게 두 사람의 얼굴이 모두 후련해 보였다.

* * *

"네?"

주영은 자신이 잘못들은 거라고 생각했다. 선배인 신희철과 개인적으로 연락한 적이 아주 오래 전이라, 다른 사람과 착각한 거라고,

그래서 정차웅이 아니라 다른 사람의 이야기를 하는 거라고, 그럴 거라고 생각했다. 지금 자신이 듣고 있는 것은 신희철의 착각일 것이다. 착각이어야 한다.

  - 몰랐어? 정차웅이 여자친구, 자살했잖아. 그러고 나서 그만두기에 나는 그래서 그만둔 줄 알았는데?

완연한 봄이다.

피부에 닿는 공기가 날로 온기를 더하면서, 이제는 굳이 날짜를 따지지 않아도 봄이라는 걸 언제라도 느낄 수 있었다. 봄이라 기분이 좋아지는 것은 물론이고, 더 이상 눈이 오는 것을 걱정하지 않아도 된다는 사실이 마음을 가볍게 했다.

눈이 오면 눈을 치워야 하고, 눈을 치우려면 사람이 해야 하는데, 관리비 절감 차원에서 경비원의 수를 줄이는 바람에 인력이 모자라는 실정이다. 관리소 기사를 포함하여 차웅도 나가서 눈을 치우지만, 폭설과 강추위가 계속되면 치울 새도 없이 얼어붙어, 민원이 증가한다.

관리비는 절감하되, 서비스는 절감되면 안 된다.

그 스트레스는 관리소에서 얼마 일하지도 않은 정차웅을 지치게 하는데 큰 몫을 차지했다. 오죽하면 지난 크리스마스에는 눈이 펑펑 내려 화이트 크리스마스가 되었지만 낭만은커녕 하늘을 쳐다보며 이렇게 중얼거려서, 관리소 사람들을 자지러지게 웃게 만들었다.

"눈 참, 혐오스럽게 내린다."

어쨌거나 이제는 봄이다. 더 이상 스트레스를 받지 않아도 된다. 이 얼마나 홀가분한 봄인가.

"어머, 정 과장! 오늘 기분 좋아 보이네?"

귀를 거슬리게 하는 저 목소리. 즐겁게 출근하던 차웅의 두 다리를 우뚝 멈춰 서게 했다. 차웅은 천천히 뒤를 돌아다보았다. 부녀회장이 씨익 웃었다. 여지없이 그 눅진한 시선이 차웅의 머리부터 발끝까지를 훑었다.

"안녕하세요? 그럼 안녕히 계세요."

인사와 동시에 어떤 여지도 없이 이별의 인사를 남긴 차웅이 얼른 돌아섰다.

"아니, 잠깐, 정 과장!"

당황한 부녀회장이 다급히 불렀지만 이미 정차웅은 저만치 가고 있었다. 부녀회장은 황당하다는 듯 정차웅이 사라진 쪽을 응시하다, 이내 피식 웃었다.

"어휴, 저 깍쟁이. 매력 있단 말이야."

부녀회장의 수위를 넘나드는 성희롱의 마수를 피해 출근한 정차웅은 컴퓨터를 켜면서도 자기도 모르게 콧노래를 흥얼거렸다. 얼른 피한 덕분에 아침의 좋은 기분을 망치지 않았다.

"정 과장은 오늘 기분 좋은가 보네?"

김석남이 손을 들어 인사를 대신하며 정차웅을 향해 말했다. 차웅은 기분 좋게 인사를 하려다 김석남의 얼굴을 보고 흠칫했다. 눈 밑이 시커먼 것이 이틀 밤은 샌 것 같아 보였다. 극심한 피로에 온 얼굴을 잡아먹히고 있었다.

"무슨 일 있으셨어요?"

"어제 경비 아저씨들이랑 회식했잖아."

관리소장이 쏘는, 아주 드문 회식에 경비원들은 최선을 다해 붓고, 마신 것 같았다. 거기서 흥을 맞춰 주고 왔으니, 얼굴이 다크서클에 잡아 먹혔어도 어쩔 수 없는 일이라 여겨졌다.

102동 승강기에 오물 테러를 하다가 걸린 관리소장 김석남에게 정차웅이 제안한 벌이었다. 다행히 경비원의 반응이 좋다. 경비원들은 해가 아무래도 다른 쪽에서 떠오른 것 같다고 말하면서도 즐거워했다.

김석남의 체면도 구기지 않으면서도, 그간 고생해 온 경비원들에게 즐거운 시간이 되어 나름 누이 좋고 매부 좋은 벌이 되었다. 김석남과 정차웅, 두 사람만이 알고 있는 벌이지만.

　김석남이 정차웅에게 윙크를 했고, 정차웅이 어깨를 으쓱하며 웃었다.

　"아직 두 번 남으셨네요."

　"두 번? 아, 으응."

　김석남의 어두워지는 얼굴을 보면서 정차웅이 의미심장하게 웃었다.

　"두 분만 즐겁지 마시고, 저에게도 관심 좀 주세요."

　최춘미가 수화기를 내려놓으며 말했다. 출근 시간보다 2~30분 일찍 오는 최춘미는 출근 시간으로는 늘 1등을 차지하고 있다. 정차웅이나 관리소장이 속속들이 도착할 때마다 기분 좋은 웃음으로 아침 인사를 해 주곤 했다. 그러고 보니 오늘은 정차웅이 도착했을 때 최춘미는 인사도 할 겨를도 없이 수화기를 붙들고 있었다. 통화 대기가 길어지는지 미간을 찡그린 그녀는 수화기를 붙잡고 한참이나 침묵을 지키고 있었다.

　곧이어 출근한 김석남과 정차웅이 대화를 나눌 때에도 최춘미는 전화기를 한 번 내려놨다가 다시 들어 올리고는, 재차 전화를 걸고 있었다.

　"무슨 일 있어요?"

　정차웅이 물었다. 물어봐 주길 기다렸다는 듯 최춘미가 어깨를 늘어뜨리며 대답했다.

　"오늘 101동 1302호요, 그 남자 이사 나가는 날인데, 전화를 안 받네요. 도시가스 정산했는지도 확인해야 하고 관리비 정산도 받아야 하는데요."

　101동 1302호. 왠지 낯익은 호수다 싶더니, 곧 생각이 났다. 관리사무소에 절도 미수 사건으로 붙잡혔었던 세대의 남자였다. 처벌은 절도 미수로 받았지만, 그것은 진실이 아니라고 정차웅은 생각했었다. 그래서 101동 1302호 남자를 만나 그의 의도를 어느 정도 짐작하고 있음을 내비치며, 퇴거를 은근슬쩍 권유했다. '권유'라는 단어는 낯부끄럽다. 사실 반 협박이었다.

　정차웅은 한숨을 내쉬었다.

"한번 속 썩이는 세대는 나갈 때까지 속 썩인다니까요."

"그러게요. 그래도 오늘이 마지막이라고 하니 좀 안심이 돼요. 사실은 내심 걱정 됐었거든요. 저 혼자 있을 때 돈이라도 노리고 들어올까 봐요."

조금은 홀가분하다는 표정으로 최춘미가 후 하고 숨을 뱉었다. 정차웅은 조금 미안한 마음이 들었다. 그런 걱정을 하고 있었다니, 배려가 부족했다. 절도 미수가 아니라고 알리지는 못하더라도, 그런 두려움을 최춘미가 가지고 있었다는 걸 알았 다면 혼자 있는 시간을 줄여줬을 것이다.

"본사에 퇴거 확인서도 넣어 줘야 하는데."

최춘미의 얼굴이 다시 어두워졌다. 차웅은 시계를 올려다보았다. 9시 20분. 적 어도 10시까지는 이사를 확인하고 관리비 정산을 한 뒤 본사에 '퇴거 확인서'를 작성해서 보내야 한다. 아무 문제없이 돈 잘 내고 이사를 완료했다는 증명이다. 그 걸 확인한 (주)봉명 본사에서 퇴거자에게 보증금을 환불해 준다. 임대 아파트는 여러모로 신경 써야 할 일이 많다.

"기다려 봐요."

정차웅은 사무실에 설치된 인터폰을 들었다. 각동 경비실과 연결되어 있다. 1번 은 101동 경비실로 연결되는 단축번호다. 1번을 길게 누르자 101동 경비원이 인 터폰을 받았다.

- 네. 101동 경비실입니다.

"정 과장입니다. 혹시 1302호 이삿짐 나르고 있나요?"

이사가 끝나지 않아 아직 정산하러 관리사무소에 오지 않는 것일 수도 있다. 전 화를 받지 않는 것은 이사를 하느라 정신이 없어서 벨소리를 듣지 못하는 것일 수 도 있다. 흔히 있는 일이다.

하지만 101동 경비원에게서 들려온 대답은 그의 예상과 달랐다.

- 1302호요? 아뇨. 이사하고 있지 않은데요.

"이삿짐 차가 안 와 있어요?"

- 네. 이삿짐 차 온 거 한 대도 없어요. 딱히 이사하는 거 같지 않은데요.

"그래요? 일단 알겠습니다."

인터폰을 끊은 정차웅은 고개를 갸웃했다.

"이삿짐 안 나르고 있다는데요?"

"왜 그럴까요? 이삿짐이 없어서 그냥 가방 몇 개만 들고 미리 나갔나?"

"그럴 것 같지는 않은데."

차웅은 1302호 남자의 집에 들어가 그와 대화했던 날을 떠올렸다. 집안 내부의 광경은 평범했다. 일반 가정집에서 가지고 있는 평범한 풍경이었다. 자세히 본 건 아니지만, 가방 몇 개에 들어갈 정도로 단출하거나, 자취하는 것처럼 살풍경하지는 않았다.

"일단 제가 올라가 볼게요."

"그러실래요?"

최춘미가 반색했다. 차웅은 자신의 책상으로 가 휴대폰을 챙겨 들었다. 잠시 나간 사이라도 사무실에서 연락하면 언제라도 통화가 가능해야 한다. 버튼을 누르자 액정 화면이 밝아졌다.

대기화면에는 부재중 전화의 알림 표시가 없었다.

그는 자신도 모르게 고개를 갸웃했다. 그러고 보니 요 며칠 강주영으로부터 전화가 없다. 한 손에 와인 병을 들고 불쑥불쑥 나타나지도 않았다. 경찰서에 뭔가 큰 사건이라도 터졌나, 싶으면서도 가슴 한쪽에 익숙지 않은 바람이 지나갔다. 이상한 기분이었다.

"과장님, 왜요? 어디 연락온 데라도 있어요?"

1302호에 올라가본다던 정차웅이 멍하니 서 있자 최춘미가 물었다. 차웅은 정신을 퍼뜩 차리고 휴대폰을 주머니에 넣었다.

초인종을 몇 번이나 눌러도 안에서는 아무런 응답도 들려오지 않았다. 직접 해약 신청을 하며 이사 나가는 날짜를 정해 놓고 갑자기 나타나지 않는 것은 흔한 일이 아니었다. 정차웅은 잠시 안에서 인기척이 나는지를 기다리다가 문을 두드려 보았다. 간혹 초인종이 고장 나서 안에서 들리지 않는 일도 있다.

하지만 대답은 여전히 없었다. 문을 두드리는 소리만 복도에 울려 퍼질 뿐이었다. 시끄럽게 대답도 없는 집을 언제까지고 두드릴 수는 없다. 정차웅은 주머니에서 메모지 하나를 꺼내었다. 101동 1302호 남자의 연락처였다. 혹시 몰라 입주자 카드에서 전화번호를 적어 온 것이 다행이었다. 휴대폰을 꺼내 남자의 전화번호를 눌렀다. 혹시 잘못 누른 것은 없는지 번호를 다시 한 번 확인해 본 후 통화 버튼을 눌렀다.

신호가 한참이나 이어졌다.

- 지금은 전화를 받을 수 없어…….

차웅은 고개를 갸웃하며 다시 한 번 통화 버튼을 눌렀다. 그러나 이번에도 마찬가지로 기계음이 들릴 때까지 상대방은 전화를 받지 않았다.

그때 뭔가 불길한 기분이 들었다. 그는 재차 통화 버튼을 눌렀다. 이번에는 신호음을 듣고 있는 것에만 그치지 않았다. 그는 조심스레 1302호의 문에 귀를 갖다 대었다. 귀에 신경을 집중했다.

어렴풋하게, 어디선가 음악 소리가 들렸다. 가슴 언저리에서 뭔가가 쿵 하고 떨어졌다. 불길한 기분이 형체를 갖추고 눈앞에 들이닥친 기분이었다. 정차웅은 다급히 문을 두드렸다.

"저기요! 이봐요!"

성마른 손길로 휴대폰을 들었다. 이번에는 남자의 전화번호를 누르지 않았다. 아까처럼 신호음이 길게 이어지지도 않았다. 단 한 번의 신호음 만에 상대방에서 전화를 받았다.

"여보세요? 거기 경찰이죠?"

정차웅의 목소리가 높았다.

* * *

출동한 지구대 경찰은 정차웅의 설명을 듣고 반신반의 했다.

"성인 남자고, 연락이 장기간 안 된 것도 아니고, 그렇다고 가족분들에게 실종 신고가 들어온 것도 아니고. 그냥 잠이 들거나 잠깐 외출한 걸 수도 있잖아요."

"성인 남자니까 이사하는 날 느닷없이 연락 안 될 리가 없고, 연락이 장기간 됐는지 안 됐는지는 관리사무소에서 친구처럼 전화해 보는 것도 아니니까 저로써는 알 수도 없고, 가족 구성원이 어떻게 되는지 알 수 없으니 실종신고니 뭐니 얘기할 수도 없지만, 아까도 말씀드렸듯이 이사하는 날 아무리 불러도 대답 없을 만큼 잠이 드는 성인은 흔치않고, 외출도 마찬가지고요."

'그리고 무엇보다' 하고 말하며 정차웅은 지구대원의 귀 가까이 얼굴을 대었다. 복도식 아파트니 만큼 다른 세대에 들릴 수도 있음을 의식한 것이었다.

"얼마 전에 관리사무소 절도를 시도했다가 미수에 그쳐 처벌받은 적 있는 세대에요."

"일단 그냥 한번 열어 보죠."

정차웅의 말에 고민이 깊어진 지구대원의 뒤에서 말을 건 사람은 함께 출동한 119 안전센터 구급대원이었다. 1인 가구의 의식불명 환자 발생이나 자살 의심자가 생겼을 때 문 개방을 신속히 하기 위해 지구대의 협조 요청을 받아 함께 출동하곤 한다.

"관리사무소에서 신고 들어온 것이기도 하고."

지구대원이 말끝을 흐리며 슬쩍 정차웅의 얼굴을 보았다. 혹시 자살이나 사고가 아닌 오인으로 인한 문 개방일 때 문제가 생기더라도 관리사무소에서 어느 정도 책임을 져 주지 않겠냐는 시선이었다. 정차웅은 고개를 끄덕여 보였다. 알았으니까 열어 달라는 것이다. 어차피 이사 갈 집이고, 문 개방 시 시설물에 이상이 생겨도 원상 복구 비용이 얼마 들지도 않는다. 책임을 같이 지겠다는 뜻으로 정차웅이 고개를 끄덕였다. 그 모습을 본 지구대원이 말했다.

"근데 관리사무소 직원 치고는 너무 잘생기셨다. 연예인 출신이세요?"

"충청도 출신이에요. 얼른 문이나 여시죠."

멋쩍은 표정으로 지구대원이 허허 웃었다. 그는 소방대원과 의논을 하기 시작했다. 잠시 뒤 소방대원과 지구대원은 문을 열기로 결정했다. 결정하고 나니 문 개방까지는 몇 분 걸리지도 않았다.

철컥.

문이 조금 열렸다. 그리고 그들에게로 훅 끼쳐 날아온 것은 엄청난 악취였다.

* * *

거친 파열음을 내며 은파경찰서 주차장으로 빨간색 중형차가 진입했다. 지나가던 행인과 경찰서 직원들의 시선이 이쪽으로 향했지만 강주영은 전혀 신경을 쓰지 못하고 있었다. 그녀는 뭔가에 홀린듯 정신없이 차 키를 뽑아들고 내려 경찰서 안을 향해 뛰어들었다.

"어, 강 선배! 오늘 비번 아니에요??"

김태형 형사가 그녀를 보고 아는 체했다. 하지만 강주영은 그대로형사1팀으로 뛰어들었다. 괜히 반색하며 인사를 건넨 김태형만 멋쩍게 머리를 긁적이고 서 있었다.

"못 들었나?"

강주영은 아무것도 들리지 않고 아무것도 보이지 않았다. 그녀의 머릿속을 지배하고 있는 것은 몇 년 전의 짧막한 기억.

숨을 헐떡이며 자신의 자리로 간 강주영은 경찰 전산망에 자신의 아이디와 비번을 입력했다. 로그인되기 무섭게 지난 사건 조사 보고서 조회 창으로 들어갔다. 그녀는 초조하게 검지로 책상을 두드렸다.

그때 그 사건이…….

분명 삼인조 강도가 은행에서 벌인 인질극 사건이었다. 몇 가지 키워드를 넣고 주영은 검색 버튼을 눌렀다. 조회중이라는 문자와 함께 진행 정도를 보여 주는 초록색 바가 끝을 향해 달리고 있었다.

"설마…… 설마."

주영은 자신도 모르게 계속 '설마'를 되뇌었다. 그것은 마치 기도와도 같았다. 설마 아니겠지. 행여 그렇더라도 절대 자신이 생각하는 그것만은 아니길. 그런 기도였다. 하지만 항상 너무 강한 바람은 어긋나고 만다. 검색이 끝나고 자신에게 너무 익숙한 그 사건이 화면에 떴다.

검거.

그 글자가 커다랗게 눈에 들어왔지만 지금 이 순간의 강주영에게는 그것이 중요한 게 아니었다. 사건일시. 주영은 떨리는 손으로 마우스를 올려 보고서의 제일 첫줄 사건 발생 일시를 확인했다.

2013년 3월 18일.

그때 마침 주머니 속에 들어 있던 휴대폰에 메시지 수신음이 들렸다.

주영은 떨리는 손으로 주머니에서 휴대폰을 꺼내었다. 스스로 자제하지도 못할 만큼 떨리는 손으로 휴대폰을 작동시켜 메시지 하나를 불러내었다. 신희철 선배가 알아봐서 보내 주기로 했던 정보가 문자로 도착해 있었다.

- 그 친구 사망일. 2013년 3월 18일. 근데 이게 왜 필요한 거야?

심장이 쿵 내려앉았다. 믿지 못할 것을 보는 듯, 떨리는 시선이 문자와 화면 사이를 오갔고 순간, 강주영의 몸이 무너져 앉았다. 귓속에서 기계의 날카로운 소리 같은 이명이 울려왔다. 눈앞이 아찔해졌다. 뿌옇게 보이는 것 같기도 했다.

귓가에 그날의 일들이, 아무것도 모르면서 내뱉었던 섣부른 오만들이 쟁쟁하게 들려왔다.

* * *

전화기를 든 정차웅은 머뭇거리고 있었다. 인상을 쓴 강주영의 얼굴이 더욱 험상궂게 변했다. 강주영은 달려 나가는 형사들의 눈치를 보면서, 빨리 나가야 한다고 눈짓으로 정차웅을 채근했다. 은행에 침입한 3인조 강도가 은행장실 안에서 문을 잠그고 여직원 한 명과 손님 한 명을 인질로 잡았다는 신고였다. 이런 사건은 시각을 다투는 일이다. 그럼에도 여전히 정차웅은 전화를 붙든 손을 어찌하지 못하고 우물거리고 있었다.

안절부절 못하는 정차웅의 태도, 끊지 못하는 전화. 그 두 가지만 보고도 강주영은 상황을 파악했다. 얼마 전부터 정차웅은 여자 친구와 걸핏하면 다투는 전화를 해 댔던 것이다. 잠복 중에도 여자 친구의 전화를 받고 달려 나간 적이 몇 번이나 되었다. 정차웅이 눈치채지 못하는 사이 선배 형사들의 눈초리가 사나워졌다. 불벼락이 내리는 것은 시간문제였다. 대신해서 눈치를 보는 것은 입사 동기인 강주영의 몫이었다.

"미안한데……. 나 좀 가 봐야 할 것 같은데……."

"미쳤어? 선배들 다 출동하는 거 안보여?"

강주영의 인상이 순식간에 구겨졌다. 날카롭게 떠올린 강주영이 시선이 여전히 붙들고 있던 정차웅의 핸드폰으로 향했다. 강주영은 정차웅의 손에서 휴대폰을 거칠게 낚아챘다.

"연화 씨?"

"야, 내 놔!"

휴대폰을 되찾으려는 정차웅의 손을 가볍게 피하며 강주영이 말을 쏟아내었다.

"무슨 일인지 모르겠는데, 아니, 분명히 정차웅 이놈이 뭔가를 잘못했겠죠? 그래서 당장 연화 씨한테 쫓아가야 하는 상황인가 본데. 그래도 우리 공과 사는 구별하게 해 줍시다. 지금 은행에서 인질극이 벌어졌거든. 사람 죽고 사는 문제 아니면 우리 지금은 좀 넘어갑시다. 오케이?"

– ……죄송해요.

"오케이. 이해해 줘서 감사해요."

주영은 전화를 끊고 휴대폰을 정차웅에게 획 던졌다. 정차웅의 손이 휴대폰을 잡았다.

연화라고 불린 여자와는 정차웅을 통해 몇 번 만난 적이 있었다. 성격이 원체 쾌활하고 와일드한 강주영과는 달리 연화는 조용하고 지나칠 정도로 내성적이었다. 너무 다른 성격이었지만, 그래서인지 두 사람은 스스럼없이 통화를 할 정도로 친해졌다. 이 정도는 화내지 않고 넘어가 줄 만한 사이였다. 더구나 상황이 상황이니만큼 이해해 주리라.

"야, 이 새끼들아! 빨리 안 튀어와!"

거친 클랙슨 소리와 함께 이억관 형사의 욕설이 쏟아졌다. 그 소리에 정신을 번쩍 차렸는지 정차웅의 몸이 경직되었다.

"거 봐라."

강주영이 정차웅을 툭 치고는 쏜살같이 밖으로 튀어나갔다. 정차웅도 그 뒤를 따랐다.

그때 다시 휴대폰 벨이 울렸다. 연화였다. 어쩔까 하다가 달리면서 전화를 받았다.

- 차웅아, 나⋯⋯. 이번엔 진짜야.

한두 번이 아니다. 며칠 전에도 그랬고, 그 전에도 그랬다. 계속해서 이번엔 진짜라고 했다. 그러니 이번에도 괜찮을 것이다.

"알았어. 알았으니까 조금 있다가 다시 통화해."

* * *

상황은 빠르게 정리되었다. 인질극을 벌이던 범인들은 소식을 듣고 달려온 본인 가족들의 애원과 에워싼 경찰들의 압박에 항복하고 인질들을 풀어 주었다.

범인은 곧장 경찰서로 연행되어 조사를 받을 것이다. 범인을 호송하는 차량에 탄 이억관에게 경례를 하고 돌아서는 강주영의 어깨를 정차웅이 가볍게 툭, 쳤다.

"수고했어."

"그래, 너도 수고했다. 근데 너 오늘은 내 덕분에 산 줄 알아. 정신 안 차렸으면 지금쯤 넌 경위서 쓸 생각에 골머리 아파야 할걸? 콩깍지가 너무 두껍게 씌어서 상황도 못 보는 친구, 정신 차리게 해 주는 동기 있는 걸 아주 감사히 여겨라?"

"후, 그래."

웃으며 차웅이 대답했지만, 그 웃음은 의례적인 것이었다. 그는 어딘가로 계속 전화를 걸고 있었다.

* * *

바로 그날이었다. 같은 날이었다. 정차웅을 간절히 찾던 연화의 전화를 무참히 끊어 버렸던 날, 그날 연화가 죽었다고 한다.

강주영의 눈에서 눈물이 툭 떨어졌다.

- 나 죽을 거야. ……이번엔 진짜야.

심각한 표정으로 정차웅이 들고 있던 전화기 너머에서 들려온 그 소리를, 강주영은 분명히 들었었다.

"그날……."

자기도 모르게 주영은 그 자리에서 털썩 주저앉고 말았다.

* * *

불길한 예감은 틀리지 않았다. 인기척이 없는 집 안에 주인의 자리를 메운 것은 엄청난 악취였다. 진입하던 119 구급대원이 극심한 악취에 멈칫하더니 주춤 한 발짝 뒤로 물러섰다. 순식간에 얼굴이 파랗게 질렸다. 정차웅이 돌아보자 그는 간절한 눈으로 고개를 내젓더니, 그만 몸을 돌려 복도로 나가 구역질을 하기 시작했다. 지구대에서 출동한 경찰도 코를 막은 채 버티고는 있었지만 돌아 나가고 싶은 표정이 역력했다. 정차웅도 코를 막은 채 빠르게 집 안을 시선으로 훑었다.

거실은 아주 깨끗했다. 어질러져 있는 물건 하나 보이지 않았다. 방은 총 세 개다. 그중에 안방과 붙박이장이 달린 작은방의 문은 활짝 열려져 있었다. 정차웅의 시선을 불길하게 잡은 것은 중간방의 문이었다. 그곳은 문이 굳게 닫혀 있었다.

경찰과 정차웅의 시선이 마주쳤다.

누가 먼저랄 것도 없이 두 사람은 중간방의 문 앞에 가서 섰다. 경찰이 두 번의 노크를 했다. 대답이 들려오지 않을 것이라는 직감을 갖고 한 노크였다. 예상은 정확했다. 아무런 기척도 들리지 않는 방은 불길한 기운만 내뿜고 있었다. 정차웅은 경찰을 향해 고개를 끄덕였다.

잠시 머뭇거리던 경찰이 손잡이를 쥐어 잡았다. 살짝 돌리자 철컥 소리를 내면서도 문은 열리지 않았다.

"잠겼어요."

도움을 요청하듯 경찰이 말했다. 정차웅이 형사의 손을 밀어내고 문을 열기를 시도했다. 역시나 문은 열리지 않았다.

"그러네요. 잠겼네요."

"힘으로 열어 볼까요?"

"가능하겠어요?"

"일단 해 보죠."

경찰은 굳은 결심을 한 표정으로 몸을 옆으로 돌렸다. 어깨에 온 힘을 끌어 모으기라도 하는 것처럼 어깨를 옹송그리고는 거의 점프하다시피 몸을 옆으로 날렸다.

쿵!

다시 한 번 뒤로 물러서서 점프. 쿵!

이어지는 세 번째 시도. 쿵!

그러나 문은 꿈쩍도 하지 않았다.

"이상하네. 영화에서는 이렇게 열던데. 같이 좀 도와줘요."

경찰이 애절한 눈으로 도움을 요청했다. 정차웅은 잠시 생각하더니 현관문 근처에 있는 신발장으로 갔다. 신발장 서랍을 열고 안을 확인했다. 잠시 뒤 정차웅의 손에는 열쇠 뭉치가 들려 있었다.

"현관 열쇠는 자주 써도 방 열쇠는 거의 쓸 일이 없으니까 대부분 신발장 서랍에 보관하더라고요."

"일찍 좀 말씀하시지."

"너무 자신감 있게 들이대셔서."

멋쩍은 표정의 경찰을 밀어내고 정차웅이 열쇠를 손잡이에 꽂아 돌렸다. 찰칵 소리와 함께 문이 아주 쉽사리 열렸다. 문을 조금 열고는 경찰을 향해 고갯짓을 했다. 먼저 들어가라는 포즈였다.

그러나 그것도 잠시. 더 기괴한 악취가 몰려오는 바람에 두 사람의 얼굴은 다시 사색이 되어야 했다.

정차웅은 문을 확 열어젖혔다. 생각지도 못한, 아니 생각하기 싫어서 부정하고 싶었던 광경이 눈앞에 펼쳐져 있었다.

형체를 알아 볼 수 없을 만큼 부패한 시신이 방 한가운데 반듯이 누워 있었다.

얇은 티셔츠 밑으로 드러난 팔은 시커멓게 부패해 원래의 피부색은 전혀 보이지 않았다. 구더기가 몸 주변에 들끓고 있었고, 얼굴의 피부가 썩어 치아의 뿌리가 훤히 들여다보였다.

"헉."

짧은 숨을 들이쉬는 걸로 비명을 대신한 경찰관의 얼굴은 하얗게 질려 있었다. 그럼에도 자신의 일을 해야 한다는 생각에서인지 떨리는 걸음을 방 안을 향해 애써 디뎠다. 그런 그를 정차웅이 잡았다. 경찰관이 정차웅을 돌아다보았다. 턱밑이 덜덜 떨리고 있었다.

정차웅은 고개를 저었다. 그러고는 바닥을 턱짓으로 가리켜 보였다. 경찰관이 그의 시선을 따라 아래를 내려다보았다.

바닥은 상당히 어질러져 있었다. 읽던 책인지, 중간쯤에 낡은 종이가 꽂혀 있다. 식당 영수증이었다. 그것 말고도 이 방 안에 육안으로 보이지 않는 무엇이 떨어져 있는지 알 수는 없다. 미세 증거 하나까지 사라지지 않도록 보존해야 하는 것이 초동수사의 원칙이다. 지구대 경찰관이 흔히 마주하는 광경은 아니어서, 생각을 못한 것 같았다.

아차 싶은 얼굴로 경찰관이 뒤로 물러났다.

"지원 요청하세요."

더듬더듬 주머니 안에서 경찰관이 휴대전화를 꺼냈다. 그러다 무슨 생각이 들었는지 정차웅에게 시선을 던졌다. 여기서 자신의 위치는 지시를 받는 사람이 아니라 지시를 하는 사람이지 않은가 하고 뒤늦게 자각한 표정이었다.

"어떻게 그렇게 잘 아세요? 혹시 형사 출신……."

"충청도 출신이라고요. 어서 지원 요청이나 하세요."

버튼을 누르며 지구대원이 한 발짝 뒤로 물러섰다. 그가 전화를 걸어 지원 요청을 하는 동안 정차웅의 눈이 방 안을 훑었다. 주변에 흘러 있는 약은 없다. 연탄을 피우지도 않았다. 흉기나, 목을 맬 수 있는 끈 같은 것도 보이지 않는다. 복도 쪽으로 면해 있는 창문은 닫혀 있었지만 시건장치는 되어 있지 않았다. 하지만 복도 쪽으로 방범창이 설치되어 있기 때문에 외부에서 침입할 수는 없다.

자살인가?

생각하는 순간 가슴에 서늘한 바람 하나가 지나갔다.

* * *

은파경찰서 형사 팀과 감식반원들은 그로부터 10분이 채 지나지 않아 현장에 도착했다. 정차웅은 복도로 나가 생각에 잠겨 있었다. 하지만 사무실로 돌아가지는 않았다. 관리소장 김석남에게 이미 사정을 말해 두었다. 혼자 살던 남자가 사망했으니 조사가 끝나면 문단속은 관리소의 몫이다. 참관해 있다가 문단속을 해 주어야 한다.

하지만 사실 그것들은 명분에 지나지 않았다. 정차웅은 직감하고 있었다.

이 죽음을 풀 수 있는 것은 나밖에 없다.

복도 벽에 기댄 채 그는 깊이 생각에 잠겨 있었다.

"안녕하세요?"

들려온 목소리에 차웅은 고개를 들었다. 낯익은 얼굴 하나가 눈앞에 있었다. 김태형 형사였다. 102동 투신자살 사건 조사 때 강주영과 동행했던 형사였다. 강주영의 후배라고 들었다.

"아……. 안녕하세요?"

태형이 반갑게 웃었다.

"자꾸 이런 일이 있네요, 어째. 사람 많은 동네지만 참 많은 일이 있어요."

"그러게요."

고개를 끄덕이며 새삼 차웅은 주변을 둘러보았다. 감식반원들을 포함해 경찰에서 나온 몇몇 형사들이 보였다. 하지만 주영은 보이지 않았다. 태형과 늘 한 팀을 이루었고, 이곳이 관할지역인데 강주영이 보이지 않는다는 것이 이상했다.

"강주영 형사는?"

"휴가를 내셨어요. 갑자기 아침에 전화를 했다고 하더라구요. 왜 갑자기 휴가를 내셨는지는 모르지만."

"휴가요?"

"네. 아, 뭐 그렇다고 해도 급한 일이 있으면 나온다고 하신 걸 보면 특별히 무슨 일이 있는 건 아닌 것 같아요. 걱정하지 마세요."

혹시 수사에 문제가 있을까 걱정해서 그러는 걸로 오해했는지 태형이 설명을 덧붙였다. 하지만 수사에 대한 걱정이 아니었다. 강주영이 갑자기 휴가를 냈다는 것에 걱정스런 마음이 들었을 뿐이다. 미리 휴가를 낸 것이 아니고 아침에 갑자기 휴가를 냈다고 했다. 강주영의 성격에 느닷없이 놀고 싶어 그럴 것 같지는 않다. 아프거나, 무슨 일이 있는 건가 하는 생각이 들었다.

그때 세대 내부에서 들것에 실린 시신이 나왔다.

"부패 정도가 심해서 육안으로 확인하기는 힘들어요."

뒤따라 나온 과학수사대 팀장이 태형에게 말했다. 마스크를 끼고 있어서 본인의 목소리보다 조금 나직한 목소리가 나왔다. 마스크 너머로 보이는 혈색이 좋아 보였다. 파랗게 질리는 신참내기와는 여기서부터 차이가 난다. 자신도 모르게 감탄하면서 태형이 고개를 끄덕였다. 정밀 감식은 당연히 선행되어야 할 과제라고 생각했다. 원래는 교살이나 폭행에 의한 사망이라면 육안으로 일부 확인 가능하다. 하지만 전신의 부패가 심해 분간이 어렵다. 독극물에 의한 사망일 경우도 있어서 부검은 필수였다.

태형이 정차웅을 향해 몸을 돌렸다.

"보기에 좋지 않은 광경이었을 텐데, 오늘 고생 많으셨습니다. 아직 조사가 끝난 게 아니어서 폴리스라인은 며칠 더 쳐 둬야 할 겁니다. 곤란하시지 않겠습니까?"

"할 수 없지요. 근데 가족분들에게는……."

"가족이 누가 있는지 확인해 봐야죠. 부검이 끝난 후에는 인도도

해야 하고."

"네."

"그리고 죄송한 말씀입니다만, 처음 경찰에 신고하신 분이기도 하시고, 발견하기도 하셨고……. 출동한 지구대 형사에게 들으니 사망자와 연관된 일도 있다고 하시더라고요."

관리소 절도 미수 사건에 대한 얘기다.

"네."

"불편하시겠지만 조만간 참고인 조사에 응해 주셔야 할 것 같습니다."

"협조하겠습니다."

태형이 밝은 얼굴로 웃었다.

"역시 한때 형사였던 분인지라 이해를 잘 해 주시네요."

정차웅은 그저 쓴 웃음을 짓는 것으로 답변을 대신했다. 담담하지만 기분 좋은 웃음은 아니었다. 어느 날 갑자기, 정차웅이 느닷없이 그만두었다는 얘기는 태형도 여러 경로로 들어 알고 있었다. 그 갑작스러운 사직은 정차웅에게 좋은 일이 아니었던 것 같다는 생각이, 배려없이 말한 뒤에야 뒤늦게 들었다. 좋지 않은 기억을 떠올리게 한 건가, 미안한 마음이 들어 얼른 화제를 바꾸었다.

"참고인 조사 때 다시 여쭙기야 하겠습니다만, 지구대 경찰관 말대로 여기 현관문은 확실히 잠겨 있던 것이 맞지요?"

"네. 맞습니다. 현관문도 그렇고, 방문도 잠겨 있었습니다. 현관문은 119 센터에서 개방해 줬고, 방문은 열쇠꾸러미가 신발장에 보관되어 있어서 그것으로 열었습니다."

고개를 끄덕이며 태형이 주머니에서 수첩을 꺼냈다. 차웅이 한 말을 적어 두는 모양이었다.

"복도로 나 있는 방 창문은 걸려 있지 않더군요."

"발견 때도 그랬습니다."

"하지만 방범창이 있어서 누가 침입한 경로는 아니었을 것 같네요. 방문이며 현관문은 잠겨 있었으니, 살인이라면 밀실 살인······. 하지만 자살이라는 게 훨씬 이치에 맞는 현장이네요."

후 하고 정차웅이 웃었다.

"형사님."

"네?"

"브리핑은 형사팀에 돌아가셔서 하시면 될 것 같습니다."

태형의 얼굴이 불이라도 붙은 것처럼 붉게 달아올랐다.

"아······. 저, 죄송합니다. 바쁘신데 얼른 들어가 보셔야죠."

"네."

정차웅은 목례를 하며 돌아섰다. 자기도 모르게 풋 하고 웃었다. 어딘지 모르게 강주영의 초보 형사 시절을 떠올리게 만드는 사람이었다. 곤란하게 만든 것은 미안하지만 붉어진 얼굴이 귀여웠다. 장난을 부르는 얼굴이다. 놀리는 맛이 있다.

* * *

"과장님. 지난번에 시청에 지원금 신청한 거 결과 나왔냐고 임차인 대표 회장님이 전화하셨었어요."

최춘미가 파티션 너머로 목을 길게 빼고 정차웅을 향해 말했다. 하지만 그녀의 말이 들리지 않는지 정차웅은 미동도 하지 않았다. 한쪽 손으로 이마를 짚고 꼼짝하지도 않고 앉아 있다. 뭔가 깊은 생각에 빠졌을 때 자주 보이는 행동이었다. 최춘미가 이번에는 목소리를 더 높였다.

"과장님? 임차인 대표 회장님께 전화 한번 드리셔야 할 것 같은데요."

이번에도 역시 아무런 응답이 없다. 최춘미는 인상을 확 찡그러고는 입술을 씰룩였다. 자리에서 벌떡 일어섰다. 눈 뜨고 잠이라도 자는 건가. 그렇다면 확 두들겨서 깨워 줄 테다. 험상궂은 얼굴로 일어서는 순간 사무실의 문이 열렸다. 반사적으로 최춘미의 표정이 풀어지고 입술에 미소가 떠올랐다.

하지만 열린 문에서 나타난 것은 관리소장 김석남이었다. 이 미소는 입주민 전용이라는 듯 최춘미의 얼굴에서 미소가 사라졌다.

"101동 1302호에서 또 사고 터졌다며. 왜 또 이런 일이. 그러고 나서는 경찰서에서 연락 온 거 더 없어?"

대답 대신 최춘미가 턱짓을 했다. 그 턱짓의 끝에 생각에 깊이 빠져 있는 정차웅이 있었다. 김석남은 정차웅에게서 눈을 떼지 않은 채 최춘미에게 목소리를 낮춰 물었다.

"무슨 일 있어?"

"모르겠어요. 아까 101동 1302호에 다녀오고 나서 계속 저러세요. 발견자가 과장님이라서 경찰들이 왔다 갈 때까지 거기 있으셨다는데, 무슨 일이라도 있었던 건지."

"발견했다고 경찰이 물고문이라도 한 게 아니면 왜 저래? 누가 보면 1302호 남자랑 절친인 줄 알겠네. 설마 본사에 보고서 써야 해서 그러나?"

오늘이 퇴거일인데도 불구하고 퇴거 확인서를 발송하지 못할 지경에 놓였다. 폴리스라인이 거둬지고 경찰의 지시가 있어야 내부를 정리할 수도 있다. 가족을 찾아야 남자의 짐을 치우라고 할 것이다. 그 뒤에 남자가 남긴 보증금을 어떻게 할지 관련법에 맞게 처리해야 한다. 무엇보다 고통스러운 사실은 그 모든 것들을 보고서로 작성해야 한다는 사실이었다.

"소장님."

"으, 응?"

"다 들리거든요?"

"그래?"

"네."

정차웅이 이마에서 손을 떼고 자리에서 일어섰다.

"경찰이 물고문 하지 않았고요. 1302호 남자랑 절친도 아니고요. 보고서는 이미 썼습니다."

"근데 왜 그래?"

"잠깐 머리가 아파서요."

"하긴. 놀라기도 했겠다."

"네. 조금. 그래서 말인데요. 기사님들 당직실에 가서 좀 쉬고 와도 될까요?"

"조퇴가 낫지 않겠어?"

진심으로 걱정하는 얼굴이다. 정차웅은 힘없이 고개를 저었다.

"잠깐만 쉬면 돼요. 점심시간 지나고 오후에 올라오겠습니다."

* * *

당직실은 관리동 지하에 있다. 눅눅한 공기가 공간에 찌들어 있었다. 창고로나 쓸 수 있는 관리동 지하의 공간에 나무로 평상을 짜넣고 전기패널을 깔아 알량한 보온을 하고 있는 시설이 전부였다. 이런 열악한 시설이지만 그나마도, 쉬는 공간이 없으면 24시간 교대근무자는 버티기가 힘들다. 정차웅은 상근직 근로자라 이 당직실을 쓰지는 않지만, 24시간 맞교대를 하는 기사들에게 이런 공간밖에 없는 것에 대해 늘 미안한 마음이었다. 올려 놓을 선반도 없어 바닥에 내려 놓은 TV는 이사 가는 세대에서 버린 것을 주워 온, 오래된 것이었다.

당직실로 들어간 정차웅은 평상에 걸터앉았다. 사무실에 앉아 있자면, 김석남도 그렇고 최춘미도 그렇고 계속 말을 걸어오는데다, 자꾸만 처리해야 할 일들이 밀려와서 깊이 생각을 할 수 없다. 시신을 봐서 충격을 받았다는 빌미로, 이렇게 시간을 만들어 생각을 좀 할 요량이었다.

이 죽음을 풀 수 있는 것은 나밖에 없다. 그렇게 생각한 것은 치기 어린 잘난 척 따위가 아니었다. 다른 사람의 사망 사건이었다면 아마 정차웅이 끼어들지 않았을 것이었다. 이제 형사도 아닌 그가 사건을 조사하고 다니는 것은 '형사 놀이'로밖에 되지 않는다. 그런 시선이 싫어서라도 사건에서 멀리 발을 빼고 있어야 옳았다. 1302호 남자의 사건만 아니었다면.

길고 긴 생각 끝에 정차웅은 약간의 실마리를 손에 쥐는 기분이었다. 하지만 자신이 찾아낸 그 실마리가 잘못된 것이길 바라는 마음이 없지 않았다. 확인해야 했다.

그는 주머니에 손을 넣어 휴대폰을 꺼냈다. 단축번호를 길게 눌렀다. 통화 연결음이 들리면서 화면에 '강주영'이라는 이름이 찍혔다.

신호는 계속해서 이어졌다. 하지만 역시나 전화를 받지 않는다. 무슨 일이 있는 건가. 통화를 종료하고 휴대폰을 내려놓는 손이 무거웠다. 강주영과 통화를 하면 뭔가 정리될 것만 같은, 마음이 가벼워질 것만 같은 막연한 생각이 들었던 것이 사실이다. 정차웅은 다시 휴대폰을 들고 문자를 찍었다.

– 김태형 형사님께 얘기 들었지? 우리 아파트에 또 사건이 있었던 거. 그 일과 관련해서 이야기 하고 싶은 게 있어. 연락 줘.

* * *

언제부터인지 까무룩 잠에 빠진 것 같다. 머리가 무겁다는 생각에 잠깐 누웠는데 잠이 들어버렸다.

꿈을 꾸었다.

1302호 남자가 있었다. 아무것도 하지 않고 가만히 서서 이쪽을 보고 있었다. 너무나 억울한 얼굴로, 온 힘을 다해 누군가를 원망하는 마음을 쏟아내고 있었다. 뭔가를 말하고 싶은 듯 입을 억지로 벌렸다. 쩌걱 하는 묘한 소리와 함께 입이 양쪽으로 찢어졌다. 그의 입 안에 가득 찬 어둠이 그를 삼킬 것처럼 달려들었다.

"헉."

놀라서 일으킨 몸은 땀으로 흠뻑 젖어 있었다. 힘껏 달린 것처럼 호흡이 거칠었다. 충혈된 눈으로 주변을 둘러보았다. 곰팡이 냄새가 나고, 습하고, 햇빛 한 점 들지 않는 당직실이라는 것을 깨달은 뒤에 야 안도의 한숨이 나왔다. 휴대폰을 들어 시간을 확인했다. 어느덧 점심시간이 다가와 있었다. 부재중 전화 수신 내역을 확인했다.

그 사이 강주영에게서는 전화가 오지 않았다.

정차웅은 다시 강주영에게 전화를 걸었다. 한참의 신호가 이어진 끝에, 전화를 받지 않으니 음성 녹음을 하려면 1번을 누르라는 안내 멘트가 나왔다. 1번을 눌렀다. 녹음 시작을 알리는 기계음이 들리 고 나서도 정차웅은 쉽사리 입을 열지 못했다. 하지만 결심한 듯 크 게 한숨을 내쉬고 강주영에게 전달될 음성 메시지를 녹음하기 시작 했다.

* * *

무언가에 쫓기듯 주영은 경찰서를 나와 무작정 차를 운전했다. 그 녀의 표정이 복잡해질수록, 이 해결 못할 진실의 무게에 가슴이 답 답해질수록 그녀는 액셀러레이터를 더욱 힘주어 밟았다. 현직 형사 로써 과속이나, 과속을 하다 사고를 냈을 때 생기는 많은 문제들은 더 이상 그녀를 제지하지 못했다.

연화 씨가 죽었다······.

　무슨 일인지 모르겠는데, 아니, 분명히 정차웅 이놈이 뭔가를 잘못했겠죠? 그래서 당장 연화 씨한테 쫓아가야 하는 상황인가 본데. 그래도 우리 공과 사는 구별하게 해 줍시다. 지금 은행에서 인질극이 벌어졌거든. 사람 죽고 사는 문제 아니면 우리 지금은 좀 넘어갑시다. 오케이?

　죽고 사는 문제······.
　그리고 그녀는 죽었다.
　주영의 눈에서 눈물이 떨어졌다. 슬픔인지 고통인지 알 수 없었다. 주체하지 못하고 계속해서 흘러내리는 눈물마저 너무나 사치스럽게 느껴졌다. 그 순간 연화가 품고 있었던 것은 죽고 사는 문제였다. 두 사람 사이에 어떤 일이 있었는지, 그래서 연화가 어떤 감정을 느껴 그런 엄청난 선택을 했는지는 알지 못한다. 알지도 못하면서 그런 말을 했다. 자신의 주제넘음이 그녀의 눈앞에 어떤 절벽을 펼쳐 놓았던 걸까. 그 절벽은 얼마나 까마득했던 걸까.
　눈앞이 흐려졌다. 숨을 삼켰다. 그 바람에 핸들을 잡은 손이 흔들렸다. 액셀러레이터를 밟은 채였다. 엄청난 속도가 붙은 상태에서 차가 작은 갈지자로 흔들렸다.
　빠앙!
　차선을 넘은 강주영의 차 때문에 왼쪽 옆에서 달리던 검은색 준중형 차량이 거친 경적을 울렸다. 반사적으로 주영은 핸들을 오른쪽으로 틀었다. 엄청난 속도인지라 그녀가 예상했던 것보다 차가 훨씬 크게 돌았다. 주영은 황급히 핸들을 반대편으로 돌렸다.

하지만 늦었다. 가드레일에 차량의 옆면이 부딪히며 거친 파열음
이 났다. 그녀는 힘을 다해 브레이크를 밟았다. 차의 제동거리는 길
었다. 그래도 더 큰 사고로 이어지지는 않았다. 차라리 차체의 옆면
이 가드레일을 박은 것이 다행이었다. 가드레일을 박지 않겠다고
다시 왼쪽으로 핸들을 틀었다가는 더 큰 사고로 이어질 수 있었다.
차가 멈춘 것을 확인하고 브레이크를 거는 것과 동시에 안도의 한
숨을 내쉬었다. 핸들에 이마를 묻었다.

"으으으으……."

목 언저리에서 짐승 같은 소리가 흘러나왔다. 더 이상 참을 수 없
어 흘리는 신음이었다. 주영은 자신 때문에 연화가 죽었다는 생각
을 떨쳐 버릴 수가 없었다. 전화를 그렇게 끊지 않았다면, 달려가려
는 정차웅을 굳이 끌어당겨 사건 현장에 구겨 넣지만 않았다면, 그
래서 그 두 사람이 만났다면 연화는 자살하지 않았을지도 모른다.

그래서 정차웅이 그만두었던 건지도 모른다. 자신이 사랑했던 여
자를 지키지 못해서. 너무 힘들어서 모든 것을 포기해 버린 건지도.
그러면서도 상황을 이렇게 만들었던 강주영을 용서하지 못해 말없
이 떠난 건지도 모른다. 아니, 아마 그럴 것이다.

자신이 생각해도 스스로가 너무나 죽이고 싶을 만큼 싫어지니까.

그런데 정차웅의 입장에서 세상에서 가장 만나고 싶지 않았을 사
람이 어느 날 눈앞에 나타나 아무렇지도 않은 얼굴로 장난치고, 웃
고, 협박하고, 떠난 이유를 물었다. 얼마나 싫었을까. 그의 입장에서
생각하자 주영은 눈앞이 아찔해지는 기분이었다. 가슴이 미어터질

것 같았다. 통증은 가슴만이 아니라 온몸에서 쏟아지고 있는 것 같았다. 몸이 추웠다.

정차웅…….

주영은 더듬더듬 휴대폰을 꺼내들었다. 지금 당장 정차웅과 통화를 해야 할 것 같았다. 통화가 되면 어떤 말을 해야 좋을지는 머릿속에 떠오르지 않았다. 하지만 당장 통화해서 이 죄스러움과 미안함을 털어놓지도 않으면 죽을 것 같았다.

하지만 휴대폰을 연 순간 주영은 차웅의 전화번호를 누르지 않았다. 정차웅으로부터 이미 다섯 건의 부재중전화가 와 있었다. 그리고 음성 메시지 한 건. 무슨 일일까. 설마 자신이 연화의 일에 관해 알게 된 것을, 정차웅이 안 것일까.

용기를 내어 음성 메시지를 들은 뒤에야 그것이 아니라는 것을 알게 되었다. 주영은 한숨을 내쉬었다. 안도의 한숨이었다.

– 나야.

목소리가 어딘지 무겁게 들렸다.

– 우리 아파트에서 또 사건이 일어났어. 넌 오늘 휴가라며. 너랑 전에 왔던 형사가 왔더라. 그 친구에게 휴가를 냈다고 들었고…….

잠깐 말을 고르는 듯 침묵이 있었다.

– 어떤 사건인지 얘기 들었는지 모르겠지만, 어쩌면 이미 알고 있을지도 모르지만.

아직 아무런 이야기도 듣지 못했지만, 거기까지만 듣고도 강주영은 당장 후배 태형에게 전화를 걸어 어떤 일인지 자세히 듣고 싶은 마음이 강하게 들었다.

- 전에 우리 관리사무소 절도 미수 사건 일으켰던 그 남자 기억하지? 101동 1302호. 그 남자가 오늘 사체로 발견됐어. 현관 출입문은 잠겨 있었고, 방문도 잠겨 있었어. 방에서 죽어 있었는데 복도 쪽으로 난 방의 창문은 시건장치가 걸려 있지 않은 채로 닫혀 있긴 했지만 방범창이 설치되어 있었기 때문에 그쪽으로 사람이 들락거릴 수는 없어.

흠 하고 주영은 고개를 끄덕였다. 한 남자와 계속 악연이 얽히는 건 얼핏 특별한 사건인 것 같아 보일 수도 있으나, 절도를 벌이는 등의 범죄를 일으키는 남자가 어느 날 느닷없이 자신의 삶이 싫어져 자살하는 사건은 그리 특별한 일이 아니다. 자살이 아니라 병사인 경우도 마찬가지다. 그런 남자가 자신의 몸을 제대로 단련할 리없다.

- 그런데 말이야.

목소리에 힘이 서린다. 왠지 주영은 몸에 힘이 바짝 주어졌다.

- 사실 나는 그 절도 미수 사건 직후 이 남자와 대면한 적이 있어. 물론 내가 직접 찾아갔지. 너나 경찰서에는 말하지 않았지만 나는 그 사건 때 그자가 관리소에 침입한 것이 단순히 절도 사건이 아니라고 유추했어. 그 남자는 관리사무소 근무 경력이 있었고, 그렇다면 관리사무소의 금고에는 돈이 들어 있지 않다는 걸 알았을 거라는 생각이었거든. 그래서 난 그 남자가 누군가를 만나기 위해 관리소에 왔다고 생각했어. 그리고 그 만남은 결국 아름답게 이루어지지 않을 거라는 걸, 범죄로 이어질 거라는 걸 짐작했어.

주영은 머릿속이 복잡했다. 대체 정차웅의 말이 종당에는 어느 방향으로 튀어나갈지 가늠조차 되지 않았다.

- 그래서 남자를 찾아갔던 거야. 내가 그 일을 알고 있으니 포기하는 게 좋을 거라고. 그리고 이내 아무런 일이 벌어지지 않았고……. 나는 사건을 잊었어. 그리고 남자가 죽었어. 그런데 난 이 사건이 ……살인이라고 생각해.

정신이 번쩍 드는 기분이었다. 주영은 눈을 깜박거렸다. 도대체 누구에게 살해당했다는 건가. 그렇게 생각이 드는 근거는? 그리고 남자가 만나려고 했던 것이 누구라는 것인가.

- 내 생각이 맞는다면…….

주영은 자기도 모르게 침을 꿀꺽 삼켰다.

- 난 그 죽음을 그냥 묻어두어선 안된다고 생각해. 분명 경찰에서는 특별한 정황이 나오지 않는 이상 결국에는 자살로 마무리지을 거라는 걸 너도 알고, 물론 나도 잘 알아. 하지만 그건 안 돼지. 그 사람은 좋은 사람은 아니지만 그렇게 죽을 사람도 아니라는 걸 내가 알고 있거든. 메시지 듣는 대로 연락 줘.

마치 그것이 주문이라도 되는 것처럼 주영은 핸드폰을 손에 쥔 채로 벌떡 일어섰다. 조금 전까지 슬픔과 충격에 젖어 힘없이 주저앉아 있던 강주영의 모습은 온데간데없었다. 자살로 추정되는 사건에 타살의 의혹이 있다면 당장 그 의혹을 파고들어야 한다. 설령 그 의혹이 틀린 것이었다 하더라도 모든 의혹이 종식된 사건만이 비로소 종결시킬 자격이 있다.

의혹도 다 씻어내지 못한 채 묻혀도 되는 죽음은 없다.

형사니까.

지금은 형사다. 과오에 슬퍼하는 것은 형사가 아닌 강주영이라는 개인의 시간에서만이 가능하다.

주영은 곧장 휴대폰에 태형의 전화번호를 찾아 통화 버튼을 눌렀다. 그러고는 전화를 받기 무섭게 목소리를 높였다.

"봉명아파트에 사건 벌어졌다며? 지금 수사 어디까지 진행됐지? 뭐가 좀 나왔어? 아니다. 내가 지금 바로 경찰서로 들어갈 테니까 얘기 좀 자세히 듣자."

- 선배 휴가 아니에요? 며칠 휴가 냈다고…….

"너 관할 지역에 사망 사건 터졌는데, 내가 없는 게 좋니?"

- 그럴 리가 있나요. 완전 고맙죠. 그렇잖아도 봉명아파트 임차인 대표 회장인가 뭔가에, 기자들까지 전화 걸어 대서 정신이 하나도 없었거든요.

"그러니까. 널 위해서 내가 휴가 반납을 해 준다고. 선물이야. 고맙지?"

- 고맙긴 한데, 뭔가 저를 위해 반납한다는 건 와 닿지가 않네요.

"고마우면 그냥 고마운 거지 웬 말이 많아. 고마운 김에 보고 좀 제대로 받자, 자세히. 오케이?"

- 무슨 일인지는 모르겠지만, 알겠어요, 자세히 준비해 놓을게요.

* * *

그날 밤 10시. 강주영은 봉명아파트 단지 안으로 들어가고 있었다. 101동의 엘리베이터를 탄 주영은 13층 버튼을 눌렀다. 엘리베이터에서 내리자 1302호 앞 복도에 선 남자가 눈에 들어왔다. 그는 복도 창밖을 내려다보고 있었다. 문득 연화에 대한 생각이 머리를 스쳤다. 정차웅의 얼굴을 어떻게 봐야 할지 혼란스러웠다. 가슴 언저리에 찬바람이 불었다.

강주영은 고개를 흔들었다. 지금은 형사의 시간이다.

"연예인이야? 이 밤중에 뭔 모자를 쓰고 있어. 복도에서 여자 혼자 너 마주치면 무섭겠다, 야."

주영의 말에 정차웅이 이쪽을 돌아보았다. 푸른색 셔츠에 몸에 붙는 블랙 진을 입은 그는 검은색 모자를 깊게 눌러 쓰고 있었다.

"아무래도, 알아보는 사람이 많으니까."

관리소 직원이 사건이 일어난 집 앞을 서성거리거나 안으로 들어가는 장면을 보이는 것은 이상한 소문을 불러일으키기에 충분할 것이다. 주영은 고개를 끄덕거렸다.

"그렇겠지. 그럼 여기서 길게 얘기하는 것도 좋지 않겠지? 안으로 들어가자."

"열쇠는?"

정차웅의 물음에 강주영은 손을 들어보였다. 그녀의 검지 끝자락에 열쇠 하나가 걸려 은색 빛을 발하고 있었다. 1302호의 열쇠뭉치는 현장 보존 차원에서 은파경찰서 형사팀에서 전부 수거해 갔다. 경찰서에서 챙겨온 열쇠였다.

"몰래 들어가는 거니까 당당히 불을 켤 수는 없고, 랜턴 같은 거 안 갖고 왔어?"

주영의 말에 이번에는 정차웅이 손을 들어 보인다. 그의 손에 휴대폰이 들려 있다. 손전등 앱을 실행시키니 랜턴 못지않은 빛이 쏟아졌다. 아, 그게 있었지 하며 강주영도 휴대폰으로 손전등 앱을 실행시켰다.

"오케이. 들어가자."

어둠속에 갇힌 1302호의 내부에는 아직도 끔찍한 시신만큼이나 끔찍한 냄새가 부유하고 있었다. 창문을 열어 환기를 시켜도, 방향제 따위를 뿌려도 쉽사리 사라지지 않을 냄새였다. 정차웅은 눈을 감았다. 감은 눈 위로 지난번 이 집 안에서 남자와 독대했던 기억이 떠올랐다. 당신이 누굴 만나러 왔는지 안다고 말했을 때 남자는 곤혹스러운 표정이었다.

그런 표정을 했을 때, 당신은 무슨 생각을 한 겁니까.

정차웅은 눈을 떠올렸다. 복잡했던 마음이 가라앉았다. 마음의 번뇌를 내려놓고 지금 이 순간 누구보다 객관적으로 상황을 파악해야 한다. 그는 차분히 현장을 살폈다. 당황한 상태에서 둘러본 낮과는 다른 것들이 보일 것이었다.

"서른두 살. 경북에 있는 신포 고등학교를 졸업했고 대학은 안 갔어. 관리사무소 근무 경력이 있다는 건 알 테고. 관리사무소를 그만두고 공사 현장 기술직으로 일했는데 정직원은 아니었고. 특이 사항이 있다면 신포 고아원 출신."

주변을 훑던 정차웅의 랜턴 빛이 멈췄다.

"고아원?"

"응. 미아인 채로 경북 역에서 발견됐고, 다섯 살로 추정됐어. 그 나이 때 아이는 부모님 이름 정도는 아는 애들이 많은데 아무것도 몰랐다고 해. 부모도 찾을 수 없었고, 그래서 임시보호소를 거쳐 신포 고아원행. 거기서 고등학교 때까지 기거하다가 고등학교 졸업 이후 서울로 올라온 거야."

"그렇군."

준공 18년 된 임대 아파트의 보증금을 마련하기까지, 길을 잃었을 때 가지고 있지 않았던 기억만큼이나 아무것도 없던 남자는 얼마나 노력을 해야 했을까.

"부패가 심해서 독극물이나 수면제 같은 것을 먹었는지는 나오지 않았대. 목울대나 뼈에 이상이 없는 걸로 봐서는 목맴이나 뚜렷한 폭행의 흔적은 없고. 외부의 출입 흔적도 없고, 몸싸움한 흔적도 없고. 발견 당시에 잠을 자는 것처럼 아주 얌전한 상태로 죽어 있었다며. 그렇다면 정말 병사나 자살 같은 거 아닐까하고 처음엔 그렇게 수사 방향이 맞춰졌었어."

"자살이라면 자살의 원인이 있겠지. 이사 나갈 집까지 다 구해 놓은 사람이 갑자기 자살을 할까? 자살을 할 동기 같은 게 있어?"

"아니. 조사된 바 없어. 주변사람들이라고 해 봐야 특별히 만나는 친구도 없는 것 같고, 같이 일하는 동료들뿐인데 한 달 전부터 나오지 않은 것 말고는 이상할 것은 없었대. 매일 일하고 밥 먹고 퇴근하고 평범한 일상을 사는 너무나 평범한 사람 그 자체. 하지만 자살을 하려는 사람이 모두 주변에 고민을 털어놓는 건 아니니까."

"그렇겠지."

그렇다고 말하고는 있지만 정차웅의 말투는 왠지 건성이었다. 자살이라고 생각지는 않는 것이다. 몰입하는 정차웅을 보며 못 말린다는 듯 주영은 한숨을 내쉬면서도 입가에 미소를 띠었다.

"사망추정일은 정확히 3주전인 3월 2일이야. 3월 1일에서 2일 넘어가는 새벽 3시에 휴대폰으로 '내일 날씨'라고 검색한 내역이 있어. 그 이후로는 휴대폰 사용 내역도 없고 전화나 문자도 없어. 마지막 통화는 3월 1일 저녁 7시경에 건 중국집 주문 전화. 그걸 포함해 3월2일 전에 누굴 만나기로 하는 약속 같은 것도 딱히 보이지 않아. 상당히 주변과 교류가 없는 사람이야."

"자살하려는 사람이 내일 날씨를 검색하지는 않겠지. 그럼 형사팀에서도 자살 쪽으로는 염두에 두고 있지 않은 거지?"

"듣기 좋은 말로는 '여러 가지 가능성을 열어 두고' 수사한다고 하지만, 실질적으로 자살의 가능성은 젖혀 놨지."

처음엔 경찰 내부에서 자살로 수사 초점이 거의 맞춰졌었다고 했다. 하지만 정차웅의 생각대로 전화기의 검색 내역으로 보아 자살의 가능성이 희박해 졌다는 것을 태형으로부터 보고 받았다.

경찰에서도 자살보다는 타살 쪽으로 수사 방향을 틀어 조사할 것이기 때문에 굳이 정차웅이 나서지 않아도 되었지만, 주영은 그냥 내버려 두었다. 오랜만에 정차웅이 사건에 집중하는 모습을 보고 싶기도 했거니와, 한번 관심을 가진 사건은 쉽게 내려놓지 않는다는 것을 알고 있기 때문이었다. 예전의 그 비상한 감각으로 사건 해결에 단초가 될 무언가를 정차웅이 찾아낸다면 그것 또한 나쁘지 않은 일이었다.

"병사의 가능성도 극도로 낮아. 건강 보험 공단에 병원 진료 기록 내역도 근래 5년간은 거의 없다더군."

"누군가와 만나기로 한 약속은 없었다. 만약 살해당했다면 약속도 없이 찾아온 불청객인데, 몸싸움의 흔적은 보이지 않는다?"

"안면이 있는 사람이었다면 말이 되지. 약속은 없었지만 문을 열어 줄 사이 정도는 되고. 부지불식간에 당했다면 얘기가 되지 않겠어?"

그런 경우에 몸싸움의 흔적이 보이지 않는 경우는 꽤 많다.

정차웅이 고개를 끄덕였다. 그런 그를 보며 강주영이 심각한 얼굴로 말했다.

"근데 더 복잡한 게 있어."

"뭔데?"

"이 집 현관 손잡이, 방 손잡이를 포함해서 외부에서 들어와 손이 닿을 만한 곳은 다 지문 감식을 했어. 그런데……."

"다 닦아 냈어?"

"그렇다기보다는……. 피해자의 지문밖에 안 나와."

"뭐?"

정차웅은 조금 당황했다.

"피해자의 지문밖에 안 나와. 닦아낸 거라면 피해자의 지문도 안 나와야 하는데. 숱하게 나오는 지문들이 전부 피해자 것뿐이야."

"자살은 아니다. 하지만 피해자를 제외한 누구도 이 집 안에 들어오지 않았다……."

정차웅은 상황을 곱씹으며 생각에 빠졌다. 주영의 말대로 일은 더 복잡해졌다. 열쇠는 집 안에 있고 누군가 들어오지는 않았다. 하지만 자살도 아니다. 열린 곳이라고는 방의 창문. 그나마도 복도로 면

한 쪽으로 방범창이 설치되어 있어 사람이 드나들 수 없다.

"이 방에서 미세증거라든가, 뭐 나온 거 없어?"

"국과수로 넘어간 게 몇 가지 되기는 하지만 별로 기대하는 눈치는 아니야. 이거다 싶었던 게 없었다는 거지. 대체 어떻게 된 걸까? 병사나 자살이 아니면 살인이라는 건데. 어떤 방법으로 살인을 저지른 걸까? 아무리 부지불식간에 당한 일이라고 해도, 사망인은 키 178센티미터에 몸무게 77킬로의 적당한 체격의 남자야. 쉽게 당하지는 않았을 텐데. 그것도 이 집 안에 들어오지 않고."

"번개탄이나……."

"이산화탄소? 그건 아닐 거야. 이산화탄소 중독은 일반적으로 구토를 해. 적어도 많은 타액을 흘린단 말이야. 그런 건 나오지 않았다고 했어."

"그렇군."

몸싸움을 하지 않고 죽인다. 칼로 찌르거나 목을 조른 것도 아니다. 이산화탄소도 가능성은 낮다. 생각하면 할수록 복잡해졌다. 모든 조건을 충족시키는 살인 방법은 대체 무엇이란 말인가.

"좀 더 찾아보자."

시신의 상황에 걸맞은 살인 방법을 생각해 낸다고 해도 어차피 그것은 상상에 기반을 둔 추리에 불과할 뿐이었다. 제대로 된 증거가 나오지 않는다면, 그 어떤 신빙성 있는 상상도 기소까지 이어질 수는 없다.

"이미 국과수가 훑고 간 현장에 뭐가 더 나오겠어. 차라리 내가 경찰서에 가서 현장 사진이랑 수거품 목록을 보내줄게. 국과수 감식 보고서도 나오는 대로 보내주고."

"그래. 고맙다."

그렇게 말하면서도 정차웅은 아주 천천히 움직이며 주변을 살폈다. 이미 조사를 한바탕 벌인 현장임에도, 누군가 실수로 놓쳤을지 모르는 '만약'을 생각하는 것이었다. 강주영은 그런 정차웅을 보며 못 말린다는 듯 피식 웃었다.

"이 책……."

정차웅이 바닥에 있던 책을 집어들었다.

"아, 그거? 그건 피해자 물건이 맞아. 카드 결제 내역에 있더라. 사망 바로 얼마 전에 구매한 듯해."

"아니, 그 부분 말고."

휴대폰 불빛을 책에 들이댔다. 표지 오른쪽 하단 끝 모서리 부분과 같은 위치의 내부 종이가 누렇게 변색된 것이 보였다.

"젖었었나?"

정차웅이 바닥에 깔려 있는 이불을 들추고 휴대폰을 꼼꼼히 살폈다. 한참 만에 그가 입을 열었다.

"곰팡이야."

"곰팡이? 한동안 문이 닫혀 있었긴 했지, 환기가 안 되어서 습했나?"

"아니, 요즘 같은 봄 날씨에 이불에 곰팡이가 필 정도로 습하진 않아. 젖었던 거야. 이 책에 묻은 게 뭔지 국과수에 넘겨 봐. 이불도 샘플 채취하고."

바닥을 다 살펴본 정차웅은 이번엔 창문틀을 살폈다. 닫혀 있던 창문을 아주 조심스럽게 천천히 열었다. 낡은 아파트라 창문에서 날카로운 쇳소리가 들릴지도 몰랐다. 사망 사건이 발생한 빈 집에서 그런 소리가 들려오는 것은 이웃집 사람들에게는 아주 공포스러운 일이 아닐 수 없다.

다행히 창문은 부드럽게 열렸다. 그런데 창이 다 열릴 때 쯤, 뭔가가 정차웅의 시선을 잡았다. 정차웅은 창틀을 유심히 살펴보았다. 창틀 구석에 손톱 크기 정도의 검은색 무언가가 걸려 있는 것이 보였다. 손톱으로 조심 조심 그것을 잡아들었다.

"그게 뭐야?"

강주영이 물었다.

"그러게."

차웅은 휴대폰의 빛을 그것에 가까이 대었다. 길이는 손톱 반절 정도의 검은색 물체였다. 어떤 것이라고 말하기도 뭔한, '어떤 것'의 조각쯤으로 보이는 것이었다. 사망 사건의 현장이 아니었다면 그저 어디에나 낄 수 있는 이물질 정도로 취급할 만한 것이었다. 하지만 사망 사건 현장에서 발견된 것은 작은 먼지 한 톨도 증거가 될 수 있다. 일례로 살인 사건에서 발견된 실 조각 하나가 미세증거로써 살인자를 지목하는데 주요하게 쓰인 적도 있다.

차웅은 말없이 그 조각을 주영에게 넘겼다. 주영이 조심스레 받아 주머니에서 미리 준비한 작은 비닐봉투를 열어 그것을 받았다. 소중한 것이라도 되는 것처럼 주영은 자신의 재킷 주머니에 봉투를 넣었다.

"이 물에 대해서도 성분 분석 맡길 수 있지?"

차웅은 주머니에서 손가락 크기의 길쭉한 유리병을 하나 꺼내 내밀었다. 미리 준비해 온 것이었다.

"책과 이불에서 이것과 동일한 성분이 나오는지 분석해 줘."

"이게 뭔데? 어디서 퍼 온 건지 얘기도 안 해 줘?"

"내가 정확하지 않은 얘기 안하는 거 알잖아. 이해 좀 부탁드려요, 형사님? 할 수 있지?"

"이해?"

"아니, 분석."

"현장 조사할 때 들어가지도 않은 내가 해 달라고 내밀기는 좀 뭣하지."

"그런가. 그러면 어떻게 하지?"

고민에 빠져 침울한 얼굴을 하는 정차웅의 손에 들린 것을 주영이 의기양양하게 낚아챘다. 지금까지는 농담이었다는 듯 회심의 미소가 그녀의 얼굴에 만연했다.

"하지만 태형이 이름을 앞세워서 추가 조사한 걸로 하면 되지. 내가 하는데 안 되는 일이 어디 있겠니?"

"멋지심."

정차웅이 엄지를 척 하니 내밀었다. 강주영이 어깨를 으쓱했다.

"그럼 대충 돌아본 것 같은데 이제 그만 나갈까?"

"아니, 잠깐만."

정차웅이 손을 들어 잠깐 기다리라는 듯 그녀를 저지했다. 휴대폰의 불빛으로 창틀을 조금 더 자세히 비추었다. 그가 무슨 생각을 하는지 읽으려는 듯 주영도 고개를 들이밀고 열심히 들여다보았다.

하지만 그녀의 눈에는 아무것도 보이지 않았다.

"뭐가 있어?"

"아니. 아무것도 없어."

"허무 개그야?"

"아니, 있을 줄 알았지."

"너무 진지해서 무슨 생각이라도 있는 줄 알았네."

주영의 투덜거림에 정차웅은 피식 웃었다.

어이없어 하는 강주영의 어깨를 탁탁 치고는 정차웅이 먼저 현관 문 쪽으로 향했다.

"알 수가 없단 말이야."

그렇게 중얼거리며 고개를 가로저은 강주영이 그 뒤를 따랐다.

두 사람은 조심스레 현관을 벗어났다.

* * *

"이제 슬슬 얘기 해 줘도 되지 않아?"

어둠이 깔린 도심의 도로에 비추는 빛의 상당수는 편의점의 불빛이었다. 법적으로 정해져 있는 편의점 간의 거리를 아슬아슬하게 지키며, 소리 없는 영업 전쟁을 벌이고 있는 곳. 그 전쟁의 일환으로 인도에 불법으로 내놓은 파라솔에 앉아 주영은 한숨을 돌리고 있었다. 편의점에서 시원한 얼음 커피 두 잔을 사가지고 나온 정차웅이 하나를 내밀었다. 커피를 받으며 던진 주영의 물음에 정차웅의 얼굴 위로 복잡한 심경이 읽혔다.

"뭘?"

"뭔지 알면서 묻는 건지, 갑자기 머리가 나빠져서 진짜로 못 알아듣는 건지."

퉁명스러운 목소리로 마치 정차웅을 꿰뚫어 보겠다는 듯 강주영이 눈을 날카롭게 떴다. 정차웅은 대답 없이 파라솔의 남은 의자에 엉덩이를 걸쳤다.

"누구야?"

정차웅의 입은 열릴 줄 몰랐다. 강주영이 재차 다그쳤다.

"너 의심 가는 사람 있는 거잖아. 전화로 네가 했던 얘기⋯⋯. 1302호 남자가 만나려고 했던 사람. 누군지 짐작하는 거지?"

이번에도 역시 차웅은 대답하지 않았다. 손에 들고 있던 커피를 한 모금 마셨을 뿐이다. 커피 안에 들은 얼음이 잘그락 거리는 소리를 냈다.

"말 안하면 나도 이제 협조 안 해. 네가 아까 나한테 준 증거품들, 감식 결과 나와도 너한테는 말 안 해."

"아무런 증거도 없이 말하면 넌 수사하는데 선입견이 생겨."

"그러니까 지금 날 걱정해서 말하지 않는 거라고?"

"강주영."

"그러니까 지금."

주영이 주머니에서 투명한 봉투를 꺼내 정차웅의 눈앞에 내밀었다. 조금 전 1302호에서 수거한 뭔지 모를 검은색 조각과 그가 분석을 위해 넘겨준 물이었다. 책과 이불 조각은 가방에 고이 모시고 있다.

"이걸 분석하면 네 의심이 그냥 의심으로 끝날지 확신으로 이어질지 알 수 있다는 거지?"

이번에도 역시 대답을 하지 않을 기세인 정차웅의 눈을 강주영은 힘 있게 응시했다. 확답을 바라는 듯 강주영은 눈을 크게 깜박이며 정차웅에게서 시선을 거두지 않았다.

졌다고 선언하듯 정차웅이 고개를 끄덕였다.

강주영이 테이블을 탁 쳤다.

"좋아! 이번 한 번은 그냥 이 정도에서 넘어가 줄게. 뭐 네 의심을 푸는 데에 날 이용하는 것 같은 느낌이 없지 않아 있지만 이번에는 봐줄게. 난 이걸 국과수에 넘겨서 성분 파악을 하고 결과가 나오는 데로 너와 공유할게. 하지만 그게 다야. 수사 과정에서 나오는 사실들은 공유하지 않아. 어차피 내 주도로 진행하는 사건도 아니고. 그 정도면 오케이?"

"감지덕지."

"흥. 커피는 잘 마실게."

주영이 커피를 들어 흔들었다. 얼음이 부딪히는 잘그락 소리가 요란했다. 정차웅은 피식 웃었고, 이내 도로변의 어딘가로 던지는 시선이 무거웠다.

무슨 일이었을까. 분명 정차웅은 이번 사건에 뭔가를 짐작하고 있고, 그래서 그렇게 그의 표정이 어두운 것이리라.

주영은 생각에 잠긴 정차웅의 얼굴을 물끄러미 보았다. 모습을 감춘 정차웅과 몇 년만에 봉명아파트 관리사무소에서 재회했을 때 그의 얼굴 곳곳에 숨어 있는 어둠은 분명 연화로부터 비롯된 것이리라.

연화의 죽음은 남들이었다면 충분히 원망할 수 있는 일었다. 하지만 그는 그러지 않았다. 오로지 자신만을 원망하며 스스로를 가두었던 시간들이었을지도 모른다.

주영은 고개를 저었다. 지금 과거에 너무 깊이 빠지면 안 될 것 같았다. 우선 눈앞에 닥친 일을 해결해야 한다. 주영은 어느새 입안에 빨려 들어온 얼음을 아작 씹었다.

* * *

3일이 지났다. 아직 주영으로부터는 연락이 오지 않았다. 먼저 전화를 걸어보고 싶은 마음을 간신히 참았다. 뭔가 나왔다면 연락하지 않았을 리 없고, 자신이 전화해 물어본다고 해서 결과가 더 빨리 나올 리 없다. 어차피 될 일은 되게 마련이다.

그간에 1302호에는 두 번째로 경찰들의 방문이 이어졌다. 혹시 놓친 것은 없는지 정밀감식에 들어간 것이었다. 주영이 현장에서 가지고 가 분석을 맡긴 것 때문일 것이었다. 그것은 첫 번째 감식 때 놓친 것들이 있다는 얘기였을 테니까. 더 놓친 것이 없는지 온 것이었다.

생각에 잠겨 있다 차웅은 무심결에 고개를 들었다. 이쪽을 보고 있던 관리소장 김석남과 눈이 딱 마주쳤다. 김석남이 눈을 깜박이며 차웅의 얼굴을 응시하고 있었다.

"무슨 하실 말씀 있으세요?"

"할 말은 없는데, 물을 말은 있는 것 같아."

"무슨?"

"무슨 일 있어?"

"네?"

"아까부터 멍하니 있잖아. 평소에는 잘 안 그러던 사람이 한번 멍 때리니까 너무 재밌어서 시간 가는 줄 모르는 거야, 아니면 진짜 무 슨 일 있는 거야?"

"아."

차웅은 그제야 자신이 키보드에 손을 올려놓고, 정작 눈은 책상 너머 허공의 어딘가로 던져놓은 채로 한참이나 생각에 빠져 있었다 는 것을 깨달았다. 단지 내에 있는 도시가스 정압 시설의 부지 사용 료를 배상받는 문제로 도시가스 지역 센터에 보낼 공문을 작성하던 중이었다. 그러나 내용은 절반도 쓰이지 않은 채로 계속 머물러 있 었다. 차웅은 어색한 미소를 지으며 다시 손가락을 움직였다.

"별일 아니에요."

"아닌데. 별일 있는 것 같은데."

김석남이 의혹의 시선을 던졌다. 그것은 꽤 찔리는 의혹이라서 차 웅은 별 말을 하지 못한 채 웃음으로 넘기려 했다. 그때였다. 차웅을 돕기라도 하는 것처럼 그의 휴대폰이 울렸다.

"전화 오네요."

히죽, 웃으며 전화를 들어보였다. 김석남이 입을 비죽이면서도, 그제야 차웅의 얼굴에서 눈을 떼었다. 차웅은 몰래 한숨을 쉬며 휴 대폰을 들었다. 액정 화면에 뜬 발신자의 이름을 확인한 순간 그의 얼굴이 눈에 띄게 긴장되었다. 강주영이었다.

"어. 말해."

- 말투 보니까 엄청 기다렸네. 그래도 나한테 전화 걸어서 보채지 않는 걸 보니 꽤 참았는데? 어쩔래. 내가 이거 들고 그리로 갈까, 네가 이리로 올래?

"내가 갈게."

차웅은 전화를 끊고 다급히 자리에서 일어났다. 마음이 급할 때는, 어차피 같은 시간이 걸리는 거라면 기다리는 것보다 찾아가는 것이 훨씬 마음 편한 일이었다. 간신히 떨어졌던 김석남의 시선이 다시 차웅의 얼굴에 들러붙었다. 뭔가 설명을 원하는 듯한 얼굴이다. 아니, 자신의 궁금증을 어서 해소해 달라는 얼굴이었다.

"소장님, 저 오늘 하루 연차 휴가 좀 내면 안 될까요?"

"엥?"

"개인적인 일이라 자세한 얘기는 좀……. 죄송합니다."

흠 하고 김석남이 턱을 긁었다.

"휴가 자주 쓰지도 않는 정 과장이 그렇게 다급하게 일어나는 거 보면 엄청 중요한 일이라는 건 알겠어, 그 전화."

멋쩍게 웃는 차웅의 끄덕거림은 긍정의 뜻을 충분히 전달했다. 김석남이 말을 이었다.

"그래도 일단 오늘은 출근했고, 일도 좀 했고. 내 직권으로 그냥 다녀와. 우리 사이에 너무 까다롭게 휴가계까지 받을 건 없으니까. 그 정도는 배려해 줘도 되지, 뭐. 내 비밀을 잡고 계신 분이시니까."

김석남이 장난스럽게 웃었다. 정차웅도 얼굴에 미소를 띠었다.

"그래도 궁금하긴 한데. 갑자기 전화 받고 가는 걸 보면 무슨 일이 있는 것 같아서 말이야."

"사실은 저도 아직 잘 모르겠습니다. 연락드릴게요."

"연락하지 말고 설명 좀 해주지? 회사 입장에서 조기 퇴근자에게 그 정도 설명은 물을 수 있다고 생각하는데."

"그건……."

곤혹스러워 하는 차웅의 말허리를 자르며 김석남이 웃었다.

"그럼 나중에 얘기 듣자. 회사 입장에서 듣기 어려우면 그냥 지인의 입장으로라도 말이야. 걱정되니까."

"감사합니다."

차웅이 고개를 숙였다.

"어서 가 봐. 너무 당장 뛰쳐나가고 싶어 하는 얼굴이잖아."

김석남이 씨익 웃었다.

* * *

경찰서 앞 카페의 통유리 너머에 주영이 앉아 있었다. 차웅은 유리 너머로 주영을 확인하고 카페 안으로 들어갔다. 입구 문에 걸려 있던 종이 맑은 소리를 냈다. 커피를 마시던 주영이 고개를 들었다. 주영의 시선은 차웅의 얼굴로 향했다가, 그가 들고 있는 가방 쪽으로 옮겨갔다. 약간 의아함이 주영의 얼굴을 스쳤다. 차웅이 주영이 앉은 테이블로 다가가 그녀의 맞은편에 앉았다.

"금방 온다고 왔는데."

"그 가방은 뭐야? 잠깐 나온 거 아니고 아예 땡땡이야?"

주영이 턱짓으로 가방을 가리켰다. 잠깐 이야기를 들으러 나오는 줄 알았는데, 가방을 들고 나온 모양새가 마치 퇴근하는 차림새로 보였다.

"땡땡이는 아닌데, 성실한 것도 아니지. 일이 있어서 그렇게 됐어. 중요한 건 그게 아닐 텐데."

그의 말에 주영이 피식 웃었다.

"그건 그렇지. 자, 이게 네가 원하는 본론이지?"

주영은 얇은 두께의 서류봉투를 내밀었다. 잠시 그 봉투를 보던 차웅이 용기를 낸 듯 손을 뻗어 봉투를 집어 들었다. 안에 들어 있던 서류를 꺼내 차분히 읽기 시작했다. 설명을 덧붙이듯 주영이 말했다.

"결론부터 얘기하자면 네가 현장에서 주운 검은색 작은 조각은 PVC였어."

"역시."

"역시?"

"그리고?"

치 하고 주영이 장난스럽게 차웅을 흘겨보았다.

"내 궁금증은 풀어 줄 생각이 없구나? 일단 네 궁금증 쪽이 더 급해 보이니까 순순히 말해줄게. 네가 성분 분석을 맡긴 그 물과 현장에서 채취한 이불 조각에서는 일정 부분 동일한 성분이 나왔어. 책에서는 아무것도 안 나왔지만."

주영의 설명을 들으며 서류를 읽던 차웅이 하나의 단어를 짚었다.

"치아염소산."

"그래 맞아. 그게 나올 거라고 이미 예상하고 있었구나. 근데 꽤 극소량이고. 그것 말고도 수산화나트륨도 나왔고, 분석된 물의 무기질 등 공통된 부분이 몇 가지 더 보여. 이 정도면 같은 저수조를 쓰는 물이라고 볼 수 있다는 것이 국과수의 의견이야."

주영이 몸을 차웅에게로 기울였다.

"넌 알지? 현장에서 발견된 물과 네가 비교를 부탁한 물이 어디서 나온 건지?"

차웅은 손에서 보고서를 놓았다. 그의 얼굴이 더없이 심각했다. 그는 대답을 금세 잇지 못하고 잠시 생각에 잠겼다. 주영이 그를 채근했다.

"현장에서 나온 물의 흔적. 거기서 분석된 치아염소산과 수산화나트륨. PVC조각."

여전히 차웅의 입은 열리지 않았다. 주영이 한숨을 내쉬었다.

"얘기할 생각이 없구나. 너도 잘 알겠지만 우리 형사들도 그렇고, 국과수 분석관들도 바보는 아니야. 같은 지역에서 사용되는 물이라도 저수조 청소 상태에 따라 물 성분이 다른 건 너도 잘 알고 있지? 그래서 아파트 단지마다 저수조 청소 후 수질 검사를 실시하는 거고. 네가 직접 떠온 걸 보면 물은 아마도 너희 아파트 단지 저수조에서 사용된 것과 같은 성분일 꺼야. 그 정도는 검사해 보면 나올 거고. 그리고 치아염소산과 수산화나트륨. 그 두 성분이 뜻하는 건 뭘까? 답은 아주 쉽지. 그 두 성분은 락스를 이루는 주요성분이야."

주영은 앞으로 기울였던 상체를 의자에 기대어 비스듬히 앉았다.

"그리고 PVC. 그건 전선 피복에 주로 쓰이는 거지. 물과 전선. 그 두 가지를 염두에 두고 여태까지 풀리지 않았던 점들을 대입해 보면 답이 나오는 건 더 쉬워져. 자살은 아닌데 몸싸움의 흔적은 없다. 살해는 분명한데 애초에 들어오지도 않았던 것처럼 현장에 조금도 남지 않은 범인의 흔적."

돌연 주영의 목소리가 낮아졌다.

"감전사지?"

차웅의 눈빛이 흔들렸다. 자신이 가졌던 생각과 동일한 것을 인정하듯 그는 눈을 깊게 감았다가 떠올렸다. 그는 못 들은 척 "찍어도 되지?"라고 하며, 휴대폰으로 분석표의 내용을 찍었다. 주영의 입꼬리가 올라갔다.

"물을 이용해서 사람을 죽였는데 그 물에서 아주 희미하게 락스 성분이 검출되었다. 희미하게라는 건 일부러 그런 게 아니라 물을 담은 용기에서 묻어났거나 고의가 아닌 무의식중에 섞인 거라는 말인데, 그것도 한쪽만이 아니라 비교 대상인 두 곳에서 모두 같은 성분이 나왔다는 건 같은 용기를 썼다는 생각도 들고, 그 용기가 계속한 가지 용도로 쓰이는 것이라는 생각이 들거든. 그게 뭘까? 아직 찾지는 못했지만 왠지 찾기 어렵지 않을 거 같다는 생각이 드네."

주영은 팔짱을 낀 채 차웅의 대답을 기다렸다. 차웅의 눈이 빠르게 움직였다. 초조함이 묻어나는 행동이었다.

"말해 봐. 뭔데?"

"조금 기다려 줘."

"뭘?"

"뭐든지."

차웅이 자리에서 일어섰다. 주영이 눈을 치켜뜨고 그를 응시했다. 그러고는 낮은 한숨을 지으며 말했다.

"알겠지만, 형사는 누구의 사정을 봐서 수사를 늦추거나 할 수 있는 직업이 아냐. 무슨 생각인지는 모르지만, 어쨌든 네가 뭘 짐작하고 있는지 말하지 않겠다는 생각은 알겠어. 우리는 우리대로 조사를 할 거야. 만약 우리 형사들이 아무것도 알아내지 못하면, 그동안 네가 말한 조금의 시간이라는 게 지나갔기를 바랄게. 그래도 이왕이면 우리 형사가 먼저 알아내길 바라지만."

"나 먼저 가 볼게."

차웅의 말에 주영이 앉은 채로 테이블에서 계산서를 집어들더니 내밀었다.

"오늘은 네가 계산해. 남자가 꼭 계산해야 한다는 구태의연한 생각은 없지만, 그래도 지금 모양새가 좀 그렇잖아. 남자가 벌떡 일어나 나가 버리고 계산서랑 단둘이 남는 여자가 되기는 싫어."

차웅이 피식 웃었다. 계속 무거웠던 마음이 그 순간만큼은 잠시 가벼워진 것도 같았다.

"하여튼 강주영."

주영의 손에서 계산서를 받아든 차웅이 돌아섰다. 계산을 마치고 카페에서 나갈 때까지 주영은 그의 뒷모습에서 시선을 떼지 않았다. 카페 밖으로 나간 차웅의 모습이 이내 시야에서 사라진 뒤 주영은 그제야 테이블에 올려져 있는 서류들을 집어 들었다. 그러고는 차근히 되짚어 보듯 보고서와 사진들을 꼼꼼히 훑어보았다. 이윽고 그녀는 깊은 생각에 잠겼다.

감전사. 그것이라면 몸싸움의 흔적이 없었던 것도, 바닥의 젖은 흔적도, 피복의 잔재가 남아 있었던 것도 모두 이해가 된다. 분명 열린 창틈으로 물을 뿌리고 전선을 집어넣어 감전사에 이르게 했을 것이다. 누운 채로 발견된 것을 보면 자는 사이 당한 것일지도 모른다.

하지만 문제가 있다. 복도에서 피복이 벗겨진 전선을 집어넣어 일을 벌인 것이라면 분명 한쪽 끝은 어딘가의 콘센트에 꽂혀 있어야 한다. 전기가 흘러야 감전을 시킬 수 있다. 집 안으로 들어가지 않고 어디선가 전기를 흐르게 했다.

"어디지? 어디서 전기를 발생시킨 거야."

주영은 보고서의 사진을 폈다. 1302호 앞 복도 사진이었다. 어디에도 콘센트는 보이지 않았다. 복도에 전등이 있긴 하지만 반매입등이고 전선도 천정 내부로 통해 있는 듯하다. 천정에서 반매입등을 분리하고 거기에 연결된 전선을 이용할 수도 있지만 바닥부터 천정 높이는 3미터는 족히 되어 보인다. 사다리를 사용할 수도 있지만 그렇게까지 일을 번잡하게 했을 것 같지는 않다. 다른 사람의 눈에 띄기에도 너무 쉬운 일이다.

이동식 전기 공급기도 요즘은 시중에서 흔히 구할 수 있긴 하지만, 그것은 엔진을 돌려 전기를 발생시키는 원리로, 그것을 돌렸다면 복도식 아파트의 특성상 소음이 엄청 났을 것이었다. 비밀스러운 작업을 하는 데에 어울리는 방법은 아니다.

주영은 복잡한 머리를 애써 정리하려는 듯 머리를 쓸어 넘겼다.

* * *

아파트 단지 안의 꽃은 활짝 피어 아름답다. 그러나 자세히 들여다보면 이르게 꽃나무에 기생하기 시작한 벌레들이 우글거려서 속이 다 안 좋을 지경이다.

멀리 보아야 아름답다. 멀리 보아야 사랑스럽다. 너도 그렇다.

유명한 시의 구절을 자기 마음대로 바꾸어 중얼거리며 경비원 진 씨는 꽃나무 밑동에 에프킬라를 뿌리기 시작했다. 물론 수목 소독을 하면 좋지만, 얼마 전부터 법이 바뀌어 수목 소독을 하려면 수목 소독 전문 업체에 별도로 맡겨야 했다. 예전에는 세대 소독을 하는 업체에 얘기하면 서비스로 해 주던 것이었다. 지금은 별도의 전문 수목 소독 업체에 맡겨야 하니 비용이 든다. 그래서 일단 심하지 않을 때까지 에프킬라를 사용하라는 지시가 관리사무소로부터 있었다.

"켁켁."

갑자기 바람이 불어 분사된 에프킬라 액체가 목구멍 안으로 도로 들어와 버렸다. 기침을 하던 진 씨는 아파트 단지 내로 들어오는 낯익은 얼굴에 기침을 하면서도 눈을 떼지 않았다.

"응? 정 과장님 아니야? 휴가 내고 들어갔다고 했는데? 여기요, 정 과장님!"

목소리를 높여 차웅을 불렀다. 그러나 차웅은 듣지 못한 것인지 단지 안으로 성큼 걸어 들어와 101동을 끼고 돌아갔고, 이내 모습을 감추었다. 뭐라도 놓고 간 모양이지. 진 씨는 다시금 에프킬라 살포에 열을 올렸다. 이번에는 불어오는 바람을 피해 입을 가리는 것도 잊지 않았다.

차웅은 101동 지하로 내려갔다. 한 계단 한 계단 내려갈 때마다 서늘하고 눅진한 공기가 살갗에 달라붙었다. 그와 함께 점점 더 마음의 온기가 식는 기분이었다.

손목을 들어 시계를 보았다. 낮 12시 35분을 막 지나고 있었다. 점심시간은 한 시간. 얼른 점심을 먹고 잠깐 휴식을 취하는 시간이다. 이야기를 나누기에는 딱 알맞다.

동 지하에 설치된 미화원 휴식 공간은 너무나 열악했다. 해도 들지 않는 곳, 장판이나 그 흔한 벽지도 발리지 않은 시멘트 그대로의 공간에 낡은 백열전구 하나가 공간을 밝히고 있을 뿐이었다. 습기와 오묘한 냄새까지, 사람을 괴롭혔다.

안으로 들어갔을 때 미화원 최 씨는 먹던 반찬을 정리해 냉장고에 집어넣고 있었다. 냉장고 역시 아파트 관리소 측에서 준비해 준 것이 아닌, 입주민들이 쓰다가 재활용품 수거장에 버린 것을 주워다 쓰는 것이었다. 최 씨는 차웅이 자신을 찾아온 것도 알지 못하고 반찬 그릇을 덮거나 봉지를 씌워 냉장고에 넣는 일에 몰두하고 있었다.

그 모습을 차웅은 물끄러미 지켜보았다. 예전 같으면 이런 상황을 지켜 볼 때 너무나 미안한 감정이 들어 마음이 괴로웠다. 자신은 깨끗한 사무실에서 일하고 있는데, 고령의 미화원들을 열악한 환경에서 식사를 하게 하는 것에 대해 죄스러운 마음이 들었었기 때문이었다.

그러나 오늘만은 차웅의 머릿속에서 다른 생각들이 지나갔다.

내가 만나긴 누구를 만나려 했다는 거야!
청소 아주머니.
억지야. 난…… 그런 게…….

그때 변명을 하려던 남자의 갈라진 목소리가 귓가에 선연했다. 하지만 안타깝게도 차웅은 그 뒷말이 무엇인지 듣지 못했다. 그때 자신의 입장에서는 어차피 증거는 없으니, 어떤 변명을 해도 상관없었다. 어쩌면 일을 벌일지도 모르는 남자에게 보내는 경고만이 중요했다. 또한 청소 아주머니와 남자 사이에 있는 개인사를 캘 자격이 자신에게는 없다고 생각해서 더 알려고 하지 않았다. 남자가 하려던 말, 차웅은 왠지 오늘 그것을 들을 수 있을 것만 같았다.

"아주머니."

누군가가 자신을 만나러 지하까지 내려온다는 것은 상상해 본 적도 없었다는 듯 미화원 최 씨는 놀라며 고개를 들었다. 이내 차웅을 발견하고는 순간 표정이 부드러워지며 웃음을 지었다. 사람 좋아 보이는 웃음이었다.

"정 과장! 웬일이야? 할 말 있으면 나한테 올라오라 그러지."

최 씨가 반찬 그릇에서 얼른 손을 떼고 차웅에게 다가왔다. 너무나 다정해 보이는 웃음. 아주 가끔은 그녀의 미소에서 자신의 어머니에게서 느끼는 감정을 찾을 때도 있었다. 그 미소를 본 차웅의 눈빛이 흔들렸다.

"한 가지 여쭤볼 게 있어서요."

최 씨가 미소를 지었다.

"뭔데?"

"……왜 그러셨어요?"

잠긴 목소리가 나왔다.

* * *

"선배, 이것 좀 보세요."

태형이 서류를 내밀었다. 주영은 서류를 받아들고 차분히 내용을 파악했다. 김형민의 신상 조사서였다. 어릴 적 친부모는 이혼했고, 아버지가 재혼하면서 김형민은 혼자 살았다. 본가에서 생활비를 넉넉히 조달받지 못해 고생하다가 겨우 마련한 것이 임대 아파트인 봉명아파트였다. 다만 최근에 친구들을 만나 앞으로는 인생이 필 것이라고 호언장담했다는 주변인들의 증언이 눈길을 끄는 부분이었다. 친구들이 아무리 물어도 자세히 말은 하지 않았지만 곧 어디선가 '큰 거 한 방'이 자신에게 굴러들어올 것이라고 말했다는 것이었다.

서류를 확인한 강주영은 심드렁했다. 처음 보는 서류가 아니었다. 이미 전부 보고받은 내용이었다. 추가된 부분이 없어 새로울 것도 없었다.

"이거 뭐."

주영은 서류를 다시 태형에게 건넸다. 하지만 태형은 받지 않고 다시 주영의 앞에 내밀었다.

"아뇨. 이 부분을 보세요."

태형의 손가락이 가리킨 곳에, 김형민의 친부모 이름이 적혀 있었다. 정확히는 친모 쪽이었다. 들어본 적도 있는 것 같고, 너무나 흔한 이름이어서 낯익은 것 같기도 한 이름이었다. 강주영은 고개를 갸웃했다.

"최복순?"

어리둥절한 눈으로 강주영이 태형을 올려다보았다. 태형은 의미심장하게 웃었다. 그러고는 휴대폰을 꺼냈다. 몇 번 조작하더니 사진 하나를 불러내 주영의 책상 위에 놓았다. 주영의 시선이 휴대폰 화면으로 자연스레 향하자 태형은 검지와 중지 두 개로 화면을 긁어 사진의 한 부분을 확대 시켰다.

그곳을 응시한 강주영의 눈이 놀라움으로 커다래졌다.

"봉명아파트 관리사무소의 조직도예요. 익숙한 이름이 보이지 않나요? 선배는 참 준비성 있는 좋은 후배 둬서 좋으시겠다, 그죠?"

확대한 사진에는 한 직원의 이름이 있었다. 최복순.

주영은 자리에서 벌떡 일어섰다.

김형민이 연관되었던 관리사무소 절도 미수 사건이 있을 때 정차웅은 김형민이 절도가 아닌 누군가를 찾아 왔었던 거라고 분명히 말했었다. 관리사무소에 몰래 들어가 만날 누군가. 거기에 최복순이라는 미화원은 제대로 부합했다.

하지만 그것뿐만이 아니다. 김형민의 친모와 이름이 동일하다. 단순히 흔한 이름이라 동명이인일 뿐일까? 그런 우연은 쉽지 않을 것이다.

그리고 미화원 최복순이 범인이라면 아직 풀리지 않던 문제도 풀릴 수 있다.

강주영이 약간 상기된 어조로 말했다.

"지난번 성분 분석표 가지고 와 봐."

태형이 얼른 책상에서 성분 분석표를 찾아 가지고 왔다. 주영은 기다릴 새도 없다는 듯 태형에게 다음 지시를 내렸다.

"봉명아파트 관리사무소에 전화해서 미화원 용역 계약한 업체가 어딘지 물어봐. 미화원들 청소용품은 분명히 용역업체에서 지급하는 걸 거야. 확인되는 대로 용역업체에 전화해서 어떤 락스를 쓰는지 확인하고, 그 락스 제조사에 연락해서 성분표를 받아."

"그리고 사건 현장에서 나왔던 물의 성분 분석표와 비교해 보면 되는 거죠?"

"최대한 빨리해야 할 거야. 다른 일들은 다 제쳐두고라도 이것부터 확인해. 혹시 업체에서 시간이 좀 걸린다고 늑장 부릴 것 같으면 계속 채근해서라도. 알았지?"

"시간 얼마 안 걸릴 겁니다. 락스는 제조사와 상품 이름만 알면 바로 제조사 홈페이지에 들어가면 알 수 있어요. 물질 안전 보건 자료, MDSD라고 유해 화학 물질 관리법에 따라 유해 물질에 관련된 자료를 게재하게 되어 있거든요. 락스도 아마 유해 화학 물질에 해당돼서 물질 안전 보건 자료를 공개해 놨을 겁니다."

"똑똑한데?"

"좋은 후배죠?"

"겁나 좋은 후배지. 어서 움직이면 더 겁나게 좋은 후배고."

"15분이면 됩니다."

태형이 신이 나서 자신의 자리로 향했다.

주영은 자기도 모르게 주먹을 움켜쥐었다. 잡을 수 있다는 확신이 그녀에게 힘을 주었다. 아마 현장 바닥에서 채취한 이불 조각의 성분과 비교해 달라고 정차웅이 내밀었던 물은, 봉명아파트에서 미화원들이 쓰는 것과 같은 락스가 희석된 물이었을 것이다. 정차웅은 알았던 것이다. 미화원 최 씨가 범인일 수도 있다는 사실을.

태형이 성분 분석표와 봉명아파트에서 사용하는 락스와 성분이 같다는 것만 확인해 온다면 당장 출동해야 한다.

그때 주영의 책상과 조금 떨어진 쪽에 위치한 태형의 책상 쪽에서 움직임이 포착되었다. 태형이 벌떡 일어나 이쪽을 향해 걸어오고 있었다. 표정이 밝았다. 주영은 차 키를 손에 움켜쥐었다.

* * *

차웅의 표정을 보고 미화원 최 씨는 뭔가 일이 일어나고 있다는 느낌을 받은 것 같았다. 의아한 얼굴로 주름이 자리 잡은 눈을 천천히 깜박이며 차웅을 응시했다.

"무슨 소리야?"

"101동 1302호 김형민 씨. 모른다고 하시진 못할 텐데요."

아주 찰나의 순간, 최 씨의 얼굴에서 웃음기가 사그라졌고, 얼마쯤 핏기가 없어진 것처럼 보였다. 백열등 아래에 선 그녀의 눈 밑

그늘이 조금 더 깊어진 것도 같았다. 하지만 그 찰나가 지난 후 최 씨의 미소 띤 얼굴은 어느새 제자리로 돌아와 있었다.

"무슨 소린지 모르겠네? 1302호? 혹시 청소에 대해서 민원이라도 제기한 거야? 지저분하다고 항의해?"

"모르는 척 마세요."

"하하 참……. 왜 그래, 정 과장?"

최 씨의 눈빛에 알 수 없는 노기가 스쳤다.

"아주머니는 모르시겠죠? 관리사무소에 한 달 전에 도둑 들었던 거요."

최 씨가 미간을 구겼다. 대체 이야기의 맥락이 어디로 흐르는지 가늠하기 어렵다는 얼굴이었다. 하지만 차웅은 흔들리지 않고, 주저하지도 않으면서 차분히 그날의 이야기를 했다.

도둑인 줄 알았던 관리소의 침입자. 그리고 그가 만나고자 했던 사람과 그 사람을 만나서 어쩌면 사용하고 싶었을지도 모르는 가스총을 찾던 이야기까지. 강주영에게 했던 말을 되짚는 것뿐이었지만, 차웅은 단 한 마디도 빼놓지 않고 자세히 이야기를 풀었다. 이야기를 듣는 동안 최 씨의 얼굴은 시시각각 변했다. 당황했고, 어이없어하였으며, 자신을 만났다면 가스총을 쐈을지도 모르는 남자의 행동에 약간의 공포를 가진 것 같았다. 하지만 이야기를 마무리 지을 쯤 그녀는 포기하는 듯한 표정으로 말했다.

"멍청한 놈이 멍청한 짓을."

그녀는 깊은 한숨을 내쉬었다.

"그래. 사실은 그 입주민하고 아는 사이야. 뭐, 자세한 이야기는 하기 어렵지만 내 친구 아들. 내 친구가 아들자식 매질에 못 이겨서 집을 나갔거든. 그런데 나한테 어디 있느냐고 계속 성화를 부려서 나중에는 지겨워서 나는 모른다고 해 놓고 안 만나 줬더니 그런 일을 벌였나 봐. 가스총을 들이밀려고 했다고? 아우 치 떨려."

최 씨는 고개를 절레절레 흔들었다. 차웅은 가만히 그녀를 보았다. 만약 남자가 관리사무소에 몰래 침입한 뒤, 이런 이야기를 들었다면 차웅은 고개를 끄덕이며 이해했을 것이었다. 하지만 이미 사건은 너무 깊고 길어졌다.

"그 사람 얼마 전 죽은 거 아시죠?"

"아파트가 시끌시끌하니 모를 수가 있나. 그 녀석은 죽을 때까지 민폐라니까."

"정말 아파트가 소란스러웠기 때문에 알게 되신 거예요? 미리 아신 건 아니고요?"

"미리…… 알아?"

최 씨는 어리둥절한 얼굴로 차웅을 응시했다. 그러고는 뭔가를 깨달은 듯 픽 하고 웃었다.

"정 과장, 뭐하는 거야. 지금 나 의심하는거야?"

"네."

차웅의 단호한 대답 뒤로 무거운 침묵이 밀려들었다. 크게 뜬 눈으로 차웅을 보던 최 씨는 이내 고개를 절레절레 저었다. 아까보다 조금 더 속도가 느렸다.

"무슨 소리를. 내가 그럴 이유가 뭐야. 자꾸 물어보고 괴롭혀서? 그랬으면 그냥 전화 안 받으면 되는 거고 해코지할 거 같았으면 경찰에 신고하면 그만이야. 그렇게 해결할 수 있는데 고작 그런 이유 때문에 내가 사람을 죽인다고? 그 큰 덩치를?"

그랬다. 사망한 김형민은 최 씨에 비하면 거구나 다름없었다. 최 씨는 작고 마르고 노쇠했다. 하지만 김형민을 죽게 한 방법엔 힘이나 체구의 차이가 중요하지 않다는 것은 이미 밝혀냈다.

"김형민은 살해당했어요. 하지만 그는 범인과 대면하지는 않았죠. 방에서 잤을 뿐이에요. 범인에게 그건 기회였죠. 자는 김형민이 덮고 있는 이불에 몰래 물을 뿌리고 전기를 연결해서 감전사시켰던 거예요."

"무슨 소린지 모르겠네. 대체 지금 정 과장이 무슨 말을 하는지 모르겠다고."

"아실 텐데요."

"그래, 알겠네. 지금 결국 내가 그 사람을 죽였다는 거잖아. 근데 난 아니야. 그리고 지금 정 과장이 한 말 어디에 내가 했다고 하는 증거가 있는 거지?"

"증거가 없다고 자신하시네요."

"내가 죽인 게 아니라고 말하는 거야. 느닷없이 왜 이래? 너무 불쾌하네."

차웅은 최 씨를 노려보았다. 화가 난 듯 씩씩거리던 최 씨와 눈이 마주쳤다. 순간 최 씨의 입가가 살짝 호를 그리며 올라갔다. 증거가 없다고 확신하는 것이다. 그래서 기쁜 것이다. 그래서 당신이 범인인 것이다. 차웅이 의미심장하게 웃었다.

"요즘 청소하시기가 좀 어떠세요? 불편하신 건 없으세요?"

"뭐?"

갑자기 무슨 소리를 하는 거냐는 듯 최 씨의 미간이 찌푸려졌다. 차웅은 아랑곳 않고 주변을 둘러보았다. 수도가 설치된 주변 바닥에 양동이가 놓여 있었다. 양동이를 집어 들고 이리저리 돌려가며 살펴보았다.

"청소는 청소대로 시키고, 청소용품은 달랑 하나씩밖에 안 주고, 그래도 열심히 해야 한다고 그러는 회사. 너무 별로에요, 그죠?"

"무슨 소리가 하고 싶은 거야?"

"하나밖에 없는 양동이로 고생하신다고 말하는 거예요."

그는 그대로 양동이를 거꾸로 뒤집었다. 양동이 안에 남아 있던 물이 쪼록, 바닥에 쏟아졌다.

"그래서 말리지도 못하고 계속 한 가지 양동이로 쓰시느라 고생하신다고 말하는 거구요."

바닥에 쏟아진 물을 신발로 밟아 짓이겼다.

"거기서 증거가 나왔다고 말하는 거죠."

"도대체 무슨……!"

짜증이 난다는 듯 날카로운 목소리로 소리를 지르다 최 씨는 돌연 입을 다물었다. 눈빛이 흔들렸고, 그 위로 의혹이 스쳐지나갔다. 자신이 생각한 불길함이 현실이 되지 않기를 바라는 마음도 함께 지나갔다.

양동이에 담았던 물을 쏟아 부어 버린다 해도 완전히 양동이가 비는 것은 아니다. 바닥의 이음새 부분에 물은 조금씩 남아 있기 마련이다. 거기에 다른 물을 담으면 기존에 있던 물과 섞인다.

미화원들은 양동이에 걸레를 빨아 쓴다. 걸레는 락스 푼 물에 담근다. 그리고 그 락스는 일반적인 가정용 락스는 아니다. 청소 용역 업체에서 커다란 통에 담아 보내는 것으로 일반적인 가정용 락스와는 성분 면에서 약간 다르다.

그래서 차웅은 미리 미화원들이 사용하는 락스에 물을 섞어 준비해 두었다가 현장의 젖어 있던 바닥에서 채취한 것과 함께 비교 분석을 의뢰했던 것이다.

그리고 감정 결과는 예상한 그대로였다. 미화원들의 락스 물과 동일한 성분이 상당수 검출되었다.

"그것뿐이 아니죠. 락스 푼 물에 빠는 걸레, 어디를 닦은 걸까요?"

최 씨는 어느새 입술을 고집스럽게 다물고 있었다.

"계단 논슬립 닦으시죠? 그 성분 역시 나왔죠, 동일하게."

차웅은 휴대폰을 꺼내 사진 한 장을 불러내었다. 강주영이 가지고 왔던 성분 분석표였다. 최 씨가 인상을 찡그리고, 눈을 가늘게 뜨고, 몸을 앞으로 기울이면서까지 그것을 보았으나 도무지 모른다는 얼굴로 뒤로 물러났다.

"잘 모르시겠죠? 전문가 아니면 사실 잘 모르죠. 그러니까 이게 뭔지 쉽게 말하자면 이거죠. 증거."

최 씨의 얼굴이 조금 더 새파래졌다. 하지만 여전히 평정을 유지하고 있다. 여러 가지 의미로 대단한 사람이었다. 잘못했으면 어떤 방법을 썼는지 모를 뻔했다. 잘못했으면 어떤 방법을 썼는지 알았어도 누가 저질렀는지 지목할 수 없었을지도 모른다. 그만큼 나름의 완벽한 계획을 이런 노인이 구상해 내고 짰다니. 그러고도 저렇게 태연자약하게 서 있을 수 있다니, 좋지 못한 의미로 감탄이 나온다.

자칫 1302호 남자 김형민이 덮고 있는 이불을 적시는데 사용한 물을 양동이 가득 과하게 담았더라면 미화원이 범인임을 지목할 만한 증거는 너무 적어 검출되지 않았을지도 모른다. 그랬다면 추궁하고, 밝혀낼 수 없었을 것이다.

그때였다. 침묵을 지키던 최 씨의 입에서 순간, 픽 하고 실소가 터져 나왔다. 차웅은 미간을 찌푸렸다. 최 씨가 교활한 웃음을 지으며 차웅에게 말했다.

"그렇게 잘 알고 증거까지 있으면, 왜 날 찾아왔어?"

"증거는 명확하죠. 하지만 그렇지 않은 게 있어요. 동기요. 왜 그를 죽였는지. 그리고 왜 그 사람은 관리실에 침입하면서까지 당신을 만나려고 했는지."

"그걸 왜 정 과장이 알아야 하지?"

이번에는 차웅의 입이 다물어졌다. 뒤에서 아주 어렴풋한 인기척이 들렸기 때문이었다. 최 씨는 눈치 채지 못한 것 같았다. 살짝 눈을 돌렸다. 그 시선 끝에 강주영의 모습이 눈에 들어왔다. 지하 계단으로 내려오다 두 사람의 대화를 듣고 멈칫, 몸을 숨긴 듯했다. 눈치 빠른 배려다. 왜 강주영에게 먼저 말하지 않고 최 씨를 찾아왔는지, 어렴풋이나마 알아 주는 모양이었다.

하지만 최 씨는 자신의 질문에 대답하지 않는 차웅의 모습을 다른 의미로 받아들인 것 같았다.

"아아. 알았다. 정 과장이 그 자식을 찾아갔었다고 했지. 그래서 후회하는구나. 차라리 그때 그 정도 가벼운 위협만 줄 게 아니라 제대로 파고 들어가서 속속들이 파헤쳤으면 그 녀석이 죽지 않았을지도 모른다고 생각하는 거구나."

최 씨가 한걸음을 내디디며 차웅에게 바싹 다가섰다. 차웅은 꼼짝도 하지 않았다. 최 씨가 마치 비밀을 속삭이듯 차웅의 볼 옆으로 입술을 가져갔다.

"그러네. 생각해 보니 나, 정 과장한테 너무 고맙네."

차웅은 눈을 휘둥그렇게 뜬 채로 꼼짝도 하지 않았다. 최 씨가 말을 이었다.

"정말 고마워. 그 자식을 죽일 기회를 줘서."

그 대화를 듣고 있던 강주영은 온몸이 경직되었다. 뭔가가 심장 근처에서 쿵 하고 떨어지는 것 같았다. 아랫입술을 질끈 깨물었다. 교활한 여자였다. 자신의 아들을 죽여 놓고, 다른 사람의 마음을 휘저어 놓으려 하고 있다. 그 세치 혀가 던지는 말들은 차웅의 마음 모든 곳에 파동을 일으키기 충분해 보였다. 정신이 아찔해졌고, 돌연 연화가 생각났다. 차웅은 연화의 죽음에 대해 죄책감을 가지고 있었을 것이다. 그래서 형사 일을 그만두고, 완전히 다른 곳에서 살아가고 있다. 그런 차웅에게 교활한 최 씨의 언행은 족쇄를 채우고 말 것이었다. 나 때문이라고 생각하는 족쇄. 두 번 다시 차웅에게 그런 마음이 생기는 일은 없어야 했다.

강주영은 숨을 쉬는 것도 잊은 채 차웅의 동태를 살폈다.

굳은 듯 서 있던 차웅의 고개가 자신의 옆에 붙어 서 있던 최 씨에게로 내려갔다.

"쥐 똥 같은 소리하고 앉아 있네."

생각지도 못한 소리에 강주영의 눈이 휘둥그레졌다. 그녀의 고개
가 차웅 쪽으로 홱 돌아갔다.

최 씨도 더 없이 당황한 모습이었다.

"뭐, 뭣?"

"그게 왜 나 때문이야? 당신 손으로 직접 죽여 놓고. 죽은 사람은
죽인 사람 잘못이지 그게 왜 내 잘못이냐고?"

몸을 숨기고 듣고 있던 강주영은 자신도 모르게 피식 웃었다. 안
도의 한숨과 함께 튀어나온 웃음이었다.

"저, 정 과장이 더 파고들었다면 나와 그 녀석이 무슨 관계가 있
다는 것을 알아챘을 거고 그렇다면 난 쉽게 일을 벌이지 못했겠지.
아니면 정 과장이 더 빨리 그 녀석을 이 아파트에서 내쫓았다면 난
그 녀석을 죽일 기회를 잃었을 거고."

"그렇게 따질 거면 우리 관리소장님 잘못이네. 왜 아줌마 같은 사
람을 채용해서 이 사단을 만든대? 아니지, 아줌마 전에 그만둔 사람
이 잘못이네. 왜 그만둬서 아줌마가 이 아파트에 들어오게 했냐고.
아니지, 그렇게 멀리 갈 것도 없다. 전기를 왜 발명해서 사람을 죽이
는 도구로 쓰게 한 거야. 그러네, 맞네. 에디슨이 잘못했네."

히죽거리는 차웅과는 반대로 최 씨의 얼굴은 점점 굳어 갔다. 이
내 차웅의 얼굴이 차갑게 식었다.

"증거도 있으면서 왜 찾아왔냐고 했죠?"

고집스럽게 입을 다물고, 바닥만 보고 있던 최 씨가 시선을 들어
차웅을 보았다.

"가끔 아줌마가 끓여 주던 라면이 맛있었었거든요."

차웅이 씁쓸하게 웃었다.

"그래서 혹시 내가 아줌마를 이해할 수 있지 않을까 싶어서. 죄는 죄니까 처벌은 받겠지만, 형사 앞에서 못할 신세 한탄이라도 들어주는 게 낫지 않을까 싶어서. 그래서 찾아 온 건데, 고맙네요. 마음 찜찜하게 안 해 줘서. 속 시원하게 넘길 수 있을 것 같아요."

차웅이 돌연 강주영 쪽으로 고개를 돌렸다.

"데려가."

주영이 벽 뒤에서 모습을 드러냈다. 최 씨의 얼굴이 무섭도록 일그러졌다.

* * *

"잘했어. 멋있어, 정차웅."

미화원 최 씨를 경찰차에 연행하여 보낸 뒤, 과학수사대와 함께 남았던 주영이 차웅의 어깨를 짚었다.

"하루이틀이냐."

"그래, 하루이틀이다."

"그럼 내일이 잘생김 사흘째네."

"아우, 이 이죽거리는 것 좀 봐."

강주영이 입술을 비쭉거리자, 차웅이 기분 좋게 웃었다. 그러고는 무슨 생각이 들었는지 조금 진지한 얼굴이 되었다.

"증거가 나왔나 보구나."

"그래. 현장에서 채취된 물에서 검출된 것이 이 아파트에서 미화원들이 사용하는 락스와 동일한 성분이라는 게 증명됐어. 이곳 미화원에게 혐의점을 뒀고, 피해자와의 관계를 조사해보니 미화원 최복순이 김형민의 친모라는 것이 확인됐지."

"친모?"

분명 최씨는 친구의 아들이라고 했다. 입만 열면 거짓말인 노인네였군. 차웅이 어이없이 웃었다.

"왜?"

"아니. 계속해."

"게다가 사건으로 추정되는 날 새벽 집에서 유난히 일찍 출근했다는 것을 CCTV로 확인했고. 그 며칠 전에 인근 철물점에서 전선을 샀다는 것도 나왔어. 이제 알아내야 하는 건 두 가지 뿐이야. 동기와 전기를 어디서 끌어다 썼는지."

차웅이 고개를 들었다. 주영이 그를 보며 물었다.

"복도에 전기를 사용할 만한 곳은 없는 거지? 설마 최복순을 감싸겠다고 협력하려는 건 아니지?"

"내가?"

하 하고 허탈한 듯 웃었다.

"그 여자는 날 공범으로 만들고 싶겠지만 난 아냐. 감싸주고 뭐고 할 것도 없어. 조금만 조사하면 나오니까. 계량기를 감싸고 있는 열선일 거야."

"열선?"

"그래. 겨울철에는 계량기 동파사고를 예방하기 위해 계량기에 열선이라는 것을 설치해. 그 열선은 당연히 전기로 움직이는 거고. 아마 그 열선에 연결해서 사용했겠지."

그 말을 들은 강주영은 다급히 과학수사대 팀장을 불러 세웠다. 미화원 휴게실을 조사하고 있던 과학수사대 팀장이 그들 쪽으로 왔다. 주영은 당장 101동 1302호의 복도에 설치된 계량기함 내부 조사를 추가해 달라고 말했다.

강주영이 차웅의 어깨를 치며 웃었다.

"이번에도 아주 큰 도움을 얻었네. 국민의 지팡이는 경찰이고, 내 지팡이는 너다. 까막눈이 될 때마다 어째 네가 자꾸 눈을 뜨게 해 주네."

"심봉사 지팡이를 하기에는 너무 잘생긴 거 아니냐?"

정차웅이 자신의 날선 턱선을 어루만지며 말했다. 순간 강주영의 얼굴에서 웃음기가 사라졌다.

"너는 진심 네가 잘 생겼다고 생각하니?"

"몰라? 나 이 아파트의 아이돌인 거?"

"어, 몰라. 난 이만 간다."

강주영이 홱 돌아서서 걸음을 재촉했다. 잘생긴 놈이 자기 잘생긴 줄 알고 행동하면, 그것만큼 재수 없는 것도 없다.

* * *

그날 저녁, 차웅은 거실에 앉아 커피 한 잔을 앞에 놓고 발코니 너머의 해질녘을 감상하고 있었다. 중천에 떠 있던 해는 점점 건물 사이로 숨어들고 있었다. 조용하고 적막한 시간이다. 조금 전까지는 발코니에 서서 도로를 내려다보았었다. 지나가는 차량들, 걸어가는 사람들, 흐르는 구름, 버려지는 시간들. 멍하니 창밖을 바라보고 있으면 머릿속이 비워지면서 마음이 가라앉고 편안한 기분이 들었다. 가끔 지칠 때마다 이런 시간들을 보내면 또다시 복잡한 생각 속으로 뛰어 들어가는 기력을 얻기도 했다.

문득 최복순을 생각했다. 그 교활한 웃음과 자신을 향해 친근하게 웃던 모습이 머릿속에서 격렬하게 부딪혔다. 뭔가 충격적인 일이었다. 그간 같이 일하면서도 그런 사람인 줄 미처 알지 못했다. 사람이란 것이 점점 더 알 수 없는 생명체 같았다.

그때 거실에 놓인 테이블에서 진동 소음이 요란하게 울렸다. 테이블에 올려둔 휴대폰의 마찰음이었다. 차웅은 잠시 뒤를 돌아다보았을 뿐 전화를 받지 않았다. 누가 걸어온 것인지 확인하지도 않았다. 분명 사무실 아니면 주영일 것이었다. 오늘은 쉬는 날이다. 쉬는 날에는 업무 연락을 받지 않을 권리가 있다. 주영이어도 마찬가지였다. 전화를 받으면 분명 주영은 또 옆구리에 와인 한 병을 끼고 찾아와 그의 골치를 아프게 할 것이다.

어쩌면 곧 초인종을 누르고 찾아올지도 모른다. 그렇다고 해도 지금은 만날 기운이 없었다.

"난 지금 충전 중이야. 찾지 말라고, 이 사람들아."

얼마나 시간이 지났을까. 느닷없이 초인종이 거실의 적막을 찢었다. 차웅의 어깨가 흠칫했다. 주영일 것이었다. 그의 생각대로 전화를 계속 받지 않자 기어이 찾아온 것일 것이다. 한 손에는 와인 병을 들고.

초인종이 재차 울렸고, 이번에도 역시 차웅은 움직이지 않았다. 그런데 이번에는 바깥에서 문을 두드리기 시작했다. 두드리는 소리가 묵직했고, 그래서 주영이 아닌 것 같은 느낌이 들었다. 그렇게 하면 느닷없는 방문객이 보이기라도 하듯 차웅은 뒤를 돌아다보았다.

"나다. 이억관이야."

차웅의 눈이 둥그렇게 커졌다. 예상치 못한 방문이었다. 이억관의 목소리는 묵직했다. 차웅이 안에 있다는 것을 이미 다 알고 있는 듯했다.

"할 얘기가 있어 왔어. 잠깐 이야기 좀 하지."

이번에는 부드러운 목소리. 차웅은 잠시 주춤거렸지만 어느새 이미 현관 쪽으로 다가가 잠금을 풀고 있었다. 열린 문 사이로 이억관의 다정한 미소가 보였다.

"어쩐 일로……."

"너 일하는 아파트에서 일이 있었다며?"

"네."

대답을 하면서도 차웅은 의아했다. 사건에 대한 이야기를 하러 이억관이 찾아 올 일은 없었다. 그리고 이미 사건은 해결되었다.

"내가 사건 이야기를 하니까 이상하지? 그래, 나 그거 이야기하러 온 거 아냐. 사실……."

무슨 말을 하려는지 이억관이 말끝을 흐리며 주저했다. 하지만 이내 용기라도 낸 듯 입을 열었다.

"주영이가 알게 된 거 같아."

"무슨?"

"연화 이야기."

"네?"

순식간에 머리가 혼란스러워졌다. 조금 전까지 머릿속에 가득했던 '다 귀찮아'의 생각이 어느새 저만치 밀려나 있었다. 강주영이 연화의 이야기 어떤 것을 알게 되었다는 말인가. 어째서 알게 되었다는 것일까.

차웅의 머릿속을 가득 메운 물음표를 읽어낸 듯 이억관이 말했다.

"어떻게 알게 되었는지는 나도 모르겠고, 강주영이 연화에게 왔더라. 연화 납골당에."

"……주영이랑 거기서 만나신 거예요?"

"마주칠 뻔했지."

마주치지는 않았다는 것이다. 차웅은 자기도 모르게 안도의 한숨을 내쉬었다.

"그래서 내가 널 찾아온 거야. 내가 아끼는 두 녀석이 다 '나 때문'이라는 바보 같은 생각에 코 빠트리고 있는 게 꼴 보기 싫어서. 두 녀석 다 위로할 마음은 없어. 넌 시간은 걸리겠지만 어차피 알아서 잘 기어 올라올 테니까. 그래도 널 찾아온 건, 너라면 강주영 그 녀석 빠진 코는 다시 원위치 해 줄 수 있지 않겠나 싶어서다."

차웅은 고개를 숙였다. 자신의 감정에 빠져 허우적거리는 후배 둘을, 그는 어떤 마음으로 감싸 안는 걸까. 그 마음을 생각하면 고개를 숙이지 않을 수 없다. 얼마나 단단한 마음을 가지면 그럴 수 있을까.

그런 차웅을 보며 이억관이 풋 웃었다.

"벌써 고민에 빠진 건 좋은데, 현관 앞에 계속 이렇게 세워둘 거냐? 아님 바로 여기서 돌려보낼 생각?"

"아! 들어오세요!"

"고맙다. 엎드려 절 받게 해 줘서."

웃음을 터뜨리며 이억관이 거실로 올라섰다. 그의 농담 덕분에 집안의 공기가 한결 가벼워진 것 같은 기분이 들었다.

차웅은 이억관을 거실로 안내한 뒤 얼음을 넣어 냉녹차를 준비해 왔다. 예전에 함께 형사 일을 할 때 알고 있던 이억관의 취향이었다. 냉녹차를 보자 이억관의 입가가 슬며시 올라갔다. 차웅의 마음 씀씀이를 눈치 챈 까닭이었다. 하지만 그런 고마움을 입으로 내뱉지는 않았다. 내뱉지 않아도 서로를 잘 알고 있다. 그래서 그를 놓친 것이 안타까웠고, 알고 있기에 놓치고도 차웅을 찾아가지 않았다. 찾아가면 차웅이 괴로울 것이라는 것을, 더욱 그 일에서 벗어나기 힘들 것을 알았기 때문이었다.

"근데 강주영은……."

"울더라, 연화 앞에서. 자기 때문에 그렇게 된 거냐고 하면서. 나서지도 못하고 뒤에서 멀거니 서 있다가 왔어. 아마 어딘가에서 뒤늦게 들었겠지. 차라리 숨기지 말걸 그랬나 하는 생각도 들었다."

"어차피 알게 될 일이었네요."

"그건 주영이 잘못이 아니었어. 만약 그때 주영이가 널 연화에게 가게 내버려 뒀더라면, 연화는 그날 죽지 않았을지도 몰라. 하지만 그렇다고 그 아이의 심지가 굳어 졌을까? 그런 일이 두 번 다시는 없었을까? 그렇지 않았을 거야. 그건 너도 알고 있을 거고."

"형님."

후 하고 이억관이 웃었다.

"그 호칭 오랜만에 듣는구나."

"차라리 주영이에게 얘기해 주는 게 낫지 않을까요? 연화의 오빠로서, 형님이 괜찮다 하시면 주영이의 짐이 덜어지지 않을까요?"

연화가 사망했을 당시, 주영은 마침 인천 부두를 통해 마약을 밀매하는 거대 조직의 브로커를 뒤쫓는 잠복 팀에 투입되어 있었다. 워낙 긴박하게 돌아가는 작전이었기에, 이억관의 동생이 사망했다는 소식을 듣긴 했지만 나중에 봉투만 보내고 말았을 뿐이었다. 인천 부두 마약 밀매 조직 소탕 작전은 총 5개월이 걸려 놈들을 일망타진 하는 성과를 거뒀지만, 그래서 주영은 이억관의 동생이 연화인 것도 알지 못했고, 연화가 죽었다는 것도 알지 못했던 것이었다.

"내가 괜찮다 한다고 덜어질 짐이었으면 네가 떠나지도 않았겠지. 지금 저렇게 연화에 대한 죄책감 때문에 힘들어하는데 내가 그 아이의 오빠인 것을 알면 그 녀석도 아마 너처럼 내 얼굴을 못 보겠다고 나오겠지. 아끼는 후배 한 명을 또 잃을 수는 없어."

"형님."

"하지만 강주영은 괜찮을 것 같다는 생각도 들어. 너만큼 바보는 아니니까."

자신이 말해 놓고 웃긴다는 듯 이억관이 웃음을 터뜨렸다. 차웅은 장난스럽게 그를 노려보았다.

"누가 얹은 짐이 아니니까 스스로 내려놓을 때까지는 편해지지 않겠지. 그래도 네가 거들어 줄 수는 있을 거야."

"네. 제가 만나볼게요."

"있잖아, 이것들아."

"네?"

"너하고 강주영 니들 두 놈들 말이다. 이것들아. 사람 목숨은 니들이 어찌한다고 해서 좌지우지 할 수 있는 게 아니야. 그런 자신감은 어디서 나오는 거냐, 대체. 네가 강주영 때문에 연화가 죽은 게 아니라고 생각하게 된 것처럼, 강주영이 아니었어도 연화는 언젠가 자신을 잃어버리고 생명을 포기 했을 거라고 생각하는 것처럼, 그건 네 잘못이 아니다. 이런 말 하긴 고통스럽지만 난 그렇게 생각한다. 아무리 너나 내가 그 아이에게 온 성심을 다해도 그 일은 벌어졌을 거야."

차웅이 고개를 떨어트렸다.

"그러니까 쥐 똥 같은 소리 그만하고, 나보면 고개 수그리고 있지 좀 마라. 대역 죄인이냐."

* * *

저녁 어스름이 경찰서에도 내려앉고 있었다. 경찰서 마당으로는 쉴 새 없이 차량들이 진입하고 나가고를 반복했다.

경찰서 옥상에 서서 강주영은 경찰서 마당을 내내 내려다보고 있었다. 너무나 혼란스러운 일들이 모이는 곳. 쉴 새 없이 꼬인 매듭을 풀어내도 다시 꼬인 매듭을 가지고 오는 사람들. 그 매듭을 풀고 또 푸는 일이 업인 형사.

하지만 자신의 매듭은 풀 수가 없을 것 같다고 주영은 생각했었다. 정차웅이 어느 날 갑자기 사라진 이유는 연화 때문이고, 연화의 죽음에 자신은 또 다른 모습의 가해자였다는 것을 깨닫고 차웅을 만났으나, 차웅에게 도대체 어떤 말을 해야 좋을지 알 수 없었던 게 사실이었다. 차라리 자신을 원망했다면 더 마음이 편했을지도 모른다. 하지만 차웅은 아무 내색도 하지 않았다. 오히려 차웅과 대면하자 자신이 없어졌다. 도망치고 싶었다. 그렇게 두렵던 그 순간, 정차웅이 말하는 소리를 들었다.

그게 왜 나 때문이야? 당신 손으로 직접 죽여 놓고. 죽은 사람은 죽인 사람 잘못이지 그게 왜 내 잘못이냐고?

물론 연화가 나약해서 죽은 거라고 생각하는 건 아니다. 하지만 그 짧은 몇 마디의 말에 사람을 죽고 살릴 수 있다고 생각하는 것도 엄청난 자만이 아닐까.

"뭐하냐?"

느닷없이 들려온 목소리를 찾아 주영은 고개를 돌렸다. 정차웅이 그곳에 서 있었다. 몇 년 전 여름. 사건 해결도 못한다고 형사반장님에게 진탕 깨진 뒤 둘이서 올라와 가슴을 씨근덕대며 같이 욕하던 어느 날이 떠올랐다. 그때는 이렇게 옥상에 둘이 올라와 있는 것이 아주 당연하게 느껴졌었다.

"웬일로 왔어?"

이런 질문을 하게 될 줄은 그 여름, 생각하지 못했던 일이다. 뭐든 함께하는 게 당연했던 날들이었으니까.

"1302호 사망 사건 용의자 조사건 때문에 왔구나? 궁금해서?"

"여기 온 건 다른 용건 때문이지만, 온 김에 귀가 솔깃하긴 한데. 알려줄래?"

주영이 피식 웃었다.

"용건 들어보고, 그럴 마음이 들면. 왜, 무슨 용건이야?"

"연화의 죽음에 대해 네가 알게 되었다는 용건?"

예상치 못한 순간 연화의 이름이 나오자 주영의 어깨가 반사적으로 흠칫 떨렸다. 정차웅의 시선이 주영의 어깨로 향했다가 다시 얼굴로 옮겨갔다. 얼굴이 창백했다.

그런 기색을 느끼지 못하게 하려는 듯 주영이 애써 미소 지으면서도 시선을 피했다.

"어떻게 알았니?"

연화에 대한 것을 주영이 알았다는 이야기는 이억관에게 들었다. 하지만 그 이야기를 할 수는 없다. 이억관의 나이 차이 많이 나는 여동생이 연화였다는 것을 알리는 건, 이억관이 원치 않는 일이었다. 그리고 그 사실을 주영이 알게 되면 죄책감이 더 깊어질 거라는 이억관의 걱정과 차웅도 같은 생각이다.

"사람 사는 일에 원인과 결과가 제일 중요하지, 그 과정까지 알아 뭐하게."

"원인과 결과는 뭔데."

"연화에 대해 네가 알았다는 원인, 그래서 네 어깨가 그렇게 쳐졌다는 결과."

"그리고 그 어깨를 네가 다시 추켜세워 보겠다고 온 대책?"

"그렇지."

차웅이 웃었다. 주영도 따라 표정을 풀고 비로소 웃을 수 있었다. 차웅은 미소 짓는 주영을 물끄러미 보았다.

"연화의 죽음은……."

"그래. 그건 내 잘못이 아니야."

무슨 말을 할지 이미 알고 있었다는 듯 차웅의 말허리를 주영이 잘랐다.

"알아. 아는데 머리만 알아듣고 아직 가슴이 못 알아들었어."

그녀에게는 힘든 일일 것이다. 정차웅이 고개를 끄덕이며 침묵을 지켰다. 그 침묵이 '그 마음도 이해한다'고 말해 왔다.

주영은 고개를 떨어트렸다. 자신의 신발코가 눈에 들어왔다. 지금은 안 그런 척 하려 해도 힘들지만, 그 힘듦을 자꾸 복기하는 것 역시 누구에게도 도움이 되지 않는다는 것을 잘 알고 있다. 그리고 역시 이기적이게도, 죄책감에 빠져 허우적대는 것이 아니라 살고, 살고, 사는 것밖에는 지금 할 수 있는 것이 없다는 것도 알고 있다.

그녀는 분위기를 바꾸려는 듯 고개를 들고 조금 목소리를 높였다.

"여기 온 건 다른 용건 때문이었지만, 아까 귀가 솔깃했던 얘기 다시 해 줄까?"

주영은 들고 있던 가방에서 서류뭉치를 꺼냈다. 그중 스테이플러로 묶인 뭉치 하나를 빼내 차웅에게 내밀었다. 어리둥절한 얼굴로 주영이 내미는 것을 받아든 차웅은 서류를 찬찬히 읽어 보았다. 그것은 지구대에 접수된 신고 내역이었다. 주영이 설명을 하듯 말을 이었다.

"지구대에 접수된 신고 전화야. 발신인은 모두 미화원 최 씨고. 평균 2~3주에 한 번 꼴로 접수가 됐어. 접수내역은 대부분 위협을 당하고 있다는 내용. 거의 모든 신고가 지구대원이 출동했을 때 이미 용의자는 사라진 뒤였어. 위협을 당하던 최 씨가 협박처럼 신고를 했던 거야. 하지만 딱 한 번 지구대원이 현장에서 협박범을 잡아 지구대로 연행한 적이 있어. 그 협박범이⋯⋯."

"김형민?"

"그래, 맞아. 문제는 재산이었던 것 같아."

"아파트 청소 일을 하는 아주머니한테 무슨 재산이 있다고."

"청소 일을 한다고 재산이 없으라는 법이 있니. 그리고 남의 돈이라면 단돈 500원도 탐이 나는 법이야. 빌라가 하나 있어. 서울 강남에 있는 아파트처럼 수십억 하는 건 아니고 경기도 끝자락에 위치한 14평짜리인데, 그래도 시세가 2억 좀 넘는 모양이야."

"하지만 아주머니는 재산을 넘길 생각이 없었나보군."

주영이 고개를 끄덕였다.

"김형민이 두 살이던 해에 아주머니는 이혼했어. 그리고 재가를 했는데 그쪽에서 딸이 하나 생겼지. 전남편이 아이를 잃어버린 건 알지도 못했고. 아무튼 최 씨는 딸에게 재산을 물려주려고 했대. 그런데 봉명아파트에 미화원으로 취업한 뒤 김형민을 마주쳤고, 그당시 재정적으로 어려웠던 김형민이 친모를 찾다가 최 씨를 알게 된거야. 뒷조사를 했는지 어쨌는지는 모르지만 재산이 있다는 걸 알게 돼서 느닷없이 최 씨에게 그간 못한 부모 노릇을 하라며 돈을 요구했대."

이야기를 들을수록 차웅은 머리가 복잡해졌다.

"하지만 그런 정도로…… 재산 때문에, 재산을 물려주기 싫어서 아들을 살해할 결심을 했다는 거야?"

"아니. 단지 그것 때문만은 아니야."

주영은 다른 서류를 차웅에게 내밀었다.

그것은 작년에 벌어진 교통사고에 대한 수사 보고서였다. 20대 여성이 뺑소니 교통사고를 당했는데 그 사고로 인해 여자는 평생 휠체어에 의지해야 했다. 두 다리는 평생 움직이지 못할 것이었다. 그리고 교통사고를 낸 범인은 끝내 잡히지 않았다.

"거기 나오는 피해자가 최 씨의 딸이었어. 최 씨는 그 범인이 김 형민이었을 거라고 생각하더라."

"어째서?"

"처음 김형민이 최 씨를 찾아갔을 때 김형민이 협박을 했다나 봐. 딸에 대한 이야기를 꺼내면서 딸이 행복하길 바라지 않느냐고 말이야. 최 씨 입장에서는 협박처럼 들렸을 법한 이야기고, 그래서 사고가 났을 때 김형민이라고 생각한 거야."

"그래서 범인은 김형민이었어?"

강주영은 어깨를 으쓱해보였다.

"현재로써는 알 수 없어. 최 씨가 그렇게 생각하게 된 건 정황과 최 씨가 느낀 감정 때문이니까, 증거는 될 수 없지. 뺑소니 교통사고 역시 수사가 답보 상태로 사실상 미제 사건으로 남겨진 셈이야. 목격자도 없었고, 안타깝게도 CCTV도 당시에는 설치되어 있지 않은 구역이었거든."

"진실은 김형민만이 알고 있는 거네. 최 씨의 딸이나."

"안타깝게도 두 사람 모두 더 이상 우리에게 진실을 알려줄 수 없게 됐지."

그렇군 하고 말하며 차웅은 씁쓸한 미소를 지었다. 그 얼굴을 물끄러미 보던 강주영이 말했다.

"김형민에 대한 최 씨의 증오는 우리가 상상 못할 만큼 깊은 것이었어. 김형민도 자기 자식인데 살해할 정도로. 수사를 해 보니 최 씨는 사건 전에도 여러 번 김형민의 살해 시도를 했던 것 같아. 그러니까 네가 나서거나 아니었거나, 네가 김형민을 진작 내쫓았어도 막지 못했을 거야. 우리는 그 사람들 악연의 굴레에 애당초 끼어 있지 않은 사람이니까."

후 하고 차웅이 웃었다. 최 씨와의 대화를 주영이 들었던 것을 알아챈 것이다. 그러고는 고개를 끄덕였다. 충분히 수긍한다는 몸짓이었다.

주영은 잠시 숨을 골랐다. 그리고 용기를 낸 듯 무겁게 입을 열었다.

"나 있잖아. 연화 씨를 생각하면 마음이 무거워."

"그 전화 한 통에 목숨을 좌지우지 했을 정도로 연화가 나약하지는 않았어. 너 때문이 아냐."

"알아. 하지만 머리로만 알아. 그러면서도 마음은 무겁지."

흡 하고 주영은 용기를 내듯 숨을 크게 들이켰다.

"처음에 연화 씨 이야기를 알았을 때 나는 너무 괴로웠어. 나 때문이라는 생각을 지울 수 없었어. 머리로는 나 때문이 아니라고 생각하지만, 괴로워지는 마음을 어쩌지 못했어. 이렇게 민폐만 끼치는 내가 형사를 할 자격이 있나 하는 생각까지 하게 됐어. 하지만 난 결론 내렸어. 도망가지 않을 거야."

차웅과 주영이 눈이 강하게 마주쳤다.

"난 살아 있으니까. 어쩌면 내가 모르는 사이 상처 줬을지도 모르는 사람들에게 미안해하면서, 스스로 괴로워하면서, 그러면서 이겨 낼 거야. 살고, 이런 나지만 조금이라도 도움이 되는 사람이 되도록 살래. 그게 내가 할 수 있는 일이야."

"그렇군."

"그렇지."

"나 들으라고 하는 말이지?"

"그렇지."

주영의 얼굴에 웃음이 번졌다. 차웅도 피식, 그녀를 따라 웃었다. 차웅은 얼굴을 돌려 조금 더 먼 도심의 어딘가를 보았다. 그는 깊이 숨을 들이쉬었다. 가슴을 짓누르던 무언가의 무게는 여전했다. 조금도 가벼워지지 않았다. 하지만 이제 조금은 그 무게를 버틸 수 있을 것 같은 기분이 들었다.

"고맙다."

"천만의 말씀."

"한 마디도 안 지네."

"지라고 있는 입이 아니지. 지라고 있는 강주영 님도 아니고."

"참나."

"이겼다."

쿡쿡 차웅이 웃었다. 경찰서 앞마당은 수시로 드나드는 차량으로 정신없었다. 하지만 그들이 서 있는 옥상은 조금 더 평화로웠다.

어쩌면 필수불가결한

"어머, 회장님 어디 가세요?"

누가 들으면 그룹의 회장인가 싶을 만한 호칭이었다. 실상 이 아파트 안에서는 그룹의 회장도 부럽지 않을 권력이나 다름없는 것이 부녀회장이라는 자리였다. 서봉자는 걸음을 멈춰 서서, 턱을 당기고 허리를 잔뜩 곧추세운 다음 어깨를 펴고 아주 우아하게 뒤를 돌아다보았다. 음담패설에 있어 봉명아파트 내에서 둘째가라면 서러워할. 부녀회장과 더불어 막강한 투톱라인인 서린 엄마였다.

"어, 서린 엄마. 나 관리사무소 좀 갈려고."

"관리사무소요? 무슨 일 있어요?"

눈을 둥그렇게 뜨고 묻던 서린 엄마의 눈가가 이내 알겠다는 듯 가느다랗게 휘어졌다. 그녀는 장난스럽게 부녀회장 서봉자를 흘겨보았다.

"관리과장 보러 가는 거죠?"

"뭐, 뭐? 이 여자가 누가 들으면 큰일 날 소리하네! 내가 어디 그런 사람이야? 나 부녀회장이야, 왜 이래? 이 아파트 살림살이는 이 부녀회장이 꼼꼼히 챙겨 잔소리를 해야 잘 돌아간다고."

정말 억울하다는 듯 서봉자의 목소리가 높아졌다. 서린 엄마가 고개를 갸웃했다.

"되게 진정성 있네? 진짜 관리사무소에 볼일 있어 가는가 본데?"

"당연하지! 나 그런 여자 아니야. 그리고……."

서봉자가 은밀히, 서린 엄마의 귓가로 입술을 가져갔다.

"관리사무소 정 과장, 휴가 냈대."

서린 엄마의 미간과 함께 코가 찡그려졌다. 몹시 아쉬운 듯한 표정이었다.

"아, 그래? 그럼 진짜 볼일이 있는 거구나."

"그렇지. 재미없어."

두 여자는 동시에 큭큭거리며 웃었다. 어머, 주책! 이라고 하며 서로를 찰싹찰싹 때리는 것도 잊지 않았다.

그때 부녀회장 서봉자의 눈에 날카로운 빛이 서렸다. 좌우 각각 1.5의, 노안도 오지 않은 아주 자랑스러운 시력으로, 서봉자가 뭔가를 캐치해 낸 것이다.

"양 기사!"

서봉자는 목소리를 높이며 한 손을 번쩍 들었다. 공구 가방을 한쪽 어깨에 둘러맨 양 기사가 관리사무소 건물에서 걸어 나오고 있었다. 양 기사는 자신을 부르는 목소리에 움찔하고는 두리번거리다 서봉자를 발견했다. 그는 잠시 머뭇거리다 이내 서봉자에게로 가까이 다가왔다. 가볍게 목례하는 양 기사에게 서봉자가 물었다.

"세대에 방문하러 가는 길이야?"

"네. 민원접수가 들어와서요. 무슨 일 있으세요?"

"아니 그게 아니라아……."

말끝을 늘리며 서봉자의 시선이 바닥으로 떨어졌다. 서린 엄마와 양 기사가 동시에 고개를 바닥으로 숙였다. 슬리퍼의 앞 구멍으로 빠져나온 양 기사의 양말 신은 발가락이 수줍게 꾸물거렸다. 서봉자는 달갑지 않다는 듯 혀를 쯧 하고 찼다.

"세대 방문할 때 슬리퍼 신으면 안 된다고 내가 몇 번이나 말하지 않았어?"

양 기사는 아차 싶은 얼굴이 되었다.

"그런 건 예의도 아닌 데다가, 일하는 사람이 슬리퍼라니 당연히 어불성설이지. 그리고 작업할 때도 위험하지만, 공구 가방 메고 걸을 때도 슬리퍼 신으면 무슨 사고가 있을지 모른다니까. 그리고 이미지가 얼마나 안 좋아. 관리소장님은 대체 뭐하는 거야. 내가 이렇게 일일이 다 챙겨야 해?"

"죄송합니다. 제가 미처 갈아 신을 생각을 하지 못하고 깜박했네요. 다음에는 이런 일 없도록 하겠습니다."

양 기사가 굳은 얼굴로 살짝 고개를 숙였다. 서봉자는 홍 하고 콧바람을 내뿜으면서도 잔소리를 멈출 생각이 없는 듯 보였다. 그녀는 조금 더 고압적인 태도로 허리에 손을 올렸다.

"사실 나도 잔소리를 그렇게 좋아하는 사람은 아니야. 하지만 그렇잖아. 내가 몇 번이나 말하지만 위험한 걸 지적하는 건 내가 그만큼 관리소직원들을 생각한다는 거야. 그리고 내가……."

그때였다. 옆에 있던 서린 엄마가 뭔가를 발견하고는 부녀회장 서봉자의 허리를 검지로 쿡쿡 찔렀다. 서봉자는 간지러운지 요란스럽게 몸을 뒤틀었다.

"아우, 왜 그래, 서린 엄마?"

"저기……."

서린 엄마가 조금 멀리 떨어진 곳을 손가락으로 가리켰다.

그곳은 아주 밝았다. 오래된 이 임대 아파트의 그나마 자랑거리 중 하나인 남향 덕분에 단지 내에는 해가 아주 잘 든다. 하지만 그 것만이 아니다. 봄이 가진 특유의 반짝임. 그것들이 응집된 듯한 존재가 지하주차장 쪽에서 걸어 나오고 있었다.

한쪽 손에 들고 있는 서류를 골똘히 응시하는 모습. 다부져 보이는 어깨. 날카로운 턱선. 유난히 깨끗한 피부에 보일 듯 말듯 맺혀 있는 땀방울. 아직 이른 날씨지만 아주 감사하게도 반팔을 입어 팔근육의 푸른 힘줄을 보여 주는 센스. 어떻게 생겼다고 설명하기도 어려울 만큼 그저 잘생기고 또 잘생긴 얼굴. 무심한 듯 흘러내린 머리를 쓸어 올리는 시크한 모습. 남향이라는 특성만큼이나 이 낡고 낡은 아파트의 자랑거리 중 하나인 정차웅 관리과장이었다.

자기도 모르게 쓰윽 올라간 입 꼬리를 미처 내리지도 못한 채 서봉자가 말했다.

"봄이네."

서린 엄마도 뭔가에 홀린 듯 그녀의 말을 받았다.

"봄이지, 봄이야."

정차웅이 다가올수록 두 여인의 입가에는 미소가 피어올랐다. 반면 옆에 서 있던 양 기사는 불만이 가득한 얼굴로 인상을 찡그렸다.

"과장님도 슬리퍼 신었네요! 저도 저지만 과장님이 그러면 안 되는데. 제가 말씀드릴게요."

차웅에게로 가려는 양 기사를 서봉자는 손을 들어 저지했다. 그러고는 고개를 저었다. 훗 하고 서봉자가 웃었다.

"슬리퍼면 어때? 봄인데."

서린 엄마가 홀린 눈으로 말했다.

"암요."

* * *

아주 식상한 표현이지만, 다람쥐 쳇바퀴 굴러가듯 하는 일상. 그런 일상의 대표 주자격은 바로 이 관리사무소일 것이라고 차웅은 사무실로 들어서며 생각했다. 몇 년째 같은 위치의 책상에 같은 사람들이 앉아 매일 같은 일을 해 나가고 있다. 최춘미는 전화를 받고, 관리소장 김석남은 그 주변을 어슬렁거리고, 민원에 시달리는 양 기사는 오늘도 자리에 앉을 새 없이 바쁘다. 그리고 최춘미는 여전히…….

"아, 짜증나!"

마치 전화를 집어던지듯 최춘미가 전화를 끊었다. 그녀의 얼굴이 올그락푸르락했다. 최춘미의 통화를 옆에서 들으며 어슬렁거리던 김석남이 무슨 일이냐고 물었다. 하지만 최춘미가 알고 있듯, 정차웅도 알고 있다. 김석남의 그런 관심은 그저 호기심일 뿐이라는 걸. 곤란한 일을 해결하는 데에는 그다지 도움이 되지 못한다는 걸.

무슨 일이냐고 물은 것은 김석남이었지만, 최춘미는 정차웅을 향해 대답했다.

"대형폐기물요. 누가 분리수거장에 또 대형폐기물 스티커도 발부받지 않고 내 놨대요. 지금 경비 아저씨가 전화하신 거예요."

"대형폐기물? 뭘 내 놨는데?"

김석남이 물었고, 최춘미는 여전히 정차웅을 향해 대답했다.

"정확히는 잘 모르겠고, 아저씨 말씀으로는 작은 찬장 같은 거라는데요. 아저씨 식사하시러 간 사이에 누가 내놨대요."

정차웅이 고개를 끄덕였다.

"우리는 CCTV가 없는 게 제일 큰일이지. 경비 아저씨한테 걸리지만 않으면 누가 내 놨는지 알 수가 없으니까."

그렇지 하고 김석남이 나섰다.

"하지만 당장 해결할 수 없는 문제기도 하지."

"제가 일단 가서 정확히 얼마나 되는 사이즈인지 확인해 보고 올게요. 부숴서 종량제 봉투에 담을 수 있는 거면 그렇게라도 버려야죠. 잡을 수 없으면 치우기라도 해야 하잖아요."

차웅의 말에 최춘미는 금세 안심되는 얼굴이 되었다. 차웅은 공구가 든 가방을 들고 사무실에서 나갔다. 양 기사가 없으면 때로 이런 일도 직접 하곤 했다. 가장 못난 것이 할 수 있는데도 불구하고 '네 일' '내 일' 따지는 것이라고 생각한다.

차웅이 나간 뒤 최춘미는 관리비 부과 작업에 몰두하기 시작했다. 김석남은 사무실 한가운데에 멀거니 서서 입을 비쭉 내밀었다.

"나 지금 누구랑 대화해?"

* * *

폐기물 수거장은 103동 옆쪽 공간에 설치되어 있었다. 몇 년 전 시청에서 지원금을 따내 클린하우스를 지어 나름 깔끔하게 운영되고 있었다. 낡고 허름한 임대 아파트에 그나마 가장 최신식 시설이랄까. 덕분에 입주민들은 비가 와도 우산을 쓰고 분리수거를 하지 않아도 되었다.

폐기물 수거장에 가까이 가자, 최춘미가 말한 폐기물이 어떤 것인지 한눈에 들어왔다. 정차웅이 보기에는 싱크대 상부장의 한 칸 정도 되는 일부분으로 보였다. 가까이 다가가 살펴봤지만 누가 내놨는지 알 길은 없었다. 다행인 것은 그나마 사이즈가 작아 최춘미에게 말 한대로 분리해서 종량제봉투에 넣어도 들어갈 것 같다는 점이었다.

하지만 조금은 이상한 일이었다. 버려진 싱크대는 상태가 상당히 깨끗했다. 굳이 일부만 버릴 이유도 없다. 일반적으로 싱크대를 교체할 때 일부만 버리는 일은 거의 없다. 애초에 임대 아파트에 자신의 돈을 들여 싱크대 교체 공사를 할 사람도 거의 없긴 하지만.

어쨌거나 지금 중요한 것은 누가 버렸는지 보다, 이 물건을 어떻게 분리할지였다. 차웅은 허리를 숙여 찬찬히 물건을 훑어보았다.

그러고는 가구에 달린 문을 열었다. 안쪽에 박힌 나사를 푸는 정도로 쉽게 분리되는지 확인하기 위해서였다. 다행히 망치질 몇 번으로 나사는 쉽게 빠질 것 같다. 그렇게 생각하며 숙인 허리를 펴던 차웅의 눈에 뭔가가 들어왔다.

나무로 된 바닥이 젖어 있었다. 그것도 검붉은 색깔이었다. 한동안 시간이 흐른 듯 조금 마른 것 같은 느낌이었지만 손으로 조심히 만져보니 조금 진득한 느낌이 들 정도였다. 검붉은 색의 진득한 느낌의 액체.

신경 줄이 등허리를 타고 빳빳하게 경직되었다. 좋지 않은 느낌이 든다. 그것은 직감에 가까운 느낌이었다.

차웅은 주머니에서 휴대폰을 꺼내 어디론가 전화를 걸었다. 상대방은 신호가 한참이나 울리고 나서야 전화를 받았다.

– 왜!

차웅이 혀를 찼다.

"강주영 전화 예절 좀 봐라."

– 지금 정신 하나도 없어. 무슨 놈의 사건사고가 왜 이렇게 많은지 모르겠다.

"봄이니까, 나쁜 놈들이 다 기어 나왔나 보네."

– 지금 네 일 아니라고 쉽게 말하는 거지?

"허허허."

– 뭐지? 이 불길한 웃음은?

예리하다. 역시 승진을 앞둔 형사는 다르다고 차웅은 치켜세우려다 말았다.

"성분 분석 좀 해 줄 수 있냐?"

느닷없이 뱉은 본론에 전화기 너머의 강주영은 벼락 같은 소리를 내질렀다.

- 또 뭔데?

차웅은 설명을 이었다. 싱크대는 전체 교체를 하는 것이 일반적이기 때문에 일부분만 나오는 일은 굉장히 희귀한 일이다. 그런데 그 내부에 피로 추정되는 액체로 젖어 있다는 것은 더욱 희귀한 일이다. 아니, 이건 범죄의 냄새가 난다.

차웅은 대강의 상황을 주영에게 말했다. 차분히 다 듣고 난 강주영이 말했다.

- 그냥 음료수 묻은 거 아냐?

"내가 누구냐? 음료수 묻은 것도 구분 못할 정차웅이냐?"

주영은 깊은 한숨을 내쉬었다. 차웅의 감은 절대 무시 못할 일이었다. 쓰레기 분리수거장에서 찾아낸 뭔가가 차웅의 무언가를 건드렸다면 그건 절대 예사로 넘길 것이 아님을 주영 역시 가장 잘 알고 있었다. 그래서 주영의 입가에는 한숨부터 터져 나왔던 것이었다.

봄맞이 개장이라도 한 것처럼 근래 들어 자꾸만 나오는 나쁜 놈들 때문에 비번은 고사하고 쉴 시간도 없어 죽을 지경이었다. 주영은 울 것 같은 목소리로 말했다.

- 너네 아파트는 대체 왜 그래?

"사람 사는 곳이니까. 나쁜 일 뒤에는 좋은 일이 오고, 거짓 뒤에는 늘 진실이 도사리고 있고, 악의 뒤에는 늘 선이 있는 것처럼, 사람 사는 곳에는 여러 가지 알 수 없는 일이 벌어지지."

- 그래서 그건 좋은 일이냐, 나쁜 일이냐.

"이상한 일."

부탁한다는 말을 남기고 차웅은 전화를 끊었다. 통화가 길어지다 보면 주영에게 거절할 여지를 준다는 것을 차웅은 잘 알고 있었다. 자기도 모르게 으응 하고 대답하는 주영의 목소리가 전화를 끊고 나서도 차웅을 웃게 만들었다.

그러나 곧 차웅의 얼굴이 굳었다.

차웅은 생각에 잠겼다. 이 수거장에 물건을 가져다 놓을 수 있는 입주민들의 동선을 계산해 보았다. 아무렇게나 버리고 가는 입주민들을 잡기 위해 독을 쓰고 있는 경비원 아저씨를 피해서 물건을 버리고 갈수 있는 사람. 그리고 경비원 아저씨가 어디 있는지 동태를 파악하기 쉬운 위치의 세대, 경비원이 자리를 비운 사이 재빨리 버리고 모습을 감출 수 있는 최적의 위치에 있는 세대를 찾아야 했다.

차웅은 고개를 들고 시선으로 단지 내를 훑었다.

성분 분석 결과 이것이 만약 정말로 사람의 혈흔이라면.

"누군지 꼭 잡아낼 테다."

다짐하는 차웅의 머리 위로 구름이 살짝 이동했다. 차웅의 그림자가 조금 자리를 옮겼다. 봄이고, 날씨는 벌써 덥다. 사람 사는 동네에 오늘도 민원은 끊이지 않는다. 그럼에도 마냥 어제 같은 오늘은 아니다. 계속 벌어지는 사건을 수습하고 해결해 간다. 그것은 형사일 때의 그의 모습과도 조금 겹쳐졌다.

봉명아파트 꽃미남 관리과장의 수사일지는 오늘도 호쾌하게 펼쳐진다.

이제야 조금, 차웅은 자신이 삶을 조금 즐겨도 되겠다는 생각이 들었다.

[끝]

봉명아파트 꽃미남 수사일지

1판 1쇄 펴냄 2017년 8월 17일
1판 2쇄 펴냄 2023년 9월 14일

지은이 | 정해연
발행인 | 박근섭
편집인 | 김준혁
펴낸곳 | 황금가지

출판등록 | 2009. 10. 8 (제2009-000273호)
주소 | 06027 서울 강남구 도산대로 1길 62 강남출판문화센터 5층
전화 | **영업부** 515-2000 **편집부** 3446-8774 **팩시밀리** 515-2007
홈페이지 | www.goldenbough.co.kr

도서 파본 등의 이유로 반송이 필요할 경우에는 구매처에서 교환하시고
출판사 교환이 필요할 경우에는 아래 주소로 반송 사유를 적어 도서와 함께 보내주세요.
06027 서울 강남구 도산대로 1길 62 강남출판문화센터 6층 민음인 마케팅부

ISBN 979-11-5888-298-3 03810

㈜민음인은 민음사 출판 그룹의 자회사입니다.
황금가지는 ㈜민음인의 픽션 전문 출간 브랜드입니다.